Eine Art zu lesen
Eine Art zu fliegen

GOYA

Das Buch

Eine junge Frau blickt aus ihrem Wohnzimmerfenster auf die kleinen Dramen, die sich in ihrer Nachbarschaft abspielen, und beobachtet alles: Streitereien, Sex, glückliche und unglückliche Familien. Nur ihr eigenes Leben fühlt sich an, als hätte jemand die Stopp-Taste gedrückt. Nachdem der Bürgerkrieg in ihrer syrischen Heimat ausbrach, ist die Journalistin nach Europa geflüchtet. Seit ihrer Ankunft in England fühlt sie sich isoliert und mit antimuslimischen Vorurteilen konfrontiert. Gezeichnet von den Kriegstraumata verstummt sie. Dafür beginnt sie zu schreiben – über den Arabischen Frühling, den syrischen Bürgerkrieg, die Fluchterfahrung und die Einsamkeit im Exilland. Als ein Fest der nahe gelegenen Moschee von Rassisten überfallen wird, muss sie sich entscheiden: Bleibt sie stumme Beobachterin oder zeigt sie Haltung?
Mit brillanter, poetischer Sprache erforscht Layla AlAmmar die Bedeutung von Heimat und kultureller Identität.

Die Autorin

Layla AlAmmar wuchs zweisprachig als Kind einer US-amerikanischen Mutter und eines kuwaitischen Vaters in Kuwait auf. Sie studierte Kreatives Schreiben an der Universität Edinburgh. Sie hat u. a. in *The Evening Standard* und im *Aesthetica Magazine* veröffentlicht, bei dessen Creative Writing Award sie 2014 Finalistin war. Im Jahr 2018 war sie beim Small Wonder Short Story Festival tätig. Derzeit lebt Layla AlAmmar in Großbritannien, wo sie über arabische Frauenliteratur promoviert. *Das Schweigen in mir* ist ihr zweiter Roman.

Die Übersetzerin

Yasemin Dinçer studierte Literaturübersetzung in Düsseldorf. Sie hat unter anderem Werke von Oyinkan Braithwaite, Leila Mottley, Paula McLain und Shirley Hazzard aus dem Englischen übertragen und war mehrfach Stipendiatin des Deutschen Übersetzerfonds. Heute lebt und arbeitet sie in Berlin.

Layla AlAmmar

Das Schweigen in mir

Aus dem Englischen
von Yasemin Dinçer

Die Originalausgabe erschien 2021 unter dem Titel
Silence is a sense
bei Harper Collins, London.

Das gleichnamige Hörbuch erscheint bei GOYALiT.
Dieses Buch ist auch als E-Book erhältlich.

Besuchen Sie uns im Internet: www.goyaverlag.de

LITPROM
LITERATUREN
DER WELT
=

Die Übersetzung aus dem Englischen wurde mit Mitteln des Auswärtigen
Amts unterstützt durch Litprom e.V. – Literaturen der Welt.

Zitat »James Joyce, Ein Porträt des Künstlers als junger Mann«:
Die Rechte an der deutschen Übersetzung von Friedhelm Rathjen
liegen beim Manesse Verlag, Zürich, in der Penguin Random House
Verlagsgruppe GmbH, München

1. Auflage 2023
Deutsche Erstausgabe
GOYA Verlag © 2023 JUMBO Neue Medien & Verlag GmbH, Hamburg
Copyright © 2021 by Layla AlAmmar

Umschlaggestaltung: Marcelo Marques Porto
Umschlagabbildung: istockphoto.com/de/portfolio/lechatnoir
Lektorat: Ingola Lammers
Satz: Pinkuin Satz und Datentechnik, Berlin
Gesetzt aus der Chaparral Pro
Printed in Germany
ISBN 978-3-8337-4424-2

Das Schicksal zerschlägt uns, als wären wir aus Glas,
und unsere Scherben werden nie wieder
zusammengefügt.
ABU'L-'ALA AL-MA'ARRI

Wenn die Seele eines Menschen in diesem Land geboren
wird, dann werden Netze nach ihr ausgeworfen, um sie
daran zu hindern, zu entfliegen. Du erzählst mir was von
Nationalität, Sprache, Religion. Ich werde versuchen, an
diesen Netzen vorbeizufliegen.
JAMES JOYCE

Als hätte die Welt aufgehört zu rufen,
als wären wir aufgetaucht
aus dem Strudel ihrer Forderungen,
in einer wilden Mischung aus Feigheit
und Mut, um anderen zu sagen:
»Ich wünschte, es gäbe dich nicht.«
KHALED MATTAWA

1 Mann-ohne-Licht

East Tower, dritter Stock, Wohnung zwei schaltet so gut wie nie das Licht an, insbesondere im Sommer, wenn die Sonne lange am Himmel steht und das Tageslicht ein träger Trödler ist und kaum Platz macht für die Nacht, ehe es schon wieder zurückkehrt. Er wechselt seine Kleidung, trinkt seine Softdrinks und Ciders und lässt Käse auf Toast schmelzen, ohne das Licht anzuschalten. Er schaut in den Regen, schaut Fernsehen, brütet über großen und kleinen Notizblöcken, masturbiert unter marineblauen und grauen Laken. Er telefoniert, räumt seine Chips und Instantnudeln in den Schrank, macht den Abwasch – alles im diffusen Licht der Sommerabende.

Er redet nicht mit mir, hat es noch nicht einmal versucht. Nicht, wenn wir uns in dem Waschraum die Straße hinunter begegnen, der von allen in der Wohnsiedlung genutzt wird, nicht in dem Laden an der Ecke oder in dem Café, wo er sich Eiskaffee und unverschämt teure Salate holt und mir beim Anblick der hausgemachten Eiscreme das Wasser im Mund zusammenläuft, ohne dass ich je welche kaufe. Vom Fenster aus schenkt er mir ein halbes Lächeln und ein Nicken, wenn er sich morgens ohne Oberteil oder schamlos ganz nackt wachkratzt. Aber er redet nicht, schaut nicht einmal richtig hin. Mir gefällt es, dass er nie mit mir redet. So ist es sicherer.

Er wuselt stundenlang in seiner Wohnung herum und entledigt sich dabei einer Energie, die auf mich manisch wirkt. Sein Zimmer ist nicht unordentlich, sieht jedoch bewohnt aus, mit Kleidern, Schuhen und Handtüchern, die überall verstreut liegen, und einem Bett, das kaum je gemacht ist. Ich selbst mache mein Bett auch nie, also verurteile ich ihn dafür nicht. Er räumt häufig um, nimmt eine Tasche aus einem Schrank und stellt sie in einen anderen, verrückt Möbel in sich überschneidenden Mustern, schiebt Schuhkartons aus einem Zimmer in das andere, als befände er sich stets im Prozess des Ein- oder Ausziehens. Unruhig, als würde er die Gestaltung seiner Welt nie ganz richtig hinbekommen. Er reiht Gegenstände neben der Tür auf, nur um sie ein paar Tage später zurück ins Schlafzimmer zu bringen.

Unter seinem Bett steht eine Kiste. Sie ist groß und braun, und er zieht sie einmal am Tag hervor. Er setzt sich auf den Fußboden und zerrt sie in seine Richtung, klappt den Deckel auf und wühlt eine Weile darin herum. Er holt Sachen heraus und legt sie wieder hinein, dann schiebt er die Kiste zurück an ihren Platz. Ich weiß nicht, was in der Kiste ist. Gelegentlich vertreibe ich mir die Zeit mit Raten. Ich sehe immer nur seinen schmalen Rücken und seine knochigen Schultern, also stelle ich mir manchmal vor, in der Kiste befände sich Make-up, mit dem er sich heimlich schminkt. Ich stelle mir dicken schwarzen Kajal um seine Augen vor, dazu schimmernden Lidschatten und rubinrote Lippen und Wangen, und wie er sich in einem kleinen Handspiegel bewundert, den ich nicht sehen kann. Manchmal denke ich, vielleicht stecken Erinnerungen an vergangene Beziehungen darin – abgerissene Kino- und

Konzertkarten, zurückgelassene Parfumflakons, aus denen er sich die Innenseiten seiner Handgelenke besprüht, um den ganzen Tag nach ihr zu riechen, oder womöglich ein T-Shirt oder eine Unterhose, an der er in der Stille eines späten Abends schnuppert. Manchmal denke ich, es könnte ein geliebtes Haustier sein, ausgestopft und verborgen in der Kiste, um es niemals gehen lassen zu müssen. Ich mag dieses Ratespiel, aber die Wahrheit ist: ich weiß es einfach nicht.

Ich habe auch eine Kiste. In meinem Kopf. Darin steckt alles, was zu viel ist, keinen Sinn ergibt. Bilder und Geräusche und Gerüche und Texturen versauern in Kisten, vollgestopft und verborgen, gestapelt in einem Raum meines Geistes. Sie füllen die Ecken aus, wachsen höher und höher, Kiste um Kiste, bis zur Decke. Von Zeit zu Zeit wölbt sich und wogt der Raum wie ein Bauch in den Wehen. Scharfe Kanten stechen in mein Bewusstsein. Dort ist es kaum jemals ruhig.

Im Wohnzimmer steht eine alte ramponierte Truhe, die ihm als Sofatisch dient. Darauf rollt er seine Joints, zieht dafür grüne Flusen aus einer Plastiktüte, denen er Tabak aus einem großen Umschlag untermischt. Die Mixtur legt er in einer ordentlichen Linie auf die Falte des Papiers, rollt und rollt, bis er den Rand zum Versiegeln ableckt und das Ende zusammendrückt. Er raucht auf dem Balkon. Er lässt die Beine durch die kalten Stäbe aus Stahl und Eisen baumeln, beobachtet den Himmel oder die Sterne oder auch die Leute in meinem Hochhaus und raucht. Die Joints spült er mit kräftigen Schlucken Bier hinunter, und danach raucht er eine Reihe normaler Zigaretten, und manchmal liege ich nachts im Bett und sehe drüben nichts als das Aufflammen eines Feuerzeugs oder eine orange Spitze, die in der Dunkelheit brennt, und dann fühle ich mich nicht mehr so einsam.

Wenn er eine Frau zu Besuch hat, schaltet er das Licht an. Frauen werden nervös, wenn man sie zu lange im Dunkeln lässt. Wenn er eine von ihnen zu Hause empfängt, ist die Wohnung erleuchtet wie an Weihnachten – helle Deckenlampen, weiches Licht auf Beistelltischen, jene kleinen künstlichen Kerzen, die bei Restaurants und Cafés so beliebt sind, weil man damit ein, zwei Pfund mehr für die Pasta oder den gemischten Salat in Rechnung stellen kann.

Ich male mir aus, wie er seine Frauen in jene Art von Restaurants ausführt, Läden mit flackerndem Licht und Hauswein, der so gut ist, dass sie ihn nicht für knauserig hält, wenn er ihn bestellt, die Namen tragen wie *Piccola Cucina* und *Cucina Vittoria*, sodass er sie beeindrucken kann, wenn er ihr erklärt, *Cucina* heiße auf Italienisch »Küche« und dies bedeute, das Lokal sei rustikal.

2 Der Dad

South Tower A, zweiter Stock, Wohnung drei. Der Dad vergisst ständig seine Karte, als würde er sich nach einer Zeit zurücksehnen, als Türen noch mit echten Schlüsseln geöffnet wurden, und könnte sich nicht an diese neue Realität gewöhnen, in der er sich nun wiederfindet. Ich habe eine andere Haustür – mein Gebäude ist älter und nicht renoviert, anders als die neuen, die überall in der Gegend aus dem Boden schießen –, dennoch kann ich ihn, zumindest was diese eine Sache angeht, gut verstehen. Er ruft dann nach den Kindern, meistens am Telefon, aber wenn es Freitagabend und er betrunken ist, auch einfach mit lauter Stimme. »Matt! Chloe!!«, schreit er, probiert einen Namen nach dem anderen, bis eins seiner Kinder die Balkontür aufschiebt. Anscheinend funktioniert ihr Türsummer nicht, da er die Kinder jedes Mal auffordert, ihm die Karte hinunterzuwerfen. Meistens übernimmt es der Junge namens Matt. Jener schlaksige blonde Kerl, der seinem Vater kein bisschen ähnlich sieht, beugt sich dann vor und schleudert seinen Arm einmal, zweimal und dann noch einmal nach vorn, ehe er loslässt.

Die Karte flattert und segelt nach unten. Manchmal landet sie direkt vor den Füßen des Dads, worauf dieser den Daumen reckt, ehe er sich bückt, um sie aufzuheben. Manchmal schwirrt sie um seinen Kopf, und er schnappt nach ihr wie ein Kind auf der Jagd nach Schmetterlingen. Manchmal landet sie in den dichten Hecken, die den Hof umsäumen, und er stößt eine Reihe von Flüchen aus, während er versucht, sie herauszufischen.

Wenn er dort unten schimpft, sodass seine *Scheißes* und *Fucks* in die Luft aufsteigen, sitzt Mann-ohne-Licht gelegentlich rauchend auf seinem Balkon, und dann verdreht er vor mir die Augen, ehe er entweder hineingeht und die Tür hinter sich zuzieht oder seinen Plattenspieler lauter stellt, um es zu übertönen. Der Dad flucht lange. Auch nachdem er es nach oben in die Wohnung geschafft hat, dringt seine Stimme aus ihrem Fenster herüber in meins, wenn er herumschreit über dieses beschissene Wohnhaus, und dass er die Karte nicht in seine Brieftasche zu seiner Bankkarte und seinem Ausweis stecken wolle, denn dort gehört ein Schlüssel nicht hin, Helen, und wieso musstest du auch unbedingt diese beschissene kleinkarierte Wohnung haben?

Die Mum der Kids ist im Gegensatz zu ihm leise und winzig. Ich glaube nicht, jemals ihre Stimme gehört zu haben. Vielleicht ist sie wie ich. Sie ist eine mausartige Frau, klein und unscheinbar, mit dünnem braunem Haar und großen blauen Zeichentrick-Augen. Beim Gehen hält sie den Blick gesenkt und die Schultern leicht nach vorn gebeugt, als wäre sie eingefroren in der Bewegung, sich selbst zu umarmen. Sie huscht überallhin – rasche Schritte zum Eckladen oder über die Straße, rastlos von einem Bein auf das andere tretend, wenn sie vor den Aufzügen oder an Fußgängerüberwegen wartet, als käme sie zu spät zu einer Verabredung, oder als würde jemand sie beobachten.

Manchmal sind auf ihr Handabdrücke zu sehen, lila Stellen von Fingern um ihren Arm oder ein Daumenabdruck an ihrem Schlüsselbein, und wenn sie mich beim Hinschauen erwischt, zieht sie den Kragen ihres Pullovers enger oder versteckt die Hände in den Ärmeln, und ich gebe vor, nichts zu sehen, und versuche, mir einzureden, das sei okay von mir.

Er, der Dad, hasst es, dass ich sie aus dem Fenster beobachte. Begegnen unsere Blicke sich, wenn er am Fenster steht oder auf dem Sofa sitzt oder Hemden von dem Wäscheständer in ihrem Wohnzimmer nimmt, schüttelt er den Kopf und macht eine Art von »Was?«-Geste: stoppliges Kinn, das trotzig nach vorn zuckt. Als würde ihm die ganze verdammte Wohnsiedlung gehören. In ihrem Gebäude befindet sich eine Ferienwohnung, Wohnung zwei im dritten Stock. Sie ist kaum je vermietet, und ich weiß nicht, ob es daran liegt, dass der Besitzer sie nicht mehr anbietet, oder weil es eine Bruchbude ist. Von meinem Fenster aus sehe ich lose Kabel aus der Decke baumeln und Flecken auf dem blassblauen Sessel sowie vor dem Fenster aufgereihte schmuddelige Schnapsflaschen, die schimmern, wenn die Sonne in einem bestimmten Winkel auf sie fällt. Vor ein paar Monaten hat allerdings ein amerikanisches Paar dort gewohnt, vollbepackt mit Wanderrucksäcken, Reisetaschen und einem großen Koffer, auf dessen Anhänger KTM stand. Sie hatten etwas vor die Tür gestellt, um sie offen zu halten, während sie ihre Sachen hineintrugen, und der Dad, dem so der Weg ins Gebäude versperrt war, sah zu, wie sie an ihrem Kram schoben und zerrten. Er stand einfach nur da und blickte grimmig aus seinem hässlichen Gesicht mit der leuchtend roten Nase.

Er hielt weder die Tür auf, noch bot er seine Hilfe an oder begrüßte sie. Er stand einfach nur da, die Hände an den Hüften, grummelte und schaute böse, bis sie ihm Platz machten.

Er ist so ein Typ, der jemandes noch feuchte Kleidung aus dem Trockner nimmt und sie auf den Fußboden wirft, weil er seine eigene Wäsche für wichtiger hält.

3 Das alte Ehepaar

West Tower, vierter Stock, Wohnung vier. Meine Nachbarn sind ein altes Ehepaar, dessen Nachnamen ich mir nicht gemerkt habe. Ich glaube, dass er osteuropäisch ist, vielleicht jüdisch. Er, Tom, sieht aus, als wäre er einst kräftig gewesen, aber nun neigt er zu einer Seite, wenn er den Flur hinunterschlurft. Er ist stets sorgfältig gekleidet, trägt frische weiße oder beigefarbene Button-Down-Hemden und schwere Blazer zu gebügelten Hosen und glänzend braunen Schuhen. Bei ihm habe ich das Gefühl, dass sein makelloses Äußeres, die Tatsache, dass er immer so sauber ist, eine Art Abwehrmechanismus darstellt, ein Schutz vor Menschen, die ihm vorhalten könnten, er würde nicht hierhergehören und solle dahin zurückgehen, wo er herkomme. Er erinnert mich an einen Obdachlosen, der sich, nachdem er irgendwie das Kleingeld für den Bus zusammenbekommen hat, tadellos verhält, um nicht hinausgeworfen zu werden. Auf Toms großer Nase befindet sich ein dunkler Fleck, der nicht verschwindet, und der Mittelfinger seiner rechten Hand geht nur bis zum zweiten Knöchel.

Er war in einem Krieg, allerdings bin ich mir nicht sicher, in welchem. Das macht ihn nicht unbedingt zu etwas Besonderem, man zeige auf einen beliebigen Mann seines Alters, und die Wahrscheinlichkeit ist hoch, dass dieser in einem Krieg gewesen ist. Es sind die Jüngeren, bei denen man es nie genau sagen kann – der Typ im Laden, der mit einer etwas zu steifen Körperhaltung die Brotauswahl begutachtet; die junge Mutter, deren Blick beim Warten auf den Bus pausenlos die Straße scannt; das kleine Mädchen, das zu schnell erschrickt, oder der Junge mit dem leeren Gesichtsausdruck.

Meine Nachbarn lassen ihre Fenster die meiste Zeit geöffnet – was für alte Menschen seltsam ist, sogar im Sommer. Zu Hause befand sich meine Großmutter in einem Dauerzustand des Beinahe-Erfrierens. Selbst an glühend heißen Julitagen hüllte sie sich in dicke Schals und wollene Strickjacken. Im Januar saß sie praktisch *in* dem Heizkessel, in dem wir Tee und Milch erhitzten. Baba brüllte sie dann an, sie solle aus dem Weg gehen, als wäre sie sein sechstes Kind anstelle seiner Mutter, und schüttelte den Kopf und murmelte etwas über die Sturheit der Alten, wenn sie sich weigerte.

Tom ist ruhig, aber sie schreit viel, ob gegenüber Menschen am Telefon, ihm oder dem Fernseher. Sie mag Quizshows, und ich höre sie dann rufen: »*Hexenstunde*«, oder: »Das ist *South of the Border*, Yutzi!« Der Fernseher läuft pausenlos, die Lautstärke hochgedreht. Ich schätze, er füllt den Raum aus, den früher einmal Gespräche einnahmen. Ich höre sie kaum miteinander reden, hauptsächlich erklingt bloß Werbung für Lebensversicherungen oder Putzmittel.

Tagein, tagaus bleibt ihr Leben unverändert, genau wie meines. Die Geräusche von Tee und Toast am Morgen, die Begrüßung des Fernsehers, auf dem die Nachrichten eingeschaltet werden, Gemurre von Tom über das Wetter –

oder zumindest nehme ich an, dass alte Männer darüber murren. Gegen Mittag fragt sie, ob sie einkaufen gehen sollen, tatsächlich verlassen die beiden das Haus jedoch nie vor zwei Uhr oder so. Danach Stunden um Stunden voller Quizshows. Das Abendessen besteht aus dem Klappern von Untersetzern und Töpfen, das meine Nerven dermaßen strapaziert, dass ich Kopfhörer aufsetzen muss, um dagegen anzukämpfen. An besonders schlimmen Abenden stecke ich mir Ohrstöpsel in die Ohren und werfe mich schwitzend und zitternd unter der Bettdecke hin und her, oder ich verlasse meine Wohnung und gehe hinunter in den Hof, um mich in die kühle Abendluft zu setzen. Irgendwann ist die Nacht dann vorbei, und alles fängt wieder von vorne an.

Sie ist zerbrechlich – Ruth, seine Frau. Wie ein Vogel, mit Armen wie Zweige und einem flackernden Blick, dem nichts entgeht. Ich mag sie nicht. Sie scheint ständig alles zu beurteilen. Im Aufzug nimmt sie mich von oben bis unten in Augenschein, als würde sie nach Abweichungen suchen, nach etwas, das anders ist als am Tag zuvor. Dieser prüfende Blick macht mich nervös. Ich weiß nicht, wonach sie Ausschau hält, oder auf welche Weise ich ihr unzulänglich erscheine. Sie murmelt Tom etwas darüber zu – wenn ich neben den beiden an den Briefkästen stehe oder im Gang bei Hasan's an ihnen vorbeilaufe, während sie sich über ihre schmerzenden Gelenke beklagen, über das Wetter oder darüber, dass sie vom gemähten Gras des Rasens Ausschlag bekommen. Sie sagt Dinge wie: »Da ist die Seltsame«, und er antwortet mit: »Warum ist sie seltsam?«, und sie sagt: »Na ja, selbst eine wie sie sollte Freundinnen haben.«

Die Sache ist die, wenn man nicht sprechen kann, gehen die Leute davon aus, dass man auch nicht hören kann.

Ich habe furchtbare Allergien, was ich jedoch erst feststellte, nachdem ich fortgegangen war. Irgendetwas an der eigenen Heimat kann einen gegen solche Dinge immun machen. Beim Wechsel der Jahreszeiten beginnen die Augen nicht zu tränen, die Nase verrät einen nicht, wenn der Wind dreht und die Pollenbelastung zunimmt, die Haut reagiert nicht auf das Kratzen des Staubs im Sommer oder die erstickende Versiegelung durch die Luftfeuchtigkeit.

Erst als ich durch Ungarn wanderte oder neben Bahngleisen in Griechenland kampierte, begann mein Körper, sich selbst anzugreifen. Es fühlte sich an, als würden Ameisen an meinen Augen picken, in meine Kehle und meine Nase hinaufkriechen. Meine Nasenlöcher verschlossen sich zum Schutz, als gäbe es tatsächlich Insekten, die versuchten, sich in meinen Kopf zu graben und an meinem Geist zu knabbern. Es gab dort ja auch genug Insekten, Würmer und Ameisen und Spinnen und Käfer und fliegendes Zeug, das um meine Ohren summte, und in meinen Träumen kamen sie wirklich herein, überall. Aber indem sie sich vor diesen vermeintlichen Eindringlingen schützten, erklärten meine Nasenlöcher auch dem Sauerstoff den Krieg, sodass Atmen zu einer Anstrengung wurde und meine Brust sich aus Protest verspannte. Mein Kopf tat dauerhaft weh, und bei allem, was meine Nase sich hereinzulassen weigerte, kannte sie keine Grenze, wenn es um das ging, was sie hinauszulassen bereit war.

Ein T-Shirt musste als überdimensionales Taschentuch herhalten. Ich versuchte, es sauber zu halten, aber meine Mittel waren knapp, und ich brachte es lediglich fertig, es alle paar Tage in den schmutzigen Fluss zu tauchen und es mir dann zum Trocknen um den Kopf zu wickeln – fest, wie meine Großmutter es immer getan hatte, wenn ihr der Kopf wehtat.

Meine Allergien blieben bestehen, während wir ein Land nach dem anderen durchliefen, bis wir nach Frankreich kamen, wo ich sechsundzwanzig Tage und Nächte lang meine Augen so stark kratzte, bis sie tatsächlich bluteten. Mein Zustand war so schlimm, dass ich an Tag vierundzwanzig oder fünfundzwanzig, während kleine Krabben über den Strand von Dünkirchen huschten, kurz darüber nachdachte, umzukehren. Könnte ich in England überleben, wenn mein Körper Krieg gegen sich selbst führte? Würden meine Nase, meine Augen und mein Hals sich schließlich an die neuen Lebensbedingungen gewöhnen, die ich vorzufinden hoffte? Wie anders konnte das Klima dort sein, jenseits der aufgewühlten, schäumenden See?

Ich würde niemals zurückgehen, aber ich begann mich zu fragen, ob es irgendeinen Ort auf der Welt gab, an den ich gehörte.

Diese Stadt, hier in der Mitte dieses Landes, hat aus meiner Geschichte eine Lüge gemacht. Es ist, als wäre ich hier geboren, so vollständig hat mein Immunsystem die Luft und das Grün, die Blüten und die Bienen akzeptiert. Jene Monate der juckenden Stellen, an die ich nicht herankam, des Nasenblutens und der undurchdringlichen Nasenlöcher erscheinen nun wie ein geringfügiges Ärgernis, und jene Nacht in Dünkirchen ist in die Schlupfwinkel meiner Erinnerungen versunken, gemeinsam mit all den anderen Abenden, an denen wahnsinnige Gedanken meinen Kopf ausfüllten.

4 Der Entsafter

East Tower, vierter Stock, Wohnung drei, direkt gegenüber von mir. Der Mann dort ist eine Honigwabe, blass mit gelbem Haar und gelben Augenbrauen. Bei bestimmten Lichtverhältnissen könnte er, dem Schnitt seines Gesichts nach zu schließen, allerdings auch Spanier oder Italiener sein: Adlernase, hohe Wangenknochen. Menschen sehen sich ähnlicher, als manche uns glauben machen.

Er ist ein Gesundheitsfanatiker. Ständig dabei, irgendetwas zu entsaften – blutige rote Bete, spritzige, leuchtende Zitronen und riesige Grapefruits, lange, dicke Karotten und Gurken. Manchmal steckt er auch eine Birne oder einen Apfel dazu, aber nicht oft. Und massenhaft Grünkohl und Spinat, ganze Berge davon. Es ist ein Wunder, dass er noch nicht grün schwitzt. Ich nenne ihn den Entsafter. Kein besonders einfallsreicher Name, aber ich bin auch kein einfallsreicher Mensch. Abgesehen von dem Saft, sein tägliches Frühstück, grillt er zum Abendessen – dicke Hühnerbrustfilets, auf denen er zuerst ewig herumklopft, oder fette Garnelen, die er viel zu lange vorbereitet. Mindestens drei Mal pro Woche isst er Lachs, wofür er sorgfältig dicke Streifen Alufolie um den Fisch mit den Zitronenscheiben und dem Dill wickelt.

Seine Wohnung ist spärlich eingerichtet: ein kleines Sofa, hart und wenig einladend; ein kompakter, quadratischer Sofatisch; ein schmaler weißer Schreibtisch in der Ecke. Komfort scheint ihm Unbehagen zu bereiten. Mein Wohnzimmer befindet sich gegenüber seinem Schlafzimmer. Er schläft auf einer fest aussehenden Matratze, allerdings springt er nicht jeden Abend darauf, so wie ich noch immer auf meine, also lässt sich nicht genau sagen, wie hart sie ist. In seinem Zimmer liegen keine Kleidungsstücke herum, keine Bücher sind willkürlich in einer Ecke gestapelt, keine Schuhe (oder Kartons) halb unter sein Bett geschoben. Überall herrschen Ordnung und Präzision. Von einer bestimmten Stelle am Fenster in meinem Zimmer aus kann ich direkt in sein Badezimmer blicken. Es ist nur ein einziges Mal passiert, kurz nach seinem Einzug. Perfektes Timing, dass ich genau in dem Augenblick dort stand, als er sich unter der Dusche nach einem Stück Seife umdrehte, bevor das Wasser die Chance hatte, alles mit Dampf zu verdecken, und ich ihn ganz sehen konnte.

Er ist extrem gut bestückt.

Der Entsafter kauft in dem schicken Bioladen die Straße hinauf ein. Er rümpft die Nase, wenn er an Hasan's vorbeiläuft – dem Eckladen, den wir anderen mindestens einmal am Tag aufsuchen. Eigentlich heißt der Laden Maqbool. Das bedeutet in meiner Sprache »akzeptabel«, was mir eine recht defätistische Haltung auszudrücken scheint, weshalb ich ihn in meinem Kopf beim Namen seines Besitzers nenne.

Es ist ein Vollfettladen, in dem Flaschen voller dicker, klebriger Öle und Dosen mit purem Ghee stehen, zuckersüße abgepackte Baklava und dicke, mit Nüssen gefüllte Datteln. Die Gänge quellen über vor importierten Chips und Päckchen mit Suppenpulver, Kondensmilch und Tee mit Beschriftung auf Türkisch, Arabisch oder Urdu. Die Kühlschränke auf der einen Seite des Ladens sind bestückt mit Saft- und Vollmilchflaschen, cremigem Schmierkäse, wie wir ihn zu Hause hatten, und schwitzenden, einzeln verpackten Scheiben amerikanischen Käses. Bei Hasan gibt es keine frischen Backwaren – lediglich riesige Naan-Brote, hauchdünne Saj-Fladen und schwere, zuckrige Laibe sowie Blätterteigkreationen, die in sich zusammenfallen, sobald man sie berührt, allesamt eingewickelt in Plastik.

Hasan ist ein kleiner Mann, der aussieht, als wäre er einst groß gewesen. Alles an ihm glänzt, von seiner dicken Nase über seine hohe Stirn bis zu dem schwarzen Haar, das in öligen Strähnen über seinen Scheitel gelegt ist. Mrs. Alte-Dame-von-Nebenan Ruth sagt, alle Pakis seien so. Eines Tages hörte ich, wie sie es Tom erklärte, während sie die Gläser mit dem eingelegten Gemüse begutachteten. »Die können nichts dagegen tun, Liebling«, sagte sie als Antwort auf sein Grummeln. »Er könnte sich drei- oder viermal am Tag waschen und wäre noch genauso fettig. So sind die nun mal gemacht«, fügte sie hinzu. Ihr Ehemann schien nicht überzeugt, und wann immer Hasan sie an der Kasse bediente, umklammert Tom sein Taschentuch und zieht daran, als müsste er gegen den Drang ankämpfen, über die Theke zu greifen und dem Mann das Gesicht abzuwischen.

Das Leben des Entsafters ist straff organisiert. Er steht um fünf Uhr auf und macht seine Übungen an den Trainingsgeräten im Wohnzimmer. Dann der Saft – manchmal blutrot, manchmal tiefgrün, oftmals braun. Die große

Sporttasche über die Schulter und aus der Tür um sechs. Erst zwölf Stunden später kehrt er wieder zurück, dann gibt es gedämpften Lachs zum Abendessen. Ich sehe ihn nie Alkohol trinken, nicht einmal Wein oder ein Bier zum Abendessen. Ich sehe ihn auch nie rauchen wie Mann-ohne-Licht.

Er hat nicht viele Laster. Auch wenn ich ihn für bisexuell halte, falls man das als Laster bezeichnen kann. Er hat Frauen, viele Frauen. Er fickt sie überall in der Wohnung – auf dem harten, wenig einladenden Sofa, auf den hellen Hartholzfußböden, stehend an der Wand oder dem Trainingsgerät. Ich habe in Ekstase nach hinten geworfene Köpfe gesehen, Münder zur Decke geöffnet. Ich habe sie über den Esstisch gebeugt gesehen, wo sie ihr Unwohlsein nicht verbergen müssen. Ich habe verschwommene Körper unter der Dusche gesehen, die Arme ausstrecken und sich festhalten.

Aber gelegentlich, nicht oft, hat er einen Mann zu Besuch. Nie zweimal derselbe Mann, allerdings sind sie alle genauso fit wie er. Sollten sie je über Nacht bleiben, würden sie wahrscheinlich liebend gern sein Saftfrühstück teilen. Aber sie bleiben nie. Ich sehe nicht, was mit den Männern geschieht. Der Entsafter zieht die Jalousien herunter. Einmal blickte er mich dabei direkt an, ein Grinsen auf seinem faszinierenden Gesicht, während er sie mit einem Ruck zuzog.

Ich kann mir nur ausmalen, dass er sich bei dieser Art von Geschlechtsverkehr unten befindet. Wie gesagt, er ist extrem gut bestückt.

5 Trügerische Erinnerungen

Dies sind nicht die Art von Beobachtungen, an denen meine Redakteurin interessiert ist. Nun, noch ist sie nicht meine Redakteurin, Josie von jenem Nachrichtenmagazin mit dem großen Namen, aber sie sagt, sie könnte es werden, wenn alles gut läuft. Ich habe ihr einen »Probetext«, wie es in der Branche anscheinend heißt, über die Stadt aus den Augen einer neu angekommenen Immigrantin geschickt. In ihren E-Mails versichert sie mir, solche Artikel seien stets aktuell, und die Leute seien angesichts der Weltlage ganz heiß darauf, sie zu lesen, und könne ich noch dieses und jenes ändern, ehe sie ihn veröffentlicht? Sie hat mir für das, was sie meine »Insiderberichte« nennt, eine ziemlich bescheidene Bezahlung versprochen, und ich nehme an, es muss sich um eine Art gesellschaftliches Engagement oder Initiative zur sozialen Unternehmensverantwortung der Zeitschrift handeln. Aber ich sage zu, denn mit Unterstützungsleistungen kommt man nicht besonders weit, und die Arbeitsmöglichkeiten sind rar, wenn man nicht sprechen kann (oder *will*, wie Dr. Thompson betonte). Josie interessiert sich für meine Sicht auf Themen wie »Assimilation«, ein Wort und ein Konzept, von dem ich nicht wusste, dass man es außerhalb von Amerika benutzt und erwartet. Sie fragt mich, ob ich den Hijab trage – als ob das irgendetwas bedeuten würde –, ob meine ganze Familie es hinausgeschafft habe und wie schlimm die Kämpfe seien. Es fühlt sich an wie ein Test, als würden die Antworten auf solche Fragen meine Glaubwürdigkeit stärken, als könnten sie bestätigen, dass ich bin, was ich bin, und keine linke liberale Populistin in einer Verkleidung. Solche Anfragen beantworte ich nicht, oder nur selektiv, so wie ich auch genau auswähle, welche Beobachtungen in die Texte einfließen, die ich ihr schicke, und welche nicht.

In gewisser Hinsicht geht es um Privatsphäre. Wenn man von einem Ort kommt, an dem die Wände Ohren haben und man sein Leben mit Verstecken und Vortäuschen verbringt, die Regeln von Spielen zu lernen versucht, bei denen man nie gewinnen wird, und nach Ritzen sucht, aus denen man entfliehen kann, dann behält man bestimmte Informationen instinktiv für sich.

Es geht dabei um Selbstschutz, der grundlegendste aller menschlichen Instinkte.

Alle hier verlangen nach einer Geschichte: Ärztinnen, die Prellungen und Kratzer und nicht heilen wollende Geschwüre begutachten; Polizisten, die Papiere sehen wollen, einen Beweis dafür, dass man eine Berechtigung hat, hier zu sein; Fremde auf der Straße, die glauben, etwas aus der Heimat in einem zu erkennen. Sie alle verlangen nach Geschichten – wie ist man hierhergekommen? Wie lange hat es gedauert? Wie leicht war es, die Papiere zu bekommen? Kennt man jemanden beim Amt, mit dem sie für einen Cousin oder eine Tante sprechen können? Sie wollen von den Schwierigkeiten hören, von den Kämpfen und von den Menschen, die auf dem Weg gestorben sind. Josie will alles wissen. Sie spricht es nicht direkt aus, aber ich weiß, dass sie denkt: je härter, desto besser. Sie wünscht sich ein hübsches kleines Paket aus Erinnerungen, die sie für ihre Leserinnen und Leser in Fortsetzungen veröffentlichen kann. Noch besser wären Erinnerungen in Verbindung mit jenen Beobachtungen, die sie so sehr mag.

Ich weiß nicht, wie ich ihr erklären soll, dass ich von Erinnerungen umzingelt bin, eingesperrt von Wiedererlebtem. Ich fühle mich von Erinnerungen verfolgt und von dem, was mein Geist vor mir zu verbergen beschließt.

In ihrer letzten E-Mail zitierte Josie de Maupassant: *»Unsere Erinnerung ist eine vollkommenere Welt als das Universum: Sie gibt jenen, die nicht länger existieren, das Leben zurück.«* Sie kann nicht gewusst haben, was dieser Satz für mich bedeuten würde oder wie ich ihn aufnähme oder vielleicht sogar, wie sorgfältig man seine Worte wählen sollte, wenn man eine Schriftstellerin anschreibt, aber ich bezweifle, dass de Maupassant, als er zu dieser prägnanten Einsicht gelangte, an eine Welt wie jene dachte, die ich hinter mir gelassen habe. Wenn, hätte er wohl kaum Anspruch auf Vollkommenheit erhoben, weder in Bezug auf die Welt, noch auf die Erinnerungen, die diese angeblich bewahrten.

Das menschliche Bedürfnis nach Geschichten an sich steht der Erinnerung im Weg. Wie in unseren Träumen geben wir uns nicht zufrieden mit Bildern oder Szenen oder Bruchstücken von Sinnesreizen – der Hauch von Melonentau, den wir riechen, oder das Blut, das uns aus Augen und Ohren und Mündern strömt wie Flusswasser, das über glatten Stein rinnt, oder das fahle Pferd mit der Mähne wie eine schmierige Wolke, die über einen blauen Himmel streift. Wir versuchen, Narrative zu konstruieren – was geschah, bevor das Blut floss? Was passierte, nachdem ich das Pferd gesehen hatte? Was hat es zu *bedeuten*? Wir versuchen, diese Elemente innerhalb einer sinnvollen Struktur zu platzieren, waten zurück durch Fragmente, wollen alles zu einem zusammenhängenden Muster zusammenflicken – ein Anfang, eine Mitte und ein Ende. Etwas, woran man sich festhalten kann, das uns versichert, alles sei in Ordnung in unserem Kopf, und die Monster und Ghule und Dschinns, die uns in der Nacht heimsuchen, SIND NICHT REAL.

Meine Träume sind unwirtliche Wälder, dunkel und unheimlich in ihrer Hässlichkeit: Hände greifen nach meinen Knöcheln und versuchen, mich in die Erde hinunterzuziehen, wo der Staub mich mit einer anderen Form von Stille erfüllen kann; Unsichtbares regnet auf mich herab, klebrig und metallisch auf der Zunge; es ist entweder sehr heiß oder sehr kalt, nichts dazwischen. In meinen Träumen spreche ich ebenfalls nicht, aber ich schreie. Viel. Schweiß- und pissegetränkt wache ich auf und fasse mir an die Brust, als würde dort etwas haften, das seine Haken in meine Rippen gestoßen hat. Es verschwindet nie, kriecht einfach nur unter mein Bett und wartet auf die nächste Nacht.

Aber ich sprach von Erinnerungen, nicht von Träumen, auch wenn es davon mehr als genug gibt und Letztere die fiese Angewohnheit haben, Erstere zu trüben.

Erinnerungen sind trügerisch, weshalb man nie ganz sicher sein kann, dass etwas so geschehen ist, wie es einem im Gedächtnis geblieben ist. Ich habe einmal ein Buch über das Vergessen gelesen, in dem stand, die meisten Menschen könnten ihre erste Erinnerung in ihr drittes oder viertes Lebensjahr zurückdatieren (Dostojewski glaubt, man könne sich an Ereignisse erinnern, die man mit zwei erlebt hat), aber ich weiß nicht, wie das möglich sein soll. Ich meine, man kann behaupten, man erinnere sich an etwas von damals, aber kann man sich absolut sicher sein, dass es die eigene Erinnerung ist und nicht eine, die man aus gehörten Geschichten übernommen hat? Ich kenne viele Geschichten aus meiner Kindheit, etwa, wie mein ältester Bruder Firas von zu Hause weglief, als er sechzehn und ich acht Jahre alt war (der Instinkt davonzulaufen ist in meiner Familie wohl besonders stark ausgeprägt). Ich glaube, ich erinnere mich noch an Mamas Tränen und Babas Wut und Scham, aber die Geschichte wurde so viele Male flüsternd von Verwandten und Nachbarinnen und sogar von Fremden in den Cafés bei der Zitadelle nacherzählt, dass ich mir nicht sicher sein kann. Manche Erinnerungen entspringen der Wiederholung bestimmter Handlungen: *Eid*-Rituale, das Schlachten von Schafen und das Horten lächerlicher Geldsummen, die wir für ein Vermögen hielten; das Fastenbrechen und die Nachbarinnen, die immer die pikantesten Eintöpfe vorbeibrachten; die Stunden in den öffentlichen Bädern.

Ich glaube, das ist meine erste richtige Erinnerung, auch wenn selbst sie keine echte erste, sondern eine Verschmelzung von mehreren Erinnerungen ist, so wie ich mir auch nur schwer vorstellen kann, dass Noahs Sintflut sich so abgespielt hat, wie sie erzählt wird, und die Geschichte nicht einfach ein Zusammenfluss aus zahllosen kleineren Fluten ist, die sich zu einem überwältigenden Mythos vereinigt haben, der uns etwas über Hochmut und Gehorsam lehren soll.

Mama nahm mich und meine Geschwister ein-, zweimal im Monat mit ins Hammam, wo sie uns alle auf einer Bank aufreihte und einschärfte, uns nicht zu bewegen. Sie teilte Sandwiches aus – um weißen Streichkäse gerollte und mit Honig beträufelte Pitabrote –, um uns zu beschäftigen, und rief uns dann einen nach der anderen herbei. Sie schrubbte uns mit einem rauen, groben Stück Seife ab, bis unsere Haut rot war und aufzuspringen drohte, und wenn wir protestierten, zischte sie uns zu, wir seien noch nicht sauber genug. Sie hielt uns zwischen ihren Knien fest (Mama hatte die stärksten Knie auf der Welt) und rieb unsere Köpfe mit ihren eingeseiften Händen ein, bis wir schwach wurden und uns nicht mehr wehrten. Erst dann erklärte sie uns für fertig, schickte uns mit einem Handtuch hinaus und rief die Nächste herbei. Das geschah alle paar Wochen, also glaube ich nicht, das erste Mal herauspicken zu können, als sie mich mitnahm.

Wie viel habe ich vergessen, einfach weil es so oft passiert ist? Wenn man oft genug ins Bad geht, wird einem nicht jeder einzelne Besuch im Gedächtnis bleiben. Wenn man alle paar Monate mit seinen Geschwistern davonläuft, wird man sich nicht an alle Schläge und Kniffe erinnern, die man dafür kassiert hat. Wenn jeden Tag Bomben fallen, wird man sich nicht an jede von ihnen erinnern, und wen sie getötet hat.

Mir scheint, zur Idee der Erinnerung an sich gehört untrennbar auch der Akt des Vergessens.

6 Nachts faltet mein Geist sich zusammen wie Origami

Es ist ein heißer Tag. Sengend. Zu heiß für die Jahreszeit, zu heiß für diesen Teil des Landes, aber das liegt nicht in unseren Händen.

Wir sind im Park. Dem großen Park mit seinem hügeligen Gelände und seinen dicken Bäumen, der sich im Süden der Stadt hinunterschlängelt wie der Stab Moses', kurz bevor er sich in eine Schlange verwandelt. Das frische Gras pikst unter unseren Füßen. Darüber breitet sich eine leere, weiße Fläche aus, auf die man ungehindert jede Klage, die man jemals vorzubringen hatte, kritzeln könnte. Am Himmel ist nichts zu sehen, dennoch schaue ich immer wieder nach.

Der Geruch von Rauch strömt mir in die Nase, und gleich darauf identifiziere ich ihn als Kebab und Gemüse und mit Knoblauch eingeriebene Kartoffelwürfel und womöglich ein ganzer, mit Gewürzen gefüllter Fisch. Ich kann den Grill nicht sehen, aber ich kann ihn riechen, und das Wasser läuft mir heftig im Mund zusammen. Meine ganze Familie riecht es, und wir bewegen uns darauf zu wie ein Wolfsrudel, das Blut gerochen hat: Firas, der Jäger, der zwischen den Bäumen hin und her flitzt; Mama, die Nase nach vorn geschoben, Baby Lama an ihre milchigen Brüste gedrückt; Nada rennt mit ihren Kindern, aber sie ist genauso alt wie sie, drei Fünfjährige mit hellbraunem Haar und weißen Beinen, die durch das Gras springen; Baba ist hoch oben auf einem Baum, hockt allerdings auf einem Ast, der nicht aussieht, als sollte er ihn tragen können, und umfasst seinen Schädel mit Fingern, die so scharf sind wie Klauen. Er weigert sich, uns anzuschauen. Ahmed kann ich nicht sehen.

Firas sagt, am Fluss werde gegrillt, und zeigt den Hügel hinunter, wo sich ein schmales Band Wasser durch den Boden schlängelt. Die anderen wechseln die Richtung wie ein Fischschwarm, der ein Raubtier wittert, und alle Köpfe wenden sich gleichzeitig dem rauschenden Wasser zu. Der Fluss sollte nicht so laut sein, aber es fällt niemandem von ihnen auf. Oder falls es ihnen auffällt, kümmert es sie nicht.

Khalid ist dort, unter einem Dach aus Baumkronen, eine blendend weiße *Kufiya* um den Kopf gewickelt. Sie ist sauberer als irgendeine, die ich ihn je habe tragen sehen, hart und glänzend wie ein Helm. Stark genug, um alles abzuwehren, was vom Himmel fällt. Ich trete einen Schritt nach vorn, auch wenn er so gar nicht einladend wirkt. Verschränkte Arme, versteinerter Blick, seine Lippen bewegen sich in derselben alten Rezitation von Darwisch, die er mir schon Hunderte Male vorgetragen hat, sodass ich, obwohl er nichts sagt, die Worte so klar höre, wie wenn er sie an einsamen Abenden in Damaskus ins Telefon murmelte.

Ein Gedicht über Identität, von dem er sagte, es sei allen Araberinnen und Arabern ins Herz geschrieben – ob sie wie er Wurzeln in Palästina hätten oder nicht. Diese Wurzeln gingen zurück bis vor die Erfindung der Zeit, vor das Erblühen der Zeitalter. Die Verse konnte ich sehen, blutrot, als ritzte Khalid sie in die Wände meines Geistes oder presste sie in die Kammern meines Herzens.

Ich schubse meine Familie zurück, versperre ihnen den Weg. Ich will sie nicht unten am Fluss haben. Da gibt es nichts, rufe ich, nur schmutziges Wasser. Rotes, schlammiges Wasser. Nein, widerspricht Firas, es gibt Essen, so viel Fleisch, saftig und ganz umsonst. Ich zerre an Mamas Arm, lockere dabei ihren Griff um Baby Lama, sodass sie vor Schreck aufkreischt und Mamas lose Brust im Wind flattert wie das Ende eines Schals. Ich schlinge meine Arme um Firas' Oberkörper, aber er ist stärker als ich und schleift uns beide den Hügel hinunter. Ich drehe mich um und versuche wegzurennen, sie dem zu überlassen, was auch immer am Ufer auf sie wartet, aber sie wollen mich nicht gehen lassen. Sie halten mich fest – Firas an meinem rechten Arm, Mama an den Haaren, während Nada und ihre Kinder sich an meine Beine klammern. Selbst Baby Lama grapscht nach meiner Schulter.

Khalids Stimme in meinem Kopf wird lauter, voller Schmerz und Enttäuschung. Für ihn war ich nie mutig genug. Er rezitiert Befehle, Ermahnungen und eine Warnung nach der anderen. Über Würde, über das Land. Namen und Titel. Er spricht von ständigem Hunger, davon, das Fleisch der Machthaber zu essen.

Schreiend rutsche ich den Schlamm und das mulchige Gras hinunter, und Baba heult auf seinem Hochsitz im Baum wie eine von untröstlichem Leid ergriffene alte Frau. Ich will den Fluss nicht sehen. Alles, nur nicht den Fluss. Sie lassen mich nicht los, drängen und ziehen und schubsen. Sie schieben mich, bis die Schwerkraft siegt und mich den Hang hinunterzwingt. Schmutzige Finger, verkrustet von getrocknetem Blut, reißen meine Lider auseinander, wenn ich die Augen zusammenkneife.

Aber der Fluss ist blau und ruhig, plätschert über braune und weiße Steine wie ein Schlaflied aus längst vergangenen Zeiten. Vögel zwitschern in den Bäumen, hüpfen von Ast zu Ast, frei und in Frieden. Das Wasser sieht kalt aus, und meine Geschwister rennen hinein, spritzen und treten und lachen. Sie legen sich auf harte Steine, die sich in ihre Wirbelsäulen bohren müssen, und werfen den Kopf zurück, um in langen, tiefen Schlucken zu trinken. Mama sitzt am Ufer des Flusses, das Baby saugt sich wieder an einer Brustwarze fest, und sie lächelt auf sie hinab, tröpfelt Wasser auf Lamas Stirn, wie ein Priester bei einer Taufe. Ich drehe mich um, aber Khalid ist verschwunden, und ich spüre die Trauer wieder in mir aufsteigen.

Nichts brennt. Der Geruch von Fleisch und Rauch hängt schwer in der Luft, aber nichts brennt, und ich bin die Einzige, die noch hungrig ist.

7 Wenn der Regen kommt

… Die Vorstellung von »wir« gegen »die« ist in jeder Religion fest verankert. Wenn du nicht glaubst, was ich glaube, lass deine Vorhaut dran, um es zu beweisen, oder trink diesen Wein in dem Glauben, er sei das Blut des Herrn, oder wende dein Gesicht von Jerusalem ab, wenn du betest. Der Buddha sagte, der Islam *selbst* sagt, es gebe nur eine Wahrheit, nur eine Botschaft, die wieder und wieder hinabgesandt wird. Nur die eine Botschaft, eine Wahrheit, einen Brunnen, aus dem alle trinken. Aber irgendwie wird die Botschaft verdreht, korrumpiert und verfälscht durch unsere eigenen unbeholfenen Versuche, sie menschlich zu machen, Systeme zu erschaffen aus dem Unaussprechlichen.
Die Sprachlose, *The New Press*, 10. Mai 2017

In Hasans Schaufenster hängt eine Reklame für Koran-CDs. Kostenlose Koran-CDs, Übersetzungen ins Mandarin, Urdu, Malaiische und in eine Vielzahl von anderen Sprachen. Die Anzeige ist in ganz kleiner Schrift gedruckt, so winzig, dass man die Nase beinahe gegen die Scheibe pressen muss, um sie entziffern zu können. Darunter steht ein längerer Haftungsausschluss, der besagt, man wolle nicht bekehren, sondern das Wort Allahs allen zugänglich machen, die es hören möchten, und so klein, wie die Schrift ist, denke ich, dass es ja ganz offensichtlich kein Versuch sein kann, irgendjemanden für den Glauben zu gewinnen. Auch wenn mir gleichzeitig der Gedanke kommt, dass einige Menschen finden könnten, Hasans Anwesenheit in dieser ruhigen englischen Stadt sei an sich schon ein Akt des Bekehrenwollens.

Irgendetwas an der Reklame stört mich. Vielleicht ist es die Vermessenheit, mit der sie annimmt, es gäbe Menschen, die nach dieser Übersetzung verlangen und nicht auf anderem Weg an sie herankommen, die darauf gewartet haben, sie von Hasan angeboten zu bekommen, wie den speziellen Sirup, den er vor dem Ramadan importiert, oder die Päckchen mit Zuckerwürfeln, die er hinten im Laden aufbewahrt und nach denen man ihn fragen muss. Als könnten sie solche Übersetzungen nicht im Internet finden oder den Imam ihrer Gemeinde darum bitten. Es fühlt sich an, als würde Hasan hier seine Kompetenzen als Lebensmittelhändler überschreiten, seine Fühler in eine Richtung ausstrecken, in der er nichts zu suchen hat. Er verkauft noch nicht einmal Gebetsteppiche. Diese unverhohlene Zurschaustellung seiner Religionszugehörigkeit ist mir unangenehm. Ist es zu viel verlangt, dass mein Laden um die Ecke frei davon sein soll?

Ich habe Josie ein paar meiner Gedanken über Religion mitgeteilt, für gewöhnlich als PS am Ende meiner E-Mails oder als Kommentare an den Rändern der Texte, die ich ihr schicke. Bislang hat sie einen von ihnen veröffentlicht. Ich wollte nicht meinen richtigen Namen verwenden – ich habe ihr meinen richtigen Namen noch nicht einmal gesagt –, daher steht unter dem Artikel folgende Kurzbiografie: »*Die Sprachlose* ist eine junge Immigrantin, die derzeit Politikwissenschaft studiert.« Es ist ein Online-Studium, aber das braucht Josie nicht zu wissen. Sie meint, der Artikel habe viel Zuspruch erhalten, allerdings sind auf der Website keine Kommentare dazu aufgetaucht, also weiß ich nicht, von wem sie redet. Sie ermuntert mich, mehr zu schreiben, furchtlos zu sein – eine Aufforderung, über die ich nur verächtlich schnauben kann. Sie hat mich gebeten, meine Gedanken über Religion näher auszuführen, ganze Artikel umzuschreiben, damit sie diesen Blickwinkel einnehmen: *Hat der Krieg dich dazu gebracht, Religion zu hassen? Haben all der Tod und die Zerstörung und der Schmerz dazu geführt, dass du dich von Gott abgewandt hast? Ist dein Verhältnis zu allen Religionen angespannt, oder nur zum Islam?*

Zumindest ringen wir nicht mit dem Problem des Schmerzes. Unser Gott ist ein alttestamentarischer, der Konflikte nicht scheut, der nicht davor zurückschreckt, Strafen auszuteilen, der keine Angst davor hat, der Schöpfung zu zeigen, wie zutiefst ungerecht das Leben sein kann und dass die eigene einzelne erbärmliche Existenz im großen Ganzen KEINE ROLLE SPIELT. Das soll nicht heißen, wir würden uns nicht auch mit der Hoffnung trösten, Gott interessiere sich für das Leid jeder und jedes Einzelnen von uns, aber es besteht eine Hiob-mäßige Akzeptanz irdischer Nöte, eine Akzeptanz, die auf der Gewissheit beruht, dass nach dem Tod alle Rechnungen beglichen werden, und wie sehr man hier auch geschuftet oder gelitten haben oder welches Unrecht einem zugefügt worden sein mag, all das werde aufgehoben im Paradies.

Ich teile jene Gewissheit einer kosmischen Gerechtigkeit nicht. Meiner Ansicht nach wird die Hybris einer Atheistin nur übertroffen von der eines leidenschaftlichen Gläubigen.

Die Glocke über der Ladentür läutet, und Mann-ohne-Licht tritt mit einer gertenschlanken Blondine ein. Sie ist so groß, würde sie die Arme heben, könnte sie wahrscheinlich den Mond umschlingen. Er schiebt sie voran mit einer Hand an ihrem unteren Rücken, wo T-Shirt und Leggings nicht zusammenfinden. Sie blickt sich um, zieht die Nase kraus und presst die schmalen Lippen so fest zusammen, als würde sie durch einen Fischmarkt spazieren. Er führt sie herum und zeigt auf irgendetwas, während sie mürrisch schaut.

Hasan ignoriert die beiden. Er ignoriert die meisten seiner Kundinnen und Kunden. Das mag ich an ihm.

Es ist gar nicht so schwer herauszufinden, was Menschen wollen. Im Prinzip wollen wir alle dasselbe: Freiheit, Glück, Sicherheit. Ich möchte schreiben, was ich schreiben möchte, ohne Angst vor einem Klopfen an der Tür und einem Verhörzimmer. Ich möchte lieben, wen ich lieben möchte, ohne Angst vor dem Tod oder einer Vergewaltigung als Strafe. Ich möchte anziehen, was ich anziehen möchte, ohne Sorge, Männer könnten meinen Rock oder die Knöpfe an meiner Bluse als Einladung ansehen. Das war's. Die Freiheit zu leben, wie wir leben wollen.

In meiner Heimat sitzen die religiösen Unterschiede so tief und reichen so weit zurück, dass niemand sich mehr die Mühe macht, darüber zu reden. Die Leute denken, bei dem Krieg ginge es um Religionsfreiheit, um schwarze Flaggen und die Opposition zu einer säkularen Regierung, aber das stimmt nicht. Die Medien haben diese Vorstellung aufgegriffen, haben Erklärkästen hinzugefügt, um den Zuschauerinnen und Zuschauern den Unterschied zwischen Sunniten und Schiiten, Kurden und Arabern nahezubringen, sowie Tortendiagramme, die zeigen, wie ein Land aufgeteilt ist. Ich verstehe das. Religiöse Konflikte sind sexy. Sie sind leicht zu verkaufen, da sie in die simple, dichotome Weltanschauung passen, die die Leute bevorzugen. Sie können von Nachrichtenproduzentinnen und Politikern leicht als ein kosmischer Krieg dargestellt werden, der in einem weit, weit entfernten Land stattfindet. Aber es stimmt nicht. Das hier ist kein religiöser Konflikt – oder falls es heute einer ist, dann hat er garantiert nicht als solcher begonnen. Ursprünglich ging es in jenen privaten Salons in ganz Damaskus, bei jener Erklärung der 99, jener intellektuellen Quelle aller Frühlinge, um Freiheit. Es ging um das Recht, in Würde zu leben, das Recht, ohne Angst zu denken, das Recht, *außerhalb* eines Ausnahmezustands zu existieren. Es ging um die steigende Arbeitslosenquote unter einer rastlosen Jugend und eine Politik des freien Marktes, die den Wenigen statt den Vielen zugutekam. Es ging um den Regen, der niemals fiel, die Migration und die Städte, die unter dem Gewicht all der Menschen ächzten, die sie beherbergten, mit denen sie jedoch nichts anfangen konnten.

Die nasale Stimme der großen jungen Frau reißt mich aus meinen Gedanken. Sie beschwert sich, dass es nichts Gesundes zu kaufen gebe, nur »verarbeiteten« Müll, erklärt, sie würde keinen Abfall in ihren Körper stecken, da ihr Körper ein Tempel sei, oder irgendein Blödsinn dieser Art. Sie trägt keinen BH, ihre Nippel stehen stramm unter einem engen blassrosa T-Shirt mit dem Schriftzug »Nama-slay« über der Brust, und wenn sie spricht, fällt es Mann-ohne-Licht schwer, ihr in die Augen zu blicken.

»Komm schon, Babe, so schlimm ist es nicht.« Er

39

schaut sich um, als würde er den Laden zum ersten Mal sehen. »Du brauchtest doch bloß Kokosnussöl, und das hat er hier.« Er kommt meinen Gang herunter und fährt mit seinen nikotinbefleckten Fingern über die Gläser und Flaschen, während er die Etiketten überfliegt.

»Dieser Laden ist widerlich«, schnaubt sie und läuft ihm mit Trippelschritten hinterher, wobei sich die langen Beine in ihren Leggings fließend bewegen. Vielleicht ist sie Tänzerin. »Kaufst du hier wirklich Lebensmittel ein?«

»Nee, Babe, ich stecke kein schlechtes Zeug in meinen Körper.« Er erwischt mich dabei, wie ich ihn beobachte, und zwinkert mir zu, als wäre ich eingeweiht in seine Bemühungen, diese Frau aufzureißen.

»Lass uns in den anderen Laden gehen«, mault sie und zupft am Saum seines Kapuzenpullis.

»Der andere Laden hat geschlossen.« Mit seinen großen Händen umfasst er ihre Hüften und zieht sie an sich, und ich denke mir, wenn sie ihm nicht ansehen kann, was für ein Lügner er ist, dann hat sie jegliche Geschlechtskrankheit verdient, mit der er sie anstecken mag.

An diesem Abend kommt der Regen von der Seite. Ein Gewitter wurde vorhergesagt, ist jedoch offenbar vorbeigezogen. Die Sonne scheint, und ich suche den Himmel nach einem Regenbogen ab. Ich lehne mich so weit wie möglich über das Geländer meines schmalen Balkons und lasse die Regentropfen auf meinem Gesicht trappeln wie winzige Finger. Manchmal sind Regen und Wind tagelang das Einzige, was mich berührt. Wenn ich aufpasse und darauf achte, wie ich Hasan die Scheine übergebe oder wie ich ihm meine Handfläche hinhalte, um das Wechselgeld zu empfangen, wenn ich die Schultern einziehe, um an Menschen auf der Straße vorbeizulaufen, oder in einer Schlange einen Meter Platz zwischen mir und anderen lasse, dann kann ich Monate ohne Körperkontakt verbringen.

Als ich hierherkam, konnte ich mich am schwersten daran gewöhnen, dass hier alle ständig die persönliche Distanzzone überschreiten. Steigt man in einen Bus, wird man von jemandem angerempelt, der aussteigen will. Läuft man die Straße hinunter, wird man von Menschen im Vorbeigehen gestreift. Setzt man sich in einen Park oder auf eine Bank, beschließt die Person neben einem, sich unterhalten zu wollen. Auch wenn ich nicht spreche, erzählen sie mir ihre Lebensgeschichte, über die Kinder, die sie gleich abholen werden, oder die Ärztin, bei der sie keinen Termin kriegen, oder den Bus, der nie pünktlich kommt.

Dort, wo ich herkomme, ist das anders. Dort haben andere ihre Grenzen, und ich habe meine, und wenn diese überschritten werden, dann ist irgendeine verdammte Katastrophe passiert. Dann bedeutet es, eine Bombe ist explodiert, und die Menschen rennen weg und scheren sich nicht darum, wen sie dabei berühren oder umwerfen. Es bedeutet, eine Frau ist allein auf einer Demonstration, wo sie von Männern umzingelt wird, und Hände greifen unter ihren Umhang, und Finger werden in ihren Körper gedrückt. Es bedeutet, Schüsse sind losgegangen, und jemand schubst einen unter einen Tisch, bis das Geräusch verklingt.

Möwen kreischen über meinem Kopf und erschrecken mich, sodass ich mich am Balkongeländer festklammere. Schatten und Spiegelungen tanzen an den Wänden und

Fenstern der Hochhäuser. Mein Blick folgt einem Vogel, der sich mit ausgebreiteten Flügeln über mir aufschwingt, über den Hof, vorbei am Fenster des Entsafters und die Straße hinunter. Ich kenne die Namen der Vögel hier nicht.

Und dann ist der Regen vorbei, und die Wolken färben sich wieder weiß. Ich werde nie genug haben von diesem Wetter, mit seinen Reibungskräften und seiner Unbeständigkeit, seiner Forderung nach Unterwerfung. Ich mag die vier Jahreszeiten an einem Tag, und die Angewohnheit, einen Regenschirm mitzunehmen, auch wenn der Himmel klar und blau ist. Ich liebe es, wie der Niederschlag die Stadt verwandelt, wie Gebäude dunkel und schlierig werden, das Kopfsteinpflaster überquillt von leuchtendem Moos und schwammig wird vom Mulch, das Gras im Park glitzernd und nass und übersät von schlammigen Pfützen.

Es gibt hier keine Grenze. Ich kann gehen, wohin ich will – mit einer Kombination aus Bus und Zug kann ich in wenigen Stunden in einem ganz anderen Land sein. Ein nächtlicher Spaziergang um den Block, der für Frauen zwar im Grunde nirgendwo ratsam ist, ist zumindest nicht zwingend gefährlich. Der Entsafter kann ohne Furcht einen Mann vögeln. Hasan könnte sich in den Park stellen und laut seine Ansichten über Gott und den Propheten deklamieren. Ich könnte das Haus in einem Sommerkleid verlassen, mit nackten Armen und in der Sonne glänzenden Beinen, das Haar im Wind spielend, wie von Gibran vorgesehen.

An jenem anderen Ort, in meinem anderen Leben, gab es überall Grenzen. Ein falsches Wort konnte Menschen ins Gefängnis bringen, auch wenn sie meistens einfach verschwanden. Während man die Straße hinunterlief, war man ein Angriffsziel. Einkaufen zu gehen war eine Qual, verbunden mit Logistik und Mathematik sowie der hohen Wahrscheinlichkeit, dass man nicht mehr zurückkehrte. Es gab keine Möglichkeit, einen Bus zu nehmen, und als ich zum ersten Mal in einem fuhr, im Morgengrauen, um alles hinter mir zu lassen, was ich je gekannt hatte, stand ich zu sehr unter Schock, um es zu genießen.

Überall lauerten Gefahren, fürchterliche Gefahren.

Direkt nach meiner Ankunft konnte ich mich nicht assimilieren – da hast du dein Wort, Josie –, ich konnte mich nicht mit dem Gedanken abfinden, dass ich frei war zu gehen, wohin ich wollte. Also setzte ich mir unsichtbare Grenzen, an die ich mich lange Zeit hielt. Den Park im Süden würde ich nicht überschreiten – wo die hügeligen grünen Wiesen aufhörten, ging ich nicht weiter. Im Norden waren es der York Crescent auf der einen Seite und der Plattenladen auf der Albert Street auf der anderen. Auch die Grenzen im Osten und Westen hatten ihre Markierungen: einmal ein Friedhof, einmal ein Bahnhof. Ich sperrte mich in diesen drei Quadratkilometer großen Bereich ein, lernte ihn auswendig, jede Gasse und Straße, all die Hinterhäuser und Gärten, jeden Laden und Pub, alle Kirchen und Friedhöfe, bis nichts davon mich mehr überraschte und ich mich sicher fühlte.

An dem Tag, an dem ich meine Grenzen überschritt, war ein anderer Bewohner der Siedlung daran beteiligt. Eine der Ferienwohnungen war von einer britischen Familie belegt, die von irgendwo unten an der Küste kam, aus einem der 'mouths – ich glaube, sie Portsmouth oder

Bournemouth sagen gehört zu haben. Die Mum war ständig im Waschraum und plauderte stets mit allen, die sie dort antraf. Es waren Mum und Dad und zwei Jungs, einer um die zehn, der andere erst zwei oder so.

Mum hatte den Kleinen zwischen den Beinen, während sie Wäsche zusammenfaltete oder zu Hasan's ging, während der Vater auf den älteren Jungen aufpasste. Ich sah sie im Hof Fußball spielen oder dem Mann zusehen, der im Park für etwas Kleingeld jonglierte. Frühmorgens oder nachmittags gingen sie gemeinsam aus, der Dad mit dem Kleinen auf den Schultern, Mum den anderen an der Hand. Sie gingen Pizza essen und auf den Spielplatz und liehen sich Räder aus. Ich vermute, sie hatten einen schönen Urlaub, wobei man nie weiß, was sich wirklich in einer Familie abspielt, selbst wenn man sie durch die Fenster beobachten kann.

Ich lief gerade durch den Park. Es war ein grauer Tag, ein weiterer Tag, an dem Regen drohte, der noch nicht heruntergekommen war. Der Himmel war schwer und flach wie der Asphalt. Auf der Wiese spielten Hunde, deren Besitzerinnen und Besitzer Bälle für sie warfen und sie zurückriefen, wenn sie ein bisschen zu weit davonrannten. An einer Wegkreuzung spielte ein Trompeter eine traurige Melodie. Um eine Bank herum stand eine Gruppe junger Männer, die rauchten und aus Dosen tranken. Unter ihnen war Matt, der Sohn des Dads aus South Tower A, zweiter Stock, Wohnung drei, der immer herumschreit. Er versuchte, größer auszusehen, als er ist, in einem mindestens drei Nummern zu weiten Kapuzenpulli und Jeans, die sich um seine dünnen Beine bauschten und blähten. Sein blondes Haar war bis auf den Schädel gestutzt, und sein Blick wirkte so lauernd wie der einer Ratte. Die Jungs waren laut, und ich ging in die andere Richtung.

In diesem Moment sah ich ihn. Ben, so hieß der ältere Junge. Ein paar Schritte vor mir grub er mit einem Stock in die nasse Erde. Er hatte bereits seinen Namen in den Boden geritzt – wie jung fängt er an, dieser männliche Hang, Dinge für sich zu beanspruchen? – und arbeitete nun an einem Loch. Ich blieb stehen und blickte mich um, konnte seine Eltern jedoch nirgends sehen. In meinem Hinterkopf flammte Panik auf, grell und kalt, aber es war nicht meine eigene. Es war die Erinnerung daran, wie Mama meinen kleinen Bruder auf dem Markt aus den Augen verloren hatte. Ich war damals erst zehn Jahre alt gewesen, aber ich spürte ihre Angst, als wäre es meine eigene, und als Mama weinte, weinte ich ebenfalls, wie alle Kinder. Sie war wieder schwanger, und ich weiß noch, wie ich neben dem welkenden Kopfsalat stand, während sie laut seinen Namen rufend von ihrem riesigen Bauch die Gänge hinauf und hinunter geführt wurde. Heute frage ich mich, ob sie sich gewünscht hat, sie könnte uns alle einfach in ihrem Körper behalten, sie könnte einfach für immer schwanger sein, uns lieben und für uns sorgen, während wir vollkommen sicher in ihrem Bauch waren, wo uns nichts geschehen konnte.

Ben befand sich nicht sicher im Bauch seiner Mutter. Er war draußen im Park, wo so viel passieren konnte. Ich blickte mich erneut um, wunderte mich über seine achtlosen Eltern und darüber, dass es ihnen gar nicht ähnlich sah, ihn allein davonlaufen zu lassen. Er drehte sich um und sah mich, und ein Lächeln machte sich auf seinem kleinen Gesicht breit.

»Hi«, sagte er. »Sie sind die Dame aus dem Fenster.«

Ich lief vor Scham rot an und wandte mich ab, dabei hätte ich das nicht tun sollen. Ich *war* schließlich die unheimliche Dame, die von ihrem Fenster aus ihre Nachbarschaft ausspionierte, da konnte ich ebenso gut dazu stehen.

»Schauen Sie mal«, fügte er hinzu und hielt mir seine Hand hin. Ich sah nur Schlamm und Mulch. »O nein.«

Ich blickte genauer hin und meinte etwas zu erkennen, das wie ein zerquetschter Wurm zwischen seinem Daumen und Zeigefinger aussah. Der Junge blickte zu mir auf, die grünen Augen glänzend und leuchtend, wie Gras nach dem Regen. »Er ist tot.«

Ich zog an einem Faden in meiner Jackentasche, trat von einem Fuß auf den anderen und sah mich erneut nach seinen Eltern um. Ich war und bin nicht darauf vorbereitet, andere Menschen zu trösten, insbesondere keinen kleinen Jungen. Ich wollte ihm sagen, es sei in Ordnung, es handele sich nur um einen Wurm, und sein Tod sei mit Blick auf das große Ganze nicht einmal annähernd tragisch. Ich wollte ihn fragen, wo seine Eltern seien und ob ich ihn zurück zu den Häusern bringen solle. Aber ich sagte nichts, ich konnte nichts sagen. Das Schweigen in mir griff nach meiner Zunge, füllte mich aus und ließ mich nicht sprechen.

»Ooh, schon okay, ich habe noch einen gefunden«, rief er und zerrte ein sich windendes braunes Ding aus der Erde. Er zeigte ihn mir auf seiner Handfläche. Ich nickte und spürte, wie ein eingerostetes Lächeln mein Gesicht auseinanderzog. »Ich möchte ihn Charlie zeigen«, fügte er hinzu und stand auf.

Er hüpfte über die Wiese, und ich konnte in drei, vier Schritten Entfernung leicht mithalten. Er ging in die falsche Richtung, weg von den Hochhäusern, auf den südlichen Rand des Parks zu. Ich beschleunigte meine Schritte und streckte die Hand aus, tippte ihm auf die Schulter, bis er stehen blieb und sich umdrehte. Ich zeigte hinter uns, auf die Wohnungen.

Er schüttelte den Kopf und wies in die Richtung, in die er gegangen war. Ich schüttelte ebenfalls den Kopf und wiederholte meine Geste, sodass wir beide den Kopf schüttelten und in entgegengesetzte Richtungen zeigten.

»Mum und Dad sind dort«, sagte er, hielt seine freie Hand über den Kopf und zeigte auf seine Brust, als Zeichen dafür, dass er Erwachsene hatte, die zu ihm gehörten. Ich nickte und schob mein Kinn nach vorn, damit er weiterlief.

Er nahm sein Hopsen wieder auf und bewegte sich von mir fort, aber da ich seine Eltern von unserem Standpunkt aus nicht sehen konnte, folgte ich ihm erneut. Ich blieb ein, zwei Schritte hinter ihm, und als er es bemerkte, begann er, mir und dem Wurm gegenüber darüber zu plaudern, ob seine Mum wohl zulassen würde, dass er ihn in einem Glas behielt. Ich nahm an, dass das Gespräch nicht besonders gut ausgehen würde, konnte sehen, wie seine Mum in Kreischen ausbrach, während sein Dad lachte. Ahmed hatte solche Sachen gemacht – davon abgesehen, dass er jedes Mal davonlief, wenn Mama ihn nach draußen mitnahm, fing er auch ständig Krabbeltiere ein und steckte sie in Kisten oder staubige Getränkeflaschen, die er auf der Straße gefunden hatte. Dann kam er nach Hause mit Grillen und Eidechsen, Spinnen und Käfern.

Einmal war eine Kakerlake in der Kiste, so groß, dass sie Mama zum Schreien brachte, wofür sie ihn grün und blau zwickte.

Wir erreichten die südliche Grenze des Parks, *meine* südliche Grenze, und ich blieb stehen, auch wenn Ben, ohne innezuhalten oder sich die Mühe zu machen, nach links oder rechts zu schauen, über den Fahrradweg hüpfte, sein hellblonder Schopf leuchtete in der Sonne. Ich verzog das Gesicht, drehte den Kopf hastig in beide Richtungen, aber der Weg war frei. Ich stellte mich auf die Zehenspitzen und versuchte, über die Anhöhe vor uns zu blicken und seine Familie auszumachen. Noch immer konnte ich sie nicht sehen, und er lief nun den Hang hinauf, also musste ich eine Entscheidung treffen.

Ich machte einen Schritt, dann noch einen und noch einen, und dann war ich auf der anderen Seite, mein Herz hämmerte in meiner Brust, und meine Schritte waren schwach, als erwartete ich, der Boden würde unter mir nachgeben. Ich blickte nach vorn, konnte Ben jedoch nicht mehr sehen. Entschlossen eilte ich den Hügel hinauf, wobei ich auf der nassen Erde abrutschte, bis meine Füße Halt fanden. Da kam schließlich der Regen, kleine Tropfen spritzten auf meinen Kopf, kalt und hart.

Oben auf dem Hügel blieb ich stehen und unterdrückte einen Aufschrei. Vor mir lag eine Art gemeinschaftlich angelegter Garten. Blühende Blumen in strahlend bunten Farben – Himmelblau und Gelb und leuchtendes Knallrot und Orange. Mohnblumen und weiße Gänseblümchen und Hortensien und lange Reihen lila Lavendel. Ich sah gewundene Steinpfade und Kreideschilder mit den Namen all der Blumen und Pflanzen. Kleine handbemalte

Windmühlen und Vogelhäuser hingen hoch oben an den Bäumen. Weiter entfernt war ein größerer Spielplatz mit glänzenden Rutschen und Kindern, die sich auf Schaukeln hoch in die Luft schleuderten und dabei ihr Lachen hinausschrien. Und dahinter erkannte man die Stadt, Kirchtürme und neue wie alte Gebäude und Läden und noch mehr Parks, die ich noch nicht erkundet hatte.

Ich sah Ben, seinen roten Pullover inmitten der Blumen, während er durch den Garten raste und dabei nur gerade so auf dem Pfad blieb. Dann rannte er auf die offene Wiese und immer weiter. Er rannte und rannte, bis er den Spielplatz erreicht hatte, wo seine Mum und sein Dad an einem Sandkasten saßen und dem Kleinen, Charlie, dabei zusahen, wie er Sand in einen Eimer schaufelte. Als Ben sie endlich erreichte, streckte er stolz die Hand aus. Mum schrie beim Anblick des Wurms, brach dann in Gelächter aus und schob Ben zu seinem Dad, der mit vorsichtigen Fingern in die zur Mulde geformte Handfläche seines Sohns griff, den Wurm herauszog und zur Inspektion hochhielt. Es gab keine Tränen, kein Geschrei darüber, wo er gewesen sei, kein panisches Kneifen und Verdrehen des Arms oder Ohrs. Es war alles gut. Ben ging es gut.

Er zeigte hinter sich auf mich, aber ich war bereits dabei, mich umzudrehen und zurück in meinen Park zu laufen, während ich mich fragte, wie es wohl sein muss, in so einer sicheren Welt zu leben.

8 Leere Hüllen

Mama war in der Küche. Unsere Küche war alt und abgewohnt. Große weiße Kacheln und billige blaue Schränke mit weißem Rand. Ein alter Herd mit vier Flammen. Das war zu wenig für die Menschen, die sie ernähren musste. Der Herd war ebenfalls weiß, weil Mama glaubte, in Weiß würde alles teurer aussehen, aber da irrte sie. Die Arbeitsflächen waren stets mit einem Fettfilm überzogen, den auch noch so viel Schrubben nicht beseitigen konnte, und das ganze Jahr über surrte ein beigefarbener Ventilator an der Decke. An einer Wand stand der Tisch, an dem wir nie aßen. Er war aus massivem Holz, beinahe schwarz, ein Erbstück, das Baba von irgendjemandem bekommen hatte und das er sich weigerte, wegzugeben oder abzuschleifen und weiß zu streichen. Zu dem Tisch gehörten acht Stühle, mehr als genug für uns, auch wenn einer von ihnen über Jahre hinweg Ablage für Einkaufstüten und Säcke mit Mehl oder Reis geworden war, die Mama noch nicht weggeräumt hatte, für Wasserkästen oder alte Radios und Uhren, von denen Baba behauptete, er würde sie reparieren, wozu er dann doch nie kam.

Wir benutzten den Tisch nicht. Baba dachte, wir würden daran essen, behauptete, es sei modern, aber zur Essenszeit reichte Mama mir stets die zusammengerollte Plastikdecke, die ich auf dem Fußboden des Wohnzimmers ausbreiten sollte. *Wer braucht einen Tisch, wenn der Boden viel bequemer ist?* Ich glaube, sie hasste einfach den Anblick jenes Stuhls, Firas' Stuhl, mit dem Haufen Zeug darauf. Auf dem Fußboden gab es zumindest keine bestimmte Sitzordnung. Wir alle ließen uns einfach nieder, wo auch immer wir uns gerade befunden hatten, als wir uns setzen wollten. Wir lachten und redeten durcheinander, reichten uns scharfe Sauce und Hummus und Brot und eingelegte Köstlichkeiten hin und her über die Platten mit Bergen von Essen – pikantes *Fattoush* und *Fatteh Dajaj*, *Muhammara*, das auf der Zunge brannte, *Kebab Karaz* und knusprige *Kebbeh* mit einer kühlen, minzigen Joghurt-Gurkensauce.

In dem Traum sitze ich immer an diesem Tisch.

Zwanzig *Kousa* liegen vor mir in sterilen Reihen, wie medizinische Instrumente, gewaschen und vorbereitet, mit abgeschnittenem Deckel. Mama rührt in einem Topf mit Knoblauch und Zwiebeln und Olivenöl. In einer Hand halte ich den Schäler mit der scharfen Spitze, und in meiner anderen Handfläche liegt eine der zwanzig *Kousa*. Ich steche hinein und höhle sie aus. Diese Arbeit verrichte ich schon, seit ich zehn bin, sie ist mir in Fleisch und Blut übergegangen. Ich kratze das Fruchtfleisch aus, bis nichts mehr übrig ist. Baba hasst Zucchini und toleriert sie nur wegen der Füllung – Hackfleisch mit Reis, Zwiebeln und Gewürzen, die Mama in ordentlichen Schüsseln und Schalen auf der Küchentheke aufgereiht hat, alles bereits abgewogen und aufgeteilt, als wäre sie die Gastgeberin einer Kochshow.

»… in Damaskus zu studieren. Das ist viel zu weit weg für eine junge Frau allein. Und ohne Familie vor Ort. Was sollen die Leute denken?«, ruft sie und wirft Lorbeerblätter in die Tomatenbrühe, die in einem großen Topf über der offenen Flamme simmert.

»Ich sitze direkt hinter dir, Mama, du musst nicht schreien«, erwidere ich und steche auf eine weitere *Kousa* ein. Sie macht ein fremdes, unerwartetes Geräusch, nass und harsch, und ich schaue nach, ob das Gemüse schlecht geworden ist, aber es ist genauso hart und glänzend wie die anderen. »In der Stadt muss es Unterkünfte für alleinstehende Studentinnen geben. Und wie kannst du behaupten, ich hätte dort keine Familie, wenn Amer doch hingeht? Und Donya kommt auch bald nach.«

Durch die staubigen Fenster sehe ich blauen Himmel und kichererbsenfarbene Gebäude. Gegenüber hängt unsere Nachbarin – eine ältere Frau, die meine Geschwister und ich vor langer Zeit Tante Shunta genannt haben, weil sie nirgendwo ohne ihre Handtasche hingeht – ein großes weißes Laken zum Trocknen über ihre Wäscheleine. In ihrer Ellenbeuge baumelt ihre Tasche aus schwarzem Leder, das mittlerweile grau gerieben ist, und schwingt gegen die Mauer oder hinaus über den Raum zwischen ihrer Wohnung und dem Boden, während Tante Shunta unter wilden Verdrehungen mit dem Laken kämpft. Es ist zu groß, und sie müht sich unter seinem feuchten Gewicht ab, aber es ist niemand da, um ihr zu helfen, und sie wird es irgendwie hinbekommen müssen. Draußen auf der Straße ist es zu ruhig.

Aber in der Ferne durchreißt eine Reihe von Knallen die Luft. *Peng peng peng*, wie ein Feuerwerk.

Ich habe Zucchinifleisch im Haar, weiße und blasse Stückchen liegen zwischen den dunklen Locken, als ob es Putz von der Decke regnet. Das Fleisch ist weich, wenn ich es zwischen den Fingern drücke, und sondert etwas Rotes ab, bis es pink gefärbt ist. Panik zwickt mich in die Brust, und ich schnipse das Fleisch mit ruckartigen Bewegungen weg. Mit gesenktem Blick schüttele ich den Kopf und frage: »Baba ist einverstanden, oder nicht?«

»Alles hat sich verändert. Diese Mädchen haben heute so seltsame Vorstellungen.« Mama wirft frische Petersilie in eine Schüssel, und ich frage mich, wo sie die gefunden hat. Es hat nun schon seit einer Weile keine frischen Kräuter mehr gegeben.

»Ich bin erwachsen«, antworte ich und wende mich der nächsten Zucchini zu.

»Sie ruiniert sich«, sagt Nada, die mit einem Baby auf der Hüfte in die Küche kommt. Ich erkenne das Baby nicht. Es muss eins von ihren sein, aber ich erkenne es nicht. Panik steigt in mir auf und breitet sich aus, während Nada den Reis befühlt, als wollte sie seinen Härtegrad testen, ehe sie ihn dem Baby zwischen die vollen Lippen steckt.

Tante Shunta hat das Laken befestigt, das nun ausgebreitet an der Wäscheleine hängt, und ist zurück nach drinnen gegangen, wo ich sie nicht mehr sehen kann. Das Laken ist nicht so sauber, wie Mama es hinbekommen hätte. In einer Ecke sind gelbe Flecken, blass und vernachlässigt, deren Ursprung ich mir nicht ausmalen möchte, aber ihr Anblick erfüllt mich mit einer sich windenden Scham, die ich nicht begründen kann. In der Mitte sehe ich einen roten Punkt vom Durchmesser einer Münze, in einem dunklen und gesättigten Farbton. Nein, Mama würde nie etwas so Unsauberes tolerieren.

»Ich weiß, aber die beiden hören nicht auf mich, oder? Er meint, die Leute würden nicht über jemanden reden, der so weit weg ist, als wäre Damaskus ein anderes Land.«

»Vielleicht tun sie es ja auch nicht«, entgegne ich, wende mich wieder dem Tisch zu und versuche, die Gefühle hinunterzuschlucken, die wie Säure in meine Brust sickern. Ich presse meine zitternden Finger auf die Zeitung, die ausgebreitet unter den nassen Zucchiniklumpen liegt.

»Manchmal ist er so dumm.« Nada schüttelt den Kopf und steckt dem Baby einen Schnuller in den Mund, als es zu wimmern beginnt, die kleinen Augen zur Decke gerichtet.

»Du und Mama seid diejenigen, die in einer anderen Welt leben.« Ich schnappe mir einen weiteren Zucchino, während das Knallen draußen lauter wird, näher rückt. »Die Welt verändert sich. Eine Frau muss nicht mehr mit zwanzig verheiratet sein und Kinder haben, um als erfolgreich zu gelten.«

»Ich weiß, und das habe ich ihm auch gesagt. Ich habe ihm erklärt, dass du nicht so denkst wie die anderen, also hast du keine Ahnung, wie böse die Menschen sein können, aber er hat nur behauptet, er wisse es am besten.« Mama schüttelt den Kopf und gibt ein paar Prisen Salz und Pfeffer in die Brühe. »Ich dachte, wir wären damit durch, dass ihr alle davonrennt.«

»Warum hörst du mir nicht zu?«, brülle ich, knalle eine Schale hin und beginne mit der nächsten Frucht.

»Es ist seine Verantwortung, Mama«, sagt Nada. »Du hast getan, was du konntest. Er ist derjenige, der vor Allah dafür geradestehen muss, was auch immer sie dort unten tut.«

»Oder was auch immer ihr angetan wird«, murmelt Mama mit einem erneuten Kopfschütteln.

»Immer ignoriert ihr mich. Alle in diesem Haus ignorieren mich ständig, aber das ist wahrscheinlich eine weitere Folge davon, so viele Kinder zu haben, hm, Mama?«, spotte ich und werfe den Schäler hin.

»Nada, kannst du dich um das Gemüse kümmern?«, fragt sie.

Ich stehe auf und werfe den Kopf in den Nacken, spüre, wie Fleischstückchen wegspritzen und mit nassem Platschen auf dem gekachelten Fußboden landen. »Ja, kümmere dich um das Gemüse«, sage ich und weise auf den Tisch, »als wäre ich überhaupt keine Hilfe gewe–«

Auf dem Tisch liegen aufgereiht zwanzig *Kousa*, die Deckel sauber abgeschnitten. Sie sind ganz, ihre Innereien unberührt und glänzend, und warten darauf, von dem sauberen Schäler mit der scharfen Spitze daneben entkernt zu werden. Das Knallen erklingt nun über meinem Kopf – es hört sich an, als würde die Welt draußen zerfallen –, und ich blicke auf, während Staub und Putz um mich herum zu Boden schneien. Ich bin allein in der Küche, das Zimmer ist erfüllt mit Schreien, auch wenn mein Mund mit Draht verschlossen ist. An der Innenseite meiner Lippen schmecke ich Metall. Mein Blick geht in Richtung Fenster, der rote Fleck hat sich ausgebreitet und den Stoff verfärbt, eine lebendige Wunde, die über die weiße Fläche des Lakens kriecht.

9 Glühend heiße Angst

Auf einer Seite des Parks steht eine Moschee. Es ist ein großes Gebäude, die einzige echte Moschee in dieser ruhigen englischen Stadt. Ihre Wände sind in Beige- und Sienatönen gestrichen, als wollte sie absichtlich die Farben der Heimat importieren, eine winzige Geste, um zu sagen: »Wir haben weder euch vergessen, noch die Macht von Wüste und Staub, wie hoch in den Himmel ihr auch bauen mögt.« Das Minarett ist nicht besonders hoch, aber breit und robust. Allerdings ist es reine Show – aus seinen hohen Fenstern dringen keine Rufe, kein *Muezzin* ruft die Gläubigen mehrmals am Tag in die Moschee. Die Namen Allahs sind in arabischer Blockschrift, solide und kräftig, in die Fassaden geschrieben, und man sieht nichts von der blühenden Kalligrafie, die einem in der Türkei oder im Iran begegnen würde.

Die Moschee wird geleitet von einem Mann namens Imam Abdulrahman. Sein Name bedeutet *Sklave des Gnädigen*, wobei *der Gnädige* einer von Allahs neunundneunzig Namen ist. Ich habe Menschen bei Hasan's oder auf der Straße vor dem Laden über den Imam reden hören. Dem Vernehmen nach ist er ein guter Mann, mitfühlend und einer, der Brücken bauen will statt Mauern, wie es so schön heißt.

In ungefähr einer Woche beginnt der Ramadan. Das wird mir bewusst, als ich an der Moschee vorbeikomme und sehe, dass sie aus diesem Anlass ein letztes Festmahl abhalten. Ihr Imam muss von einer neuen, hippen Sorte sein. Der Islam ist keine Religion des Feierns, aber da sind sie, mit ihren Willkommensbannern, die Tische im Hof sind in einer einladenden Halbmondform zusammengestellt. Noch mehr Halbmonde und zackige Sterne, aus buntem Glitzerpapier ausgeschnitten, sind durch die Tore gefädelt, neben kleinen funkelnden Lichterketten in Blassgelb und Blau und Grün und Rot. Die Tische sind mit buntem Patchwork bedeckt: kunstvoll gewebte Muster aus Bangladesch und Iran und Pakistan und Ägypten und Irak und der Levante. Darüber hängen dicke wollene Beduinenzelte, die zwischen Laternen und dem Eisentor gespannt und an den Mauern der benachbarten Gebäude befestigt sind. Ich habe hier noch nie solche Zelte gesehen und frage mich, wie Imam Abdulrahman an sie herangekommen ist. Er hat den jüngeren Männern erlaubt, Lautsprecher mitzubringen, die an Geräte angeschlossen sind, von denen er wahrscheinlich keine Ahnung hat, wie man sie bedient. Sie spielen pakistanischen Pop, iranischen Psychedelic und arabische Liebesballaden aus den Fünfzigern, und schon jetzt springen ein paar der Männer in einem wilden, fieberhaften Tanz herum und machen den jungen Frauen schöne Augen, die an die Mauern gelehnt stehen und hinter vorgehaltener Hand kichern. Ein paar der Mädchen versuchen, ihre Arme oder Schultern oder Hüften zu wiegen, ehe ihre Bewegungen unter dem zornigen Blick eines Elternteils oder Bruders oder Onkels eines Cousins zweiten Grades abflauen. Ältere Tantchen in ihren *Salwar Kameez'* oder *Saris*, die zu alt sind, um sich noch sittsam zeigen zu müssen, wackeln zum Beat mit den Schultern und nicken mit dem Kopf, während sie in Eintöpfen rühren und *Naan*-Brote auf riesigen heißen Gusseisenplatten wenden.

Das Schild vor der Moschee erklärt, es handele sich um eine Feier der Einheit, bei der Menschen ihre Herkunft feiern und ihre Kultur teilen können. Stolz verkündet es, an diesem Tag seien über zehn Länder vertreten, und alle seien eingeladen, an den Festlichkeiten teilzunehmen. Ich sehe handgeschriebene Schilder, die neben die Stände gestellt oder darüber aufgehängt sind – Schilder auf Arabisch und Urdu und Punjabi und Bengali, die die englischen Namen bestenfalls zufällig erwähnen.

Der Imam steht im Hof und kommandiert seine Gemeindemitglieder überallhin, wo sie Berge von Essen anhäufen: Es gibt frische Samosas und Pakoras, Gläser mit Chutney und *Ma'booch* und eingelegtem Gemüse, riesige Pfannen mit Basmatireis, gewürzt mit Lorbeerblättern und Kardamom und Safran, große Töpfe mit Currys und dicken, stückigen Eintöpfen. Ich sehe Teekannen mit langem Ausguss, die herumgereicht werden, und dampfende Tassen voll Gewürzmilch. Familien rennen hin und her, um alles aufzubauen, während Kinder sich klebrige *Jalebis* von den Tischen klauen und den nach ihnen schlagenden Händen der alten Damen ausweichen, die die Stände bewachen. Ältere Kinder sitzen an Tischen und beschriften sorgfältig Preisschilder, die neben das Essen gestellt werden sollen, während ihre traditionellen Schals und Hemden in der Brise flattern.

In neugierigen Zweier- und selbstbewussten Dreier- und Vierergrüppchen kommen die Weißen. Es ist wahrscheinlich unfair, sie weiß zu nennen, da sie aller möglicher Herkunft sein könnten, also nennen wir sie nicht-muslimisch, auch wenn selbst das eine falsche Bezeichnung sein mag, da die meisten von uns unsere Religion nicht auf die Stirn tätowiert haben. Jedenfalls kommen sie, diese Leute, neugierig darauf, was hier vor sich geht, oder vielleicht auch in der Hoffnung, es gäbe Essen umsonst. Sie kommen, und Imam Abdulrahman heißt sie willkommen mit offenen Armen und Lächeln und ausgestreckten Handflächen, die auf die Essensberge weisen. Ich nehme an, er hofft, indem sie ihre Bäuche füllen, werden sie auch ihre Köpfe füllen. Ich sehe zu, wie sie sich untermischen und Gespräche führen, und höre sie lachen und einander über den Hof rufen, und ich frage mich, ob das nicht die Antwort ist. Kein interreligiöser Dialog, sondern einfach ein Dialog, und ich überlege, ob ich das in einem Text für Josie unterbringen kann, ohne dass es abgedroschen klingt. Unter den Besucherinnen und Besuchern sind Mums und Dads mit Kindern im Schlepptau, ältere Paare unter Regenschirmen, befreundete Gruppen, die aus dem Park heraufkommen, Studierende vom Unicampus weiter die Straße hinunter.

Die Urlaubsgäste sind da. Eine asiatische Familie, die vor einer Woche in South Tower B, zweiter Stock, Wohnung eins gezogen ist. Es ist eine ganz hübsche Ferienwohnung. Ein Dreisitzersofa aus beigefarbenem Leder, das mit dem Rücken zu den bodentiefen Fenstern steht – ich hätte es anders gestellt. Ein niedriger Sofatisch aus hellem Holz in der Mitte des Wohnzimmers, darauf sind eine kleine Pflanze und ein paar Bücher arrangiert – keine Bücher, die zum Lesen gedacht sind, nehme ich an. Die Küche dort ist kleiner als meine, das Schlafzimmer, das ich sehen kann, ebenfalls. Darin nimmt ein Doppelbett beinahe den gesamten Raum ein, sodass die Teenager-tochter darüber springen muss, um zu dem leuchtend orangefarbenen Koffer zu kommen, den sie vor das Fens-ter gestellt hat. Die Urlaubsgäste stellen immer ihre Kof-fer vor das Fenster, auch wenn alle Wohnungen Zugang zu Stauraum haben. Wahrscheinlich packen sie die Koffer nie ganz aus, sodass es gut ist, sie in der Nähe zu haben. Urlauberin-Mum hatte einen mehrere Stunden lang auf-geklappt im Wohnzimmer stehen, aus dem sie Kleidung und Schuhe und Kekspackungen und Konservendosen hervorzog. Es erinnerte mich an die Urlaube, als ich noch ganz klein war und Mama Brot und riesige Gefäße mit Aufstrichen und Oliven und Pickles einpackte, als würden wir irgendwo hinfahren, wo es nicht an jeder Ecke einen Einkaufsladen gab, und als würden wir ohne Favabohnen zum Frühstück verhungern.

Der Vater und die Mutter drängeln sich unter einen Regenschirm, während ihre Tochter hinterhertrottet. Mum und Dad sind konservativ gekleidet in lavendelfar-bene und blassblaue Windjacken, beigefarbene Hosen und schwere Wanderstiefel, das Mädchen dagegen trägt weiße Kniestrümpfe und Plateau-Mary-Janes aus Lackleder zu einem kurzen schwarzen Rock, in den eine Art blauwei-ßes Matrosenhemd gesteckt ist. Das schwarze Haar hat sie zu zwei Zöpfen geflochten, und auf die Lippen hat sie kaugummirosa Lippenstift aufgetragen, der ihren Mund riesig wirken lässt. Sie sieht aus wie eine Karikatur ihrer selbst oder wie eins jener Harajuku-Mädchen, die eine Zeit lang populär waren. Sie erscheint wie ein Alien, das diesen langweiligen Eltern folgt.

Wir betreten den Hof gleichzeitig, ich schlüpfe hinter der Urlaubsfamilie hinein, und dann nehme ich den Platz ihrer Tochter ein, da diese sofort auf die andere Seite des Hofes abbiegt, während ich ihren Eltern hinterherlaufe. Sie bleiben vor den Ständen stehen, bitten in gebrochenem Englisch und mit unbeholfenen Gesten um Kostproben, und als die Betreiberinnen ihnen erklären, es könne nicht probiert werden, und sie müssten etwas kaufen, reden sie leise miteinander in einer Sprache, die nach Japanisch klingt.

Der Imam lässt den Blick über die Menge schweifen, ein gütiges Lächeln auf den Lippen. Hin und wieder landet sein Blick auf mir und heftet sich an mich, während ich von Stand zu Stand schlendere. Seine dunklen Augen verfolgen mich, aber wenn ich ihn anschaue, schnellt sein Blick davon, um den Rest des Hofs zu beobachten. Über die Menge hinweg wandert er auf die Straße dahinter, und ich folge ihm, um zu sehen, weshalb die dichten Brauen des Imams sich so plötzlich zusammenziehen.

Fünf Männer haben sich vor der Moschee platziert. Angeführt werden sie von einem großen Mann mit einem hart aussehenden Bauch und breiten Schultern. Er raucht Zigaretten und wirft wütende Blicke auf die Menschen hinter dem schwarzen Eisentor. Seine Freunde stehen herum, ahmen sein Starren und seine finsteren Blicke nach und reichen eine Plastiktüte mit Bierdosen herum. Sie gehören nicht zu den Neugierigen, das erkenne ich sofort, und ich kann sehen, dass Imam Abdulrahman es auch erkennt. Mitglieder seiner Gemeinde, junge Männer mit Feuer im Blut, kommen und tippen ihm auf die Schulter. Sie flüstern ihm etwas ins Ohr und neigen die Köpfe in Richtung der Männer am Tor, aber der Imam nickt bloß, klopft ihnen auf den Rücken und fordert sie auf weiterzufeiern. Er dreht sich um und bewegt sich durch die Menge, beruhigt die Männer, die auf Konfrontation aus zu sein scheinen, und versichert den Tantchen und Müttern und Vätern, sie bräuchten sich keine Sorgen zu machen.

Wenn er Ruhe bewahrt, kann ich auch Ruhe bewahren. Ich kaufe einen Pappbecher mit Kardamomtee, gefolgt von zwei plumpen Samosas mit Minzsauce. Ich schlage mir den Bauch voll mit buttrigem Knoblauch-*Naan* und heißem, cremigem Butterhühnchen in Styroporschalen, mit knusprigen *Papadams* und Hühnchen-*Shawarma*. All das spüle ich mit noch mehr heißem Tee hinunter, und mir ist so warm wie seit Wochen nicht, obwohl es mit Einbruch der Dunkelheit rapide abkühlt. Bei jedem Stand bleibe ich stehen für ein Dessert – klebriges *Gaimat*, kokosnussige *Basbousa*-Stückchen und Reisknödel in Tränenform.

Versteckt in einer Ecke entdecke ich einen syrischen Stand. Die Familie, die ihn betreibt, habe ich noch nie gesehen – die Mutter mit dem weißen Schleier und den fest zusammengepressten Lippen, der Vater mit seinem dichten Schnurrbart und seinen großen hervorstehenden Augen, die Kinder, die um den Tisch herum und darunter hindurch rennen. Ich habe sie noch nie gesehen, aber ihre Gesichter haben einen mir vertrauten Ausdruck. Er sagt, dass sie vieles gesehen und erlebt haben, dass sie es an einen Ort geschafft haben, den sie nicht wiedererkennen und mit dem sie nicht so recht etwas anfangen können. Ich meide sie. Auch wenn mein Bauch sich nach dem Geschmack meiner Heimat sehnt, könnte ich das Verhör nicht ertragen, das folgen würde, wenn sie in meinem Gesicht eine Gemeinsamkeit entdeckten.

Ich drehe mich abrupt um und sehe Anime-Mädchen vor der Moscheetür, wo es mit einer Gruppe junger Männer spricht. Sie stehen in einem Halbkreis um sie herum, ihre Haltung wirkt leicht abwehrend, als hätten sie Angst vor diesem Zwerg von einem Mädchen. Ich drehe mich so, dass ich ihr Gesicht sehen kann, woraufhin mir bewusst wird, was die Männer so nervös macht.

Sie ist eine Füchsin, ein kleines Biest. Sie steht mit eingeknickter Hüfte da, die Beine sind ebenfalls eingeknickt, sodass sie aussieht wie eine kaputte Puppe, deren Hals so schwach ist, dass ihr Kopf schlaff zu einer Seite hängt. Sie blinzelt rasch mit leuchtend glänzenden Augen, formt die Lippen zu einem Schmollmund und wickelt sich einen dicken Zopf um die Finger einer Hand. Sie ist eine Lolita, listig und kühn, eine Huri des Paradieses, und die Männer sind mit Recht vorsichtig. Die Männer sind jung, aber nicht so jung, dass es angebracht wäre, sich auf das Mädchen einzulassen.

Überall ist nun Gemurmel zu hören, die Menschen deuten mit dem Finger, so wie ein Gerücht sich verbreitet, und Mum und Dad – ich sehe sie drüben beim Tee und Kaffee – spüren die veränderte Atmosphäre und blicken sich auf der Suche nach ihrer Tochter in alle Richtungen um. Dad entdeckt sie, und dann springt er die Stufen zur Moschee hinauf und zieht sie unsanft am Ellenbogen, sodass sie einen leisen Protestschrei ausstößt. Er schleift sie zurück nach unten und direkt vom Hof, während sie in einem rasanten Japanisch ausschimpft, das sich nach abgeschossenen Gewehrkugeln anhört, und die Mum hinter ihnen hereilt.

Ich schnaube amüsiert und sauge Zuckerwasser von meinen Fingern.

»Dreckige Pakis!«

Die Musik ist laut, aber der Imam und ich, auf gegenüberliegenden Seiten des Tors, hören es. Wir drehen uns zu den Männern jenseits des Hofes um, als eine weitere Beleidigung über das Eisentor geworfen wird wie eine Granate: »Scheiß-Windelköpfe!« Die Beschimpfungen landen auf der anderen Seite wie Blindgänger, übertönt von den donnernden Beats, dem Geplauder und Gelächter. Aber ich spüre die Anspannung in meiner Magengrube. Ein Vibrieren meines Zwerchfells sagt mir, ich solle nach Hause gehen, aber ich bleibe und beobachte, wie eine Person, die glaubt, als verlässliche Zeugin dienen zu können, und daher nach einem Notfall verweilt, um mit den Behörden zu sprechen.

Der Imam ignoriert die Männer, geht aufrecht und stolz an der Hofmauer entlang auf mich zu und bleibt vor mir stehen.

»Salam«, sagt er, legt sich eine Hand aufs Herz und neigt den Kopf. Sein Scheitel ist kahl und glänzt im Schein der Lichterketten über uns; nur wenige graue Haarbüschel sind über seinen Ohren verblieben. Auch seine Augenbrauen sind grau gesprenkelt und ebenfalls sein Bart, der nicht allzu lang ist, aber lang genug, um von seiner Frömmigkeit zu künden. Seine Augen haben ein dunkles Schokoladenbraun, beinahe Schwarz, sind von dichten Wimpern gesäumt und sitzen tief in seinem Gesicht, über den weichen Tränensäcken. Seine Wangen sind hohl, die Lippen schmal und fest, aber sein Gesicht ist freundlich, und er lächelt mich an.

Ich nicke zurück, aber mein Blick schnellt von ihm fort, um die Männer im Auge zu behalten. Sie verströmen eine nervöse Energie, wie ein Schweißgeruch. Ich verstehe nicht, wie der Imam so gelassen bleiben kann.

»Ich habe Sie auf der Straße und im Laden gesehen, aber Sie haben sich uns hier nie angeschlossen«, sagt er. Seine Stimme ist fest, aber nicht bedrohlich. Es ist eine Stimme der Autorität, die sich nicht aufdrängen oder ihre Stärke zur Schau stellen muss, und mir kommt in den Sinn, dass seine Predigten wahrscheinlich angenehm anzuhören sind. Zu Hause waren die Freitagsgebete Litaneien voller Beschimpfungen, und die Imame schrien über die Dächer, als stünden sie miteinander im Wettbewerb oder zueinander in Opposition. Sie brüllten über die Übel der Moderne, die Unmoral der Frauen, die Gefahren des Müßiggangs. Und so weiter, bis man sich fragte, ob sie in der vorangegangenen Woche überhaupt schon ein Wort gesprochen oder sich alles für diese Freitagsexplosion aufgespart hatten.

Ich schüttele den Kopf, und er kneift die Augen zusammen, als wäre ich ein Exemplar, das er studiert. Ich mag es nicht, studiert zu werden, und wende mich ab, wische mir nervös die Hände mit einem Taschentuch ab, das ich aus meiner Jackentasche fische. Er winkt mit der Hand vor meinem Gesicht, und als ich ihn anschaue, weist er auf sein Ohr, in einer Geste, an die ich mittlerweile gewöhnt bin.

Es erscheint am unkompliziertesten, einfach zu nicken.

Seine Augenwinkel wandern nach unten, seine Gesichtszüge arrangieren sich neu zu einem Ausdruck des Mitgefühls. Er weist auf seine Lippen, und ich nicke zögerlich noch einmal.

»Sie sind herzlich eingeladen zum Freitagsgebet. Die Frauen sitzen lieber getrennt auf einer Seite, aber ich kann Ihnen einen Platz direkt vor mir sichern, damit Sie dem Gebet folgen können.«

Es ist fürchterlich anmaßend. Ich blicke mit gerunzelter Stirn auf das Kopfsteinpflaster unter meinen Füßen und frage mich, was an mir *Muslimin* schreit. Ich lasse den Blick über den Hof schweifen, sehe die Mums und Dads und Paare und Kinder und frage mich, ob er an sie ebenfalls herangetreten ist. Ich habe helle Haut und dunkles Haar, das ich seit dem Tag, an dem ich meine Heimat verließ, nicht mehr bedeckt habe. Ich kleide mich in Jeans und Pullover und den gleichen verdammten Sachen, die alle anderen hier tragen. Ich bin assimiliert, Josie, wieso also nimmt dieser Imam automatisch an, ich sei eine Muslimin, die seiner spirituellen Führung bedarf? Liegt es daran, weil ich ständig bei Hasan's einkaufe? Oder weil ich das Essen hier auf eine Weise verschlungen habe, die ihn auf den Gedanken bringt, ich würde mich verzweifelt nach etwas sehnen, das meiner Heimat auch nur nahekommt?

Es steht mir nicht auf die Stirn tätowiert, und ich trage auch keinen Anstecker an meinem Revers, aber er erkennt mich. Irgendwo auf mir steht es geschrieben, vielleicht in einer Sprache, die nur Menschen wie er lesen können. Eine Verzweiflung vielleicht, oder eine Sehnsucht, die ich anscheinend nicht unterdrücken kann. Ich hasse es, dass er mich sieht, hasse die Vorstellung, dass ich so transparent bin. Ich hasse es, dass er mich ansieht, mit mir spricht, neben mir stehen möchte, als könnte es irgendjemanden auf der Welt geben, dem ich vertrauen kann.

Glaubt er, er könnte mich reparieren, dieser Imam in

dieser kleinen Stadt, wo ich nur unsichtbar sein möchte? Glaubt er, er könnte mich mit Religion heilen, mir sagen, alles werde gut, all dies sei Teil von Allahs großem Plan? Glaubt er, er könnte irgendetwas sagen, das ich noch nicht weiß oder das tatsächlich dafür sorgt, dass es mir besser geht? Meine Erfahrungen übertreffen seine bei Weitem, und wenn er wirklich weiß oder erraten hat, was oder wer ich bin, kann er es unmöglich beurteilen.

Ein Schrei ertönt, dann stürmen die Männer das Tor. Angeführt von Mister-Big-Man drängen sie sich durch das Gewimmel, bleiben vorne stehen und fangen an, willkürlich Menschen anzuschreien, sie sollen nach Hause gehen. Der Imam dreht sich um und entfernt sich von mir, schiebt vorsichtig Menschen zur Seite, damit er an ihnen vorbeikommt.

»Haut ab!«, erwidert einer der jungen Männer der Moschee. »Das hier ist eine private Feier.«

»Das ist mein verdammtes Land, Windelkopf!«, schreit Mister-Big-Man, sein Gesicht ist eine hässliche Fratze.

Die Heuchelei ist unerträglich für die Väter, Fäuste erheben sich in die Luft, und Rufe werden lauter, denn wie kann der Subkontinent britisch sein, wenn das Vereinigte Königreich nicht auch zum Subkontinent gehört? Irgendjemand wirft die Lautsprecher um oder reißt ihre Kabel heraus, die Musik verstummt, während die Rufe ihre eigenen Rhythmen und Takte annehmen. Imam Abdulrahman geht dazwischen, drängt die eifrigen Väter und Onkel und jungen Männer zurück und versucht, vernünftig mit den Eindringlingen zu reden.

Das ist sein erster Fehler, er ist naiver, als ich vermutet hätte. Man sieht ihn immer wieder in den Nachrichten, in Kommentaren, in Dokumentationen, in Social-Media-Posts: Es gibt diese Vorstellung, wenn man Fanatiker nur mit genügend Fakten, Daten und Statistiken bombardierte, dann könnte man sie heilen. Diese Idee, ihr Hass entstamme der Unwissenheit, können Menschen nur schwer abschütteln. Es mangelt aber nicht an Bildung, und Mister-Big-Man dort ist es egal, dass es sich hier um eine friedliche Feier handelt oder dass der Imam nicht vorhat, ihn oder sonst irgendjemanden zu konvertieren. Es ist Angst, Angst vor dem Unbekannten, dem Anderen, Angst, dass die Dinge sich auf eine Weise verändern, die er weder vorhersehen noch kontrollieren kann. Angst wankt nicht angesichts von Fakten. Die Wahrscheinlichkeit, dass in dieser kleinen Stadt eine Bombe hochgeht, liegt bei nahezu null, was mich jedoch nicht davon abbringt, jedes Mal in kalten Schweiß auszubrechen, wenn ich ein Feuerwerk höre.

»Halt dein Maul«, sagt Mister-Big-Man und hebt einen speckigen Finger, um dem Imam damit vorm Gesicht herumzuwedeln. »Wenn's dir nicht gefällt, dann verzieh dich zurück nach Indien!«

Das macht die Menge richtig wütend, die Gemeinde drängt nach vorn und will diese Männer aus ihrem Hof werfen. Denn nun ist es *ihr* Hof. Die Willkommensbanner richten sich nicht an diese Männer, und nun sind einige sich nicht mehr sicher, ob sie überhaupt nicht-muslimische Menschen hier haben möchten. Diese Neugierigen – ein paar von ihnen sind bereits gegangen, haben sich beim ersten Anzeichen von Ärger unbemerkt aus dem Staub gemacht, andere sind geblieben, um zu versuchen, Mister-Big-Man zurechtzuweisen, als wären ihre Argumente vernünftiger oder hätten vielleicht mehr Gewicht als die von Imam Abdulrahman.

Gedränge entsteht, Arme werden erhoben, um Schläge anzudrohen, und Mister-Big-Man und seine Freunde sind lila im Gesicht, ihre Wut ist ein glühendes Etwas, das sich verselbstständigt, eine eigene Identität angenommen hat. So sieht Eskalation aus. So sieht Kontrollverlust aus. So kommt es zur Katastrophe.

Das Eisentor bewegt sich – ob es sich öffnet oder schließt, kann ich nicht erkennen –, und das schallende Klappern durchschneidet die Luft scharf und laut und durchbohrt meinen Kopf, sodass ich aus dem Hof schlüpfe und den ganzen Weg bis nach Hause renne.

Galle bedeckt den Rachen, der Speichel bildet ein klebriges Netz zwischen zitternden Fingern. Tränen tropfen aus schwarzen Augen, aber nicht aus Trauer oder Wut oder Verzweiflung (echte Verzweiflung produziert überhaupt keine Tränen). Die Nässe des Gesichts ist eine rein körperliche Reaktion auf eine wiederholte Auslösung des Würgereizes.

Das Gesicht im Spiegel hat Risse. Eine wütende Linie – ein Blitz, eine gezackte Narbe, eine zerbrochene Patronenhülse – zerschneidet das Spiegelbild. Sieben Jahre Pech scheinen kaum gerechtfertigt, aber so sind die Regeln. Am Glas klebt in einer diagonalen Linie verschmiertes Blut, das wie die Konturierung einer Wange erscheint.

Sie sieht aus wie ich, nur anders. Ein Schatten, ein Spiegelbild oder eine blasse Nachahmung. Aber wenn ich genau genug hinschaue, erkenne ich die Stirn meiner Mutter, rau und unverfroren, die Nase meines Vaters, stark und gerade, die Haltung meines Großvaters, erschöpft mit gerundeten Schultern und dem Kummer von Generationen.

Ich kann die aus Lehm geformten Vorfahren aus einer Zeit vor der Zeit sehen.

Trotz all jener Abstammungslinien fehlt es dem Gesicht an Ausdruck, ein Reflex einer Überlebenstaktik, die ich vor langer Zeit gelernt habe. Augen, Mund, Wangen – alles leer, eine Leinwand, auf die man seine Farbe werfen kann. Ich bin eine junge Frau ohne Namen, eine junge Frau ohne Gesicht. Ich kann sein, was immer man in mir sieht. Araberin. Studentin. Autorin. Fettsack. Muslimin. Hure.

Auf der Reise hierher wurde vieles über mich gesagt, auf Feldern, auf denen unsere Finger sich in Drahtzäunen verfingen, in Lagern mit heruntersackenden Zelten und auf der Straße verteiltem Durchfall, in Zügen mit zu vielen Körpern und auf Booten, die gar keine waren, auf Schotterstraßen und in schaukelnden Bussen und brummenden Lastern. Man nannte mich die Saat des Bösen, eine Schande für die Familienehre, eine Tapfere, eine von Dschinns besessene Abweichlerin, die Frau, die niemals lächelt, eine Hure, die mit Männern schläft, um von ihnen beschützt zu werden, die stärkste Frau, die man je gesehen habe, oder auch die schwächste, man sagte, mein Kopf sei leer oder mein Vater hätte mir die Zunge herausgeschnitten, bevor ich davongelaufen sei, dass ich aus dieser Stadt stamme, nein, jener Stadt, aus Syrien, aus dem Irak, aus Afghanistan.

Ich bin all dies auf einmal. Ich bin nichts davon. Womöglich läuft es auf das Gleiche hinaus.

Auf dem Waschbecken liegt eine silberne Schere, ein Werkzeug, das für so viele Zwecke verwendet werden kann. Sie liegt schwer in der Hand, gewichtig und voller Tatendrang, und als sie durch mein Haar schneidet, macht sie ein scharfes, klar definiertes Geräusch. *Schnipp. Schnipp. Schnipp.* Haare von vielen Jahren fallen ab, dicke schwarze Wellen gleiten auf die kalten Fußbodenkacheln. Haar, das für Hochzeiten von den Händen einer Mutter zu kunstvollen Zöpfen geflochten und mit leuchtenden, duftenden Jasminblüten geschmückt wurde. *Schnipp. Schnipp.* Haar, dessen Durst von Olivenöl aus Ebla gestillt wurde. Haar, an dem vor Wut gezogen, an dem aus Spaß gezupft wurde, über das gestrichen und das um sanfte Finger gewickelt wurde. *Schnipp.* Haar, das in den Wassern der Ägäis, der Donau, des Balatons und an den Ufern des Ärmelkanals gewaschen wurde.

Es fällt alles ab, windet und kräuselt sich zu meinen Füßen wie kleine schwarze Schlangen.

10 Die Menschen in den Fenstern

In South Tower A, vierter Stock, Wohnung drei lebt ein alter Mann. Sehr alt, mit weißem Zuckerwattehaar und dunklen Flecken auf seiner Kopfhaut und einem Rücken, der ihn nicht länger aufrecht halten kann. Er zittert die ganze Zeit, seine Hände beben, wenn er einen Teller Schokoladenkekse zu seinem Sessel trägt, seine Arme werden von einem Tremor ergriffen, wenn er sie nach einem Buch ausstreckt, das genauso alt und abgenutzt ist wie er, Teetassen klappern, wenn er aus ihnen nippt, sodass die Flüssigkeit sein Kinn hinunterrinnt, das abzuwischen er sich nicht die Mühe macht.

Er lebt allein in der Wohnung. Oder vielleicht wäre es präziser zu sagen, er ist dabei, allein in der Wohnung zu sterben.

Niemand besucht ihn, und er besucht niemanden. All seine Tage sehen gleich aus, und ich vermute, dass er ihr Verstreichen nur anhand des Klopfens der Leute vom Lieferdienst bemerkt. Einmal alle zwei bis drei Wochen kommt ein Mann mit zwei Einkaufstaschen voller Lebensmittel – Milch, Kekse, Brot, Butter und Marmelade, Porridge und Bananen und Suppendosen. Das sind die Dinge, die der alte Mann konsumiert, jeden Tag zur gleichen Zeit eine identische Abfolge von Mahlzeiten. Er nimmt nur ein paar Bissen zu sich, dann scheint er das Essen zu vergessen, sodass der Porridge in Schüsseln verkrustet und der Toast vertrocknet, bis eine Putzfrau alles wegräumt. Alle paar Wochen kommt ein Putzdienst, es ist nie dieselbe Frau, aber sie kommt immer mit einem Eimer und einem Mopp und Staubwedeln und Reinigungsmitteln. Diese Frauen bewegen ihn genauso durch die Wohnung wie die Möbel, setzen ihn auf den Sessel, wenn sie im Schlafzimmer arbeiten, und auf sein Bett, wenn sie im Wohnzimmer staubsaugen. Sie sprechen nicht mit ihm, heben ihn einfach mit unter den Achseln verschränkten Händen hoch und transportieren ihn von einem Platz zum anderen. Hin und wieder bestellt er sich einen stückigen Eintopf oder ein Reisgericht und bebt wahrscheinlich vor Freude, wenn der Türsummer ertönt und er den Lieferdienst hereinlässt. Für diese Mahlzeiten nimmt er sich reichlich Zeit, fest entschlossen, sie aufzuessen, sodass der Eintopf oder der Reis kalt sein müssen, bis der Mann den Boden der Schüssel erreicht hat.

Nebenan beginnt Ruth, mit ihren Töpfen und Pfannen zu klappern. Ein Knall hier, ein Klirren da. Ein dröhnender Lärm. Als wäre sie eine Ein-Frauen-Band, deren Hits ich allesamt kenne. In diesem Augenblick spielt sie eine in die Länge gezogene Nummer namens »Abendessen«. Ich habe zuvor nichts durch die Wände gehört und gehofft, sie hätten etwas bestellt oder wären ausgegangen – gelegentlich gehen sie in ein russisches Lokal die Straße hinunter. Aber da ist es, das abendliche Knallen und Scheppern, das ich nicht ertragen kann. Ich wünschte, sie würde den Fernseher aufdrehen.

Gegenüber im East Tower, dritter Stock, Wohnung zwei schaut Mann-ohne-Licht wieder in seine Kiste. Das Licht ist wie üblich ausgeschaltet, und auf dem Plattenspieler im Wohnzimmer dreht sich eine Platte, deren Hülle auf eine gefährlich aussehende Weise gegen die Wand lehnt, als könnte sie jeden Augenblick zu Boden gleiten. Er sitzt im Schneidersitz mit gesenktem Kopf da und hat etwas auf dem Schoß, das ich nicht sehen kann.

Wie einsam ist der alte Mann? Ist er die letzte lebende Seele seiner Familie, wie ich es sein könnte? Das kommt mir unwahrscheinlich vor. Er sieht aus, als käme er von hier, falls man so etwas durch ein Fenster erkennen kann. Er sieht nicht aus wie ich oder das alte Ehepaar nebenan, nicht, als würde er aus einem Land stammen, das seine Menschen systematisch umbringt, oder von einem Ort, an dem es nicht ausgeschlossen ist, dass die gesamte eigene Familie verstirbt.

Ich zucke zusammen, presse meine Handflächen gegen die Scheibe, um mich zu wappnen, ob gegen die ungebetenen Erinnerungen, die aus schlammigen Flüssen auftauchen, oder gegen die Träume, die noch lange nach dem Aufwachen andauern, oder gegen Ruths unaufhörlichen Lärm, kann ich nicht sagen. Sie schreit jetzt Tom an. Ich schätze, dass er langsam sein Gehör verliert, aber so, wie sie schreit, würde man denken, er wäre bereits vollkommen taub. Sie schreit in ihrer mir unbekannten Sprache. In der Öffentlichkeit, bei Hasan's oder auf der Straße oder im Waschraum, reden die beiden Englisch, aber zu Hause, durch die Wände, höre ich meistens diese fremde, wütende Sprache. Ich weiß nicht, was sie schreit, stelle mir aber vor, dass es etwas ist wie: »Willst du Cracker zu deiner

Suppe?«, oder: »Natürlich koche ich Tee, wie lange sind wir schon verheiratet?«

In South Tower B steht Anime-Mädchen am Fenster. Sie trägt ein weißes Unterhemd mit sichtbarem schwarzem BH darunter und ein blassrosa Höschen. Sie bürstet sich das lange Haar über eine Schulter, ihre Hand fährt vom Scheitel bis zu den Spitzen, ihre Hüften wiegen sich zu einer Melodie, die nur sie hören kann. Hin und wieder neigt sie den Kopf zum Fenster, nie jedoch den Körper. Sie tritt mit einem dünnen Bein zur Seite, dreht eine Pirouette, streckt den blassen Hals und lässt ihn schwingen.

Sie legt die Bürste nieder und schlängelt die ebenso dünnen Arme unter den Saum ihres Unterhemds, hakt den BH auf, zieht ihn langsam hervor und lässt ihn vor sich auf den Fußboden fallen. Mit gesenktem Kopf dreht sie sich um und schwenkt von einer Seite zur anderen, lässt ihr Haar schwingen, das sich hinter ihr wie ein Fächer ausbreitet, stößt ihre kleine Brust nach vorn, sodass die Brustwarzen gegen das Unterhemd drücken wie Mückenstiche. Sie dreht sich erneut um, steht nun mit dem Rücken zum Fenster, schiebt den Saum ihres Unterhemds hoch und zieht es sich über den Kopf, ehe sie es ebenfalls auf den Fußboden fallen lässt.

Sie zieht eine Show ab. Für wen, kann ich nicht sagen. Von South Tower A aus sieht ihr niemand zu. Ich gehe auch nicht davon aus, dass irgendjemand aus dem East Tower freie Sicht auf die Wohnung der Urlaubsgäste hat, also muss es wohl eine Person in meinem Gebäude sein. Ich kichere bei der Vorstellung, wie Tom nebenan in diesem Augenblick ihrer straffen jungen Haut nachgeifert, aber es ist kein ernst gemeinter Gedanke. Ich glaube nicht, dass er in seinem Alter noch von so etwas fasziniert ist. Vielleicht ist es der Vater im zweiten Stock, mit den vier Kindern, die ihn jedes zweite Wochenende besuchen. Oder vielleicht ist es der Student, der zu allen Tages- und Nachtzeiten seinen schweren Rucksack in das Gebäude oder hinaus schleift und in einem ständigen Zustand der Verzweiflung zu sein scheint, als hätte er stetig wiederkehrende erste Begegnungen mit irgendeinem besonders kryptischen Philosophen. Oder vielleicht ist es auch der vorpubertäre Sohn der alleinerziehenden Mutter im ersten Stock.

Anime-Mädchens Brust ist nun entblößt und sichtbar für jeden, der zu ihrem Fenster schaut. Als sie ihre kleinen Finger in den Bund ihres Höschens schiebt, wende ich mich ab, und im selben Augenblick lässt Ruth irgendetwas in die Spüle fallen.

Ich schnappe mir meine Jacke und fliehe in den Hof.

11 Revolte

Wir versammelten uns freitags. Wenn die Seminare der Woche vorbei waren und der Ruhetag begonnen hatte, traf ich mich mit Ossama, Khalid, Sama, meinem Cousin Amer und meiner Cousine Donya in Ossamas Wohnung. Damals hatten die Freitage noch keine Namen, hießen nicht »Freitag der Würde« oder »Freitag der Geduld und Beständigkeit« oder »Freitag von Euer Schweigen tötet uns«, und ein Freitag war lediglich ... ein Freitag. Ossama wohnte außerhalb des Campus, ein paar Straßen von der Universität entfernt, in einer Zweizimmerwohnung in einem Hochhaus in einem der Geschäftsviertel. Wir alle drängten uns in sein winziges Wohnzimmer zu einem späten Mittag- oder frühen Abendessen oder einfach, um Zeit miteinander zu verbringen, wenn wir nicht länger an der Uni verweilen wollten.

In jenem beengten Zimmer verfolgten wir die Ereignisse in Ägypten. Nicht im Fernsehen, sondern auf den Displays unserer Mobiltelefone. Auf Twitter, auf Facebook, mittels Nachrichten, die unsichtbar und rasend schnell durch Luft und Raum hin und her geschickt wurden, sahen wir Ägypten beim Zerfall zu. Wir sahen Tausende auf dem Tahrir-Platz, dem Platz der Freiheit, wo das Unmögliche unausweichlich wurde. Wir reichten verwackelte Videos von Sprechchören und Protesten herum und hörten von den Vermissten und den Verschwundenen. Wir sahen zu, wie die Freitage Spitznamen bekamen – »Tag der Revolte« und »Freitag der Wut« und »Freitag des Aufbruchs«.

Und wir warteten.

»Es wird hierherkommen«, sagte Ossama, dessen knubbelige Knie wackelten, während er auf seinem Telefon herumtippte. »Es ist bloß eine Frage der Zeit.«

»Ja, ja«, stimmte Amer mit einem kleinen Schütteln der Schultern zu, wie ein Tänzer, der sich für eine Aufführung aufwärmt. »Der Doktor ist als Nächstes dran.« Khalid blickte von dem Buch in seinen Händen auf und ließ den Blick aus seinen dunklen Augen durch das Zimmer schnellen, als wären wir nicht allein. Er beobachtete stets die Türen, rechnete mit Klopfen und Brüllen und Männern, die einen mitnahmen. Die Augen sind überall. Die ganze Zeit. Als er sich für die Uni einen Laptop kaufte, klebte er als Erstes die Kamera ab. Wir lachten und bezeichneten ihn als paranoid, aber er klebte einfach noch eine Schicht darüber.

Sama schüttelte den Kopf, lehnte sich auf dem Sofa zurück und verschränkte die Arme. »Er ist zu stark.«

»Es wird nichts dabei herauskommen«, pflichtete Khalid ihr bei und blätterte mit seinen langen Fingern eine Seite in der Kurzgeschichtensammlung auf seinem Schoß um. Ich konnte sehen, dass er aufgewühlt war und sich nicht konzentrieren konnte, dass er nur so tat, als würden die neusten Lageberichte, die Ossama und Amer und Donya unablässig mit solch unangemessener Freude verkündeten, ihn nicht tangieren. Ich sehnte mich danach, näher an ihn heranzurücken, einen Arm um seinen Nacken zu legen und sein Ohrläppchen so zu reiben, wie es ihn beruhigte, aber er war zu anständig, um unsere Beziehung auf solche Weise zu verkünden, selbst vor engen Freundinnen und Freunden.

Bald kam ein Aufruf zu unserem eigenen »Tag des Zorns«, ein Aufruf, sich Anfang Februar zu versammeln und unsere Unzufriedenheit kundzutun, aber er wurde ignoriert, und unsere Ketten rasselten nicht. Zumindest noch nicht. Eine Woche später machten Fotos von der dunklen Unterseite einer Brücke in der Stadt die Runde, auf deren Steinen in tropfender schwarzer Schrift die Worte *Jetzt bist du an der Reihe, Dr.* standen.

Wir sprachen nicht darüber.

In Damaskus gab es kaum Demonstrationen in jenen ersten sechs Monaten der Revolution. Nein, Revolution ist der falsche Begriff für das, was geschah. Das Wort reizt mich noch immer, die ihm innewohnende Falschheit pikst meinen Geist wie eine Nadel. Geht man seiner Bedeutung auf den Grund, liegt darin eine kreisförmige Vorstellung, eine Rückkehr zu einem Ausgangspunkt, eine Rückkehr dahin, wo man nicht sein will. Dafür sorgt die Vorsilbe, denn sie bedeutet »wieder«. An der Universität habe ich englische Linguistik studiert, also wusste ich alles über Präfixe und Suffixe und Wortstämme. Die Herkunft von *Revolution*, das darin versteckte Fundament ist das lateinische *revolvere*. Es bedeutet »zurückrollen, zurückwälzen«, wie ein Blatt, das sich einrollt.

Das ist nicht das, was wir uns für unser Land vorgestellt haben.

Viel besser hätte man es eine Revolte genannt. Man hätte sie besser alle Revolten genannt, als würde die gesamte Region von einer schweren Krankheit erschüttert. Auch hier haben wir diese ärgerliche Vorsilbe mit ihrem Rückzug in eine Rotation, ihrem Kreisen um eine Achse. Aber zumindest vermittelt dieses Wort, mit der Vorstellung des Erhebens, des Befreiens und Ausbrechens, auch ein Gefühl der Abscheu, des äußersten Widerwillens und der Übelkeit, das viel besser zu seinem Gegenstand passt.

Sama verließ die Uni und floh in ihre Heimat Jordanien. Mama sagte mir, ich solle nach Hause kommen, weil die Entfernung für sie unerträglich sei. Khalids Mutter sagte das Gleiche. *Was ist, wenn du uns brauchst, oder wir dich brauchen?*, fragte sie, ihre Stimme blechern durch die Leitung, während Khalid die Augen verdrehte. *Du würdest mindestens fünf oder sechs Stunden bis hierher benötigen.*

Amer und Ossama hatten ohnehin keine Geduld mehr mit Damaskus, mit dem Schweigen, an dem wir alle erstickten. In Aleppo rumorte es, insbesondere unter den Studierenden an der dortigen Universität, und sie wollten sich ihnen anschließen.

Mama dachte bereits darüber nach, wie wir das Land verlassen konnten, schmiedete Pläne, kontaktierte entfernte Verwandte in Latakia und Beirut und Alexandria, auf der Suche nach einem sicheren Hafen, auch wenn Baba zu Geduld riet. *Der Norden bleibt loyal*, sagte er während eines Telefonats, aber er klang erschöpft, und ich glaube nicht, dass er mit dem Herzen hinter dieser Ansicht stand.

Er behauptete, die Lage werde sich beruhigen, und alles werde wieder zur Normalität zurückkehren.

12 Überreste

»Ich sagte, es ist fast so aufregend wie zu Hause, als wir jung waren.«

Ruth steht auf ihrem Balkon, in so viele Lagen gehüllt, dass sie aussieht wie ein riesiger Schneeball in der Farbe von schmutzigem Spülwasser. Sie hat das grau-weiße Haar zu einem strengen Knoten zurückgebunden, der ihr Gesicht um Jahre jünger wirken lässt. Ich kann mir beinahe vorstellen, wie sie als junge Frau ausgesehen hat: eine charakterstarke Nase, die der Welt ihre Unverfrorenheit verkündet; kleine, glänzende Augen, die noch in die dunkelsten Verstecke dringen; Lippen, die ich sie beinahe kokett schürzen sehen kann, während sie ihren Auserwählten umgarnt. Sie hält das Telefon fest umklammert und presst es an ihr Ohr. Ihre linke Hand zeigt deutlich ihr Alter: faltig und von dicken, knotigen Venen durchzogen, mit großen Knöcheln, als hätte sie ihr ganzes Leben damit verbracht, Brot zu kneten.

»Die Polizei war wieder da«, fährt sie laut und mit autoritärer Schärfe in der Stimme fort. »O ja, die Polizei kam zur Moschee. Ich habe dir doch erzählt, wie die Leute da Krawall gemacht haben? Das ging ewig so, und es sind immer mehr von denen gekommen. All diese Männer, Mila.« Sie schüttelt den Kopf und duckt sich zurück nach drinnen. Als sie erneut hervorkommt, hat sie einen Lappen in der Hand, mit dem sie über das Geländer wischt, auch wenn es ausschaut, als würde es bald wieder regnen. Der graue Morgenhimmel hängt tief. Sie sieht mich nicht auf meinem Balkon kauern, den Rücken gegen die kalten Backsteine hinter mir gelehnt.

»Es ist zu viel. Dieser Anführer da, in der Moschee, der will die gesamte Nachbarschaft bekehren. Tom meint, ich wäre albern, aber es stimmt. Jeden Monat veranstaltet er so etwas, lockt die dummen Leute an diesen Ort, damit er ihnen seine Magie ins Ohr flüstern kann. Es ist Magie, Mila! Hexerei! Erinnerst du dich noch an die Frau des Gewürzhändlers, mit ihren Beuteln und Kräutern und Kaffeetassen, in denen sie die Zukunft las? Sie hat Nevs Tod vorhergesagt, auf die Stunde genau, und das weißt du auch.« Sie klatscht den feuchten Lappen gegen das Metall, was ein hohes, in den Wind pfeifendes Geräusch erzeugt. »Wie auch immer, da waren zu viele von denen, und dann haben sich ein paar Nachbarn beschwert. Ich nicht, ich will keinen Ärger. Aber es sorgt für Aufmerksamkeit. Wir haben den muslimischen Laden. Tom und ich, wir kaufen da unsere Milch und unseren Tee, aber wozu brauchen wir einen muslimischen Geistlichen? Was? Ja, ja, einer von denen ... Also, die Polizei war da und hat die Leute verscheucht. Im Laden habe ich gehört, es wären ein paar Männer gekommen, um die Moschee anzugreifen, aber ich glaube, die lügen. Die wollen nur Mitleid, verstehst du? Wie auch immer, vielleicht wird es ja jetzt ruhiger. Tom und ich gehen in den Tempel und beten mit den anderen, aber wir schreien es nicht auf der Straße herum. ›Schau mich an, schau meinen Gott an ...‹ Das ist respektlos, aber du weißt ja, wie die sind.«

Später, nachdem der Regen gekommen und wieder vorbei ist, wage ich mich aus dem Haus. Der Himmel ist noch immer konturenlos und trist, wie Blei. Ich betrachte ihn im Gehen, vertraue meinen Füßen, dass sie mich von allein durch diese Stadt tragen. Es fällt mir nach wie vor schwer zu glauben, dies sei derselbe Himmel, der über Zuhause schwebt, dieser kaum vorhandene helle Dunst stamme von derselben Sonne, die dort scheint, und über uns allen wölbe sich dieselbe Kuppel. Aber ich darf daran nicht als Zuhause denken. Es ist nicht mein Zuhause. Das ist hier. In dieser kleinen Stadt mit ihren zweihundert Jahre alten Gebäuden – im Grunde so gut wie gar keine Geschichte – und ihren Kirchtürmen und weitläufigen Parks. Das hier ist jetzt mein Zuhause. Die Wohnung dort, an jenem anderen Ort, ist in Stücke gesprengt worden, von dem Gebäude sind nur noch Schutt und Asche übrig. Es gibt nichts, wohin ich zurückkehren könnte.

Meine Füße tragen mich zu Hasan's, wo ein stetiger Strom von Kundinnen und Kunden ein und aus geht, ihr Obst und Gemüse, ihre Päckchen Fladenbrot und ihre Kanister Bratöl tragend. Ich betrete den Laden nicht, lasse ihn hinter mir und gehe weiter die Straße hinunter. Ich eile an der Moschee vorbei, werfe nur einen raschen Seitenblick in den Hof, als ich das Tor passiere. Der Platz ist ruhig: Tische und Stühle sind zusammengeklappt vor einer Mauer gestapelt, als glaubte der Imam nicht, dass irgendjemand in dieser Stadt ihn bestehlen würde; draußen auf der Straße türmen sich prallvolle schwarze Müllsäcke; die Willkommensbanner sind abgenommen worden und liegen zusammengesackt vor dem Gebäude, wo die Worte der Begrüßung nun auf die Wand starren. Der Hof ist

menschenleer. Ich werfe einen Blick auf meine Armband-
uhr, aber da ich die Gebetszeiten nicht kenne, weiß ich
auch nicht, ob dies eine Reaktion auf den letzten Abend
ist oder einfach eine normale Ruhepause am Tag.

Ich gehe weiter die Straße entlang, hüpfe über Pfützen
und renne über Kreuzungen, ehe die Ampel rot wird. Ich
laufe an der Bar vorbei, die auf einem Schild einen geheimen Biergarten hinter dem Haus bewirbt, in dem Männer
mit aufgerollten Ärmeln und Frauen in kurzen Röcken
sich an bunte Cocktails klammern und so tun, als hätten
sie einander etwas zu sagen. Dann kommen die alte Kir-
che mit ihrer Anschlagtafel voller Gottesdienstzeiten und
Aushänge für Musikabende, und das Immobilienbüro, vor
dessen Schaufenster ich stehen bleibe, um mir Häuser und
Wohnungen anzuschauen, die ich mir niemals werde leisten können. Die Straßen sind voller Menschen, aber ich
nehme sie kaum wahr – Mums und Dads, die Kinder an
der Hand halten oder sie in Kinderwägen herumschieben,
gehetzte Studierende, die in nachlässig über die Schulter
gehängten Laptoptaschen Bücher transportieren, Männer
in Anzügen, die über ihre Telefone gebeugt sind, während
sie auf den Bus warten ... Sie wirken auf mich wie Schau-
fensterpuppen oder wie eine optische Täuschung, ganz so,
als könnte ich, wäre ich weniger achtsam und würde gegen
jemanden stoßen, einfach durch diese Person hindurch-
laufen.

Ich biege in eine Straße ein, in der eine Buchhandlung
mit einer leuchtend roten Tür ist. Unter der Markise stellt
der Besitzer Kisten mit Büchern aus, die er für 50 Pen-
ce verkauft, wobei er auch nichts dagegen hat, wenn die
Leute sie einfach mitnehmen. Das weiß ich, weil ich an

dem Tag, als ich die Buchhandlung entdeckte, nicht lange nach meiner Ankunft hier, in den Kisten stöberte und einen hohen Stapel Bücher auf meinem Arm auftürmte, da ich dachte, sie wären kostenlos und er hätte sie unbewacht hinausgestellt, damit die Leute sie ihm abnähmen. Die Bücher waren in einem fürchterlichen Zustand, ihre Umschläge verblasst und zerrissen, mit Wasserflecken, kaputten Buchrücken und herausgerissenen Seiten, aber ich wollte sie trotzdem haben. Gerade als ich fertig war und mich zum Gehen wandte, kam er mit den Armen voller weiterer ramponierter Bücher aus dem Laden und musterte mich von oben bis unten, während ich meine Fundstücke verlagerte und davonging. Seitdem bin ich noch unzählige Male in der Buchhandlung gewesen, aber er hat es nie erwähnt.

Als ich eintrete, steht er vor der Abteilung mit den Sagen und Märchen, und beim Läuten der Glocke wendet er seinen großen Kopf. Kein Lächeln, bloß ein Nicken, ehe er sich wieder den Regalen widmet. Er ist ein großer Mann, aber nicht wie jener, der die Moschee gestürmt hat. Der Besitzer der Buchhandlung wirkt wie ein sanfter Riese, groß und breit, mit dunkelrotem Haar und blassen Sommersprossen. Seine tiefsitzenden Augen sind klein und braun, und seine Hände groß genug, um ohne besondere Anstrengung zehn Bücher auf einmal zu halten.

Der Besitzer der Buchhandlung ist nicht freundlich, ich habe ihn Kunden, die dumme Fragen stellen (*Dann sind also die ganzen Bücher zu verkaufen?*), anblaffen hören und Leute, die nach grottenschlechten Büchern fragen, finster anblicken sehen, wobei er diese Bücher dennoch im Angebot hat und sie mit einem Gesichtsausdruck überreicht, als hätte er etwas Widerliches gerochen. Er kann nicht viel älter als vierzig sein, aber er ist äußerst leicht reizbar. Viel zu reizbar für jemanden in seinem Alter, aber man kann nie wissen, was ein Mensch durchgemacht hat.

Ich gehe ans andere Ende des Ladens und lasse den Blick über die Regale voller Titel schweifen – Hardcover und Taschenbücher, mit verbeulten Umschlägen oder in astreinem Zustand, als Bände einer Sammlung zusammengefasst oder für sich allein stehend. Ich bin noch immer aufgewühlt von dem Vorfall bei der Moschee. Ich spüre es in der Taubheit in meinen Fingerspitzen und den Ameisen, die über meine Kopfhaut krabbeln und an meiner Oberlippe knabbern. Es erscheint mir seltsam, dass eine so kleine Sache mich dermaßen aus der Bahn bringen sollte. Angeblich können Menschen sich anpassen und durch wiederholte Exposition desensibilisiert werden, aber das funktioniert nicht immer.

An einer Wand befindet sich ein Kamin, der aus offensichtlichen Gründen kalt ist. Aber in dem ausgehöhlten Bereich steht ein Computerbildschirm, auf dem die tanzenden Flammen einer lodernden Feuerstelle abgebildet sind. Zu den Bildern gibt es sogar einen Ton, kleine, hinter den Bildschirm geschobene Lautsprecher übertragen leise Knistergeräusche. Das Ganze erzeugt das Gefühl eines alten Salons, wie etwas aus Austen oder Dickens. Eine Atmosphäre. Eine Art Fassade. Steht man nicht zu nah davor und nimmt es nicht zu genau in Augenschein, könnte man glatt darauf hereinfallen. Es ist sinnlos, aber so hübsch anzusehen.

Der Besitzer tritt hinter mich, und ich drehe mich um und starre zu ihm hinauf. Wortlos lässt er ein Buch in meine Hand fallen und kehrt zur anderen Seite des Ladens zurück. Auf diese Weise kommunizieren wir miteinander: Er reicht mir Bücher, von denen er glaubt, ich könnte sie mögen, oder schiebt sie mir über die Ladentheke zu, wenn ich bezahlen gehe, und gelegentlich hinterlasse ich einzeilige Rezensionen in den Büchern, die ich gelesen habe, die er dann nach eigenem Ermessen ändert oder ergänzt. Tief in einem Regal vergraben steht ein Exemplar von *Der Da Vinci Code*, in dem mehrere Blätter Papier stecken, auf denen wir einen langen, ausgedehnten Streit darüber führten, welche Rolle Popkultur dabei spielt, tiefergehende theologische Diskussionen zu entfachen. Seine heutige Empfehlung ist ein Band mit Essays von Ursula Le Guin – eine Schriftstellerin, von der ich noch nie etwas gehört habe. Zwischen den ersten Seiten steckt ein Zettel mit der Aufschrift: »die Ur-Anarchistin«. Ich muss kichern über die Vorstellung, Anarchie sei allein ein Produkt von Worten, als müssten diese nicht von Taten begleitet werden, um irgendeinen Nutzen zu haben.

Vor dem Schaufenster nehme ich eine Bewegung wahr. Matt, der Sohn des Dads in South Tower A, zweiter Stock, Wohnung drei, rennt über die Straße, um die alte Ruth abzufangen. Sie trägt noch immer ihre verblichene graue Strickjacke, das Haar wie stets unmöglich straff zurückgesteckt, und humpelt die Straße hinauf, die Arme voller leuchtender Sainsbury's-Tüten. Ich sehe sie zum ersten Mal damit und frage mich, ob sie heute dort eingekauft hat, gute fünfzehn Minuten entfernt, nur um Hasan und die Muslime der Moschee dafür zu bestrafen, was gestern Abend geschehen ist. Vielleicht macht es sie auch nur nervös, und sie glaubt, irgendeine Art von Angriff würde kurz bevorstehen, weshalb sie beschlossen hat, die gesamte Straße zu meiden.

Matt hält sie auf, und sie wechseln ein paar Worte. Er versucht, ihr die Tüten abzunehmen, und sie lehnt es ab – meiner Zählung nach drei Mal, genau wie Araberinnen es tun –, ehe sie schließlich mit einem Lächeln nachgibt. Sie überreicht ihm die Einkaufstüten, tätschelt liebevoll seine blasse, pickelige Wange und führt ihn dann die Straße hinunter auf die Siedlung zu.

Ich wende mich erneut den Regalen zu. Vor dem künstlichen Feuer bleibe ich stehen und strecke die Arme aus, stelle mir vor, wie Wärme meine frierenden Hände einhüllt und mein Gesicht streift. Ich versuche, nicht an andere Feuer zu denken, vor denen ich gestanden habe, Feuer, die die dunkle europäische Landschaft sprenkeln wie Sterne im Nachthimmel, wunderschön und lebendig und verzweifelt.

13 Echos

Die Nachrichten sind voller Berichte über Geflüchtete. Sie sind auf jedem Kanal und auf allen möglichen Websites zu sehen – Videotagebücher, von Möchtegernpromis übermittelte Einblicke, ausführliche Interviews. Es scheint, je mehr jugendlich frische junge Frauen mit aufgesetzten Kapuzen, die über die Grenze hinweg auf ihre Heimat blicken oder sich zusammengekauert in einem Zelt an der griechisch-mazedonischen Grenze ins W-Lan einloggen, aufgetrieben werden können, desto leichter kann die Öffentlichkeit davon überzeugt werden, dass es nichts zu befürchten gibt, dass Geflüchtete niemanden umbringen werden. Es steht keine Horde Barbaren vor den Toren. Tatsächlich fliehen diese Menschen vor den Barbaren.

In einer Zeit, da der Zugang zu Daten und Fakten buchstäblich grenzenlos ist, kann Unwissen nichts anderes als eine Entscheidung sein, und ich frage mich, wie viele der Menschen, die jene Berichte der BBC, des *Guardian* oder des *Independent* erreichen wollen, sie wohl tatsächlich anschauen / lesen / verfolgen?

Es ist ein Algorithmus. Sie haben sicher davon gehört. Ersonnen von irgendeinem High-Tech-Hirn in irgendeiner Stadt in Kalifornien, in der wir alle gern leben würden. Während man auf Links klickt, verschiedenen Artikeln Herzchen gibt oder bestimmten Organisationen folgt, macht sich der Algorithmus ans Werk, den eigenen Feed so zu optimieren, dass man beim Einloggen zu Inhalten gelenkt wird, die einem gefallen, und zu Ansichten, die man bereits teilt. Es wird als Echokammer bezeichnet, aber mir scheint es eher eine Art von Käfig zu sein, der die eigenen Ansichten und Erfahrungen in einem Maße begrenzt, dass einem nichts Unerwartetes oder Unerwünschtes je über den Weg läuft. Und welches andere Ergebnis kann eine solche Apparatur haben, als ein Sinken der Toleranz?

Nun stellt sich die Frage, wie Menschen aus dieser Situation ausbrechen könnten. Oder, vielleicht etwas korrekter: Wie können wir sie aus dieser Situation herausbrechen? Denn diese Last scheint uns aufgebürdet zu werden. Als sollten wir alle herumlaufen wie moderne Prophetinnen, die andere dazu drängen, aus der Dunkelheit ins Licht zu treten. Ich bin mir nicht sicher, ob ich daran glaube, oder dass ich moralisch dazu verpflichtet wäre, diese Verantwortung zu übernehmen. Ist es meine Aufgabe als Muslimin, Sie davon zu überzeugen, dass Sie mich nicht fürchten müssen? Dass meine Leute nicht darauf programmiert sind, Sie zu hassen, Sie in einer U-Bahn in die Luft zu jagen oder Sie mit einem Laster zu überfahren?

Es hieß, die Globalisierung würde die Welt verbessern, aber stattdessen ist der Begriff zu einer hysterischen Abkürzung für alles geworden, was den Status quo infrage stellt. Es hieß, das Internet würde uns alle näher zusammenbringen und die Welt in ein Dorf verwandeln, aber das ist nicht geschehen. Stattdessen sind wir auseinandergebrochen und haben uns auf Inseln verstreut, die immer weiter auseinanderdriften.

Immerhin ist das Internet, das den ersten schwarzen US-Präsidenten gewählt und den Arabischen Frühling entfacht hat, dasselbe Internet, das das Vereinigte Königreich aus Europa gerissen und drüben in Amerika Dr. Seltsam gewählt hat.

Bei diesem hier bin ich mir nicht so sicher, schreibt Josie in ihrer jüngsten E-Mail, der mein Artikelentwurf mit ihren aufgezeichneten Änderungen und Kommentaren angehängt ist, auf die ich nur einen kurzen Blick geworfen habe. *Ihm fehlen die Kohärenz und Ausrichtung deiner früheren Texte. Wieso teilst du nicht stattdessen ein paar deiner Erinnerungen mit uns? Mich interessieren besonders deine Erfahrungen auf deinem Weg hierher, oder auch, wie die Situation zu Hause war, bevor du aufgebrochen bist. Könntest du dich darauf konzentrieren? Versuche eher, diese Erinnerungen hervorzuholen, statt dich auf eine rein rationale Analyse der derzeitigen Weltlage zu fokussieren, d. h. auf Medien und Fakten. Dazu geben schon genügend Leute in der Öffentlichkeit ihren Kommentar ab. Ich denke, deine persönliche Geschichte würde äußerst lesenswerte Artikel erzeugen. Magst du ein paar Tage darüber nachdenken und mir dann Rückmeldung geben?*

Jaa, aber wer weiß, wo wir in ein paar Tagen sein werden, Josie.

In diesem Land ist man besessen von Erinnerung, von ihrer Bewahrung und ihrer Verbreitung und ihrer Korrektheit. Diese Besessenheit kommt in der Sprache selbst zum Ausdruck. Erinnerung, Gedächtnis, Andenken, Erkennen, Reminiszenz, Gedenken, Rückschau, Eindruck – wer braucht so viele Wörter für dasselbe Konzept? Als hätte man sich immer mehr Synonyme ausgedacht als Reaktion auf die poröse Eigenschaft von Erinnerungen, ihre Fähigkeit, sich zu verwandeln und Flecken zu bekommen, einen zu verlassen und zu verfolgen, ganz so, als wären sie von längerer Dauer oder größerer Klarheit, hätten wir nur mehr Wörter für sie.

In meiner Sprache gibt es ein Wort dafür, mit dem wir

auskommen, und Erinnerungen sind schmerzhafte Empfindungen, die wir nicht weiter manifestieren wollen.

Lassen Sie es los, sagte Dr. Thomson, was ich als »vergessen Sie« verstand. *Das ist nun der einzige Weg nach vorn.*

Sind Erinnerungen jemals vollständig wahr? Josie verlangt sie von mir, aber ich habe das Gefühl, ich würde lügen, wenn ich behauptete, irgendetwas wäre genau so geschehen. Wie sehr kann ich meinem Gedächtnis trauen, was meine Geschichte angeht?

Wieso teilst du nicht stattdessen ein paar Erinnerungen mit uns? Sie fragt das so locker, als wäre es so einfach, wie wenn Mann-ohne-Licht seine Kiste unter dem Bett hervorzieht, als ginge es nicht tatsächlich darum, Leichname aus der Erde zu ziehen, deren stinkender Atem einen überspült, während sie erzählen, was sie gesehen haben. Sie will, dass ich mich häute, tief grabe, alles heraushole, was ich verschluckt habe. Vielleicht sogar Klein-Ahmed ausbuddele, von dessen blasser Stirn das schlammige Wasser tropft ...

Nein.

Ich gehe zum Schrank und ziehe den großen schwarzen Koffer hervor, in dem ich meine Unterlagen aufbewahre. Darin sind offizielle Schriftstücke, Krankenhauspapiere, Schulzeugnisse, mein Pass und meine Geburtsurkunde. Dokumente, die belegen, dass ich eine reale Person bin. Außerdem stecken darin ein zerfleddertes Arabisch-Englisch-Wörterbuch und Notizbücher voller täglicher Protokolle und Tagebucheinträge, die einige der Erinnerungen enthalten, die Josie haben möchte, in die einzutauchen ich mich aber bislang geweigert habe.

Ich bin mir nicht sicher, welche düsteren Entdeckungen hier vor mir liegen. Vieles davon ist aus meinem Bewusstsein verschwunden und steckt nur noch in meinem Nervensystem – das Klopfen meines Herzens, die Taubheit meiner Extremitäten, die Gefühle drohenden Unheils. Träume, nichts als Träume. Dennoch ziehe ich die Papiere und Notizbücher hervor und beginne, sie eins nach dem anderen durchzugehen.

»gesichter wie wasserspeier, die in der dunkelheit schreien, kalte hände, trocken und rau wie pappe. seit drei tagen nur ein fladenbrot.«

»sandwiches aus ausgestreckten händen geschnappt, am ufer eines schlammigen flusses leitete ein mann die gebete. ich habe nicht mitgemacht, hinterher hat um hasan mich böse angeschaut und den mädchen nicht erlaubt, mir das kaninchen zu zeigen, das sie gefunden hatten.«

»Die Patientin ist eine junge Frau, 24 Jahre alt, weiß und arabischer Abstammung. Laut Überweisungsschein wurde sie behandelt aufgrund von Darmparasiten, Anämie, schwerer Dehydrierung, Tuberkulose und chronischer bakterieller Hautentzündung.«

»ich weine nicht mehr. mein körper braucht die flüssigkeit für andere dinge.«

»heute waren im schlamm kartoffeln voller kleiner schwarzer dinger, die für mich nicht wie ameisen aussahen. das erinnerte mich an einen film, den baba uns früher schauen ließ, mit

einem jungen in einem konzentrationslager oder so, dem sie
diese hässlichen kartoffeln geben, und er sagt, die käfer mitzu-
essen sei gut, denn zumindest wären sie protein.«

»Aufnahmen des zentralen Nervensystems
zeigen keine physiologischen Anomali-
en. Der mesenzephale Bereich wirkt unauffällig ohne sichtbare Verletzungen.
Stirnlappen und Basalganglien sind
ebenfalls unauffällig. Weiße Substanz
erscheint normal, ohne Anzeichen für
eine Beeinträchtigung durch spinale
Muskelatrophie (SMA). Folglich wurde
eine Diagnose mit akinetischem Mutismus (AM) ausgeschlossen. Nach gründli-
cher psychologischer Untersuchung (detailliert dargelegt weiter unten und
in den beiliegenden Dokumenten) wurde
der Patientin Sertralin verschrieben,
25 mg / Tag, mit einer geplanten Steige-
rung wie im Zeitplan unten ausgeführt.
Außerdem wird die Patientin sich einer
Traumatherapie unterziehen.«

»*heute schreien, peng peng peng des geschützfeuers und ver-*
brannte erde. Bomben in den Wolken, die man hören, aber
nicht sehen kann. eine freundliche freiwillige an der mazedo-
nischen grenze gab uns wasser, um uns die augen auszuwa-
schen. es war kalt.«

»*der fluss hier ist schmutzig voller scheiße ich will nicht hin-*
einsteigen wer wird schon an mir riechen vielleicht hält es sie
ja fern«

»سجل!
أنا عربـــــــــي
انا اسم بلا لقب«

»Bei Aufnahme auf die Station zeigte
sich die Patientin mit intermittieren-
den auffallenden katatonischen Symp-
tomen. Patientin war zwar bei vollem
Bewusstsein, zeigte jedoch keine Reaktion, blieb regungslos und stumm. Über
drei Tage kam es zu einer deutlichen
Verringerung nahezu aller motorischer
Funktionen, darunter auch Mimik und
Gestik. Ein derartiger Zustand veranlasste die Klinikärztin, eine zweite
Runde diagnostischer Tests anzufor-
dern. Deren Ergebnisse zeigten ebenfalls keinerlei Anomalien.«

*»Tränengas Steine Rauch auf der Zunge Wächter schnappen
mit den Zähnen wie wilde hungrige Hunde«*

»Am vierten Tag zeigte die Patientin
einen hysterischen Mutismus, charakte-
risiert durch das von der Klinikärztin
festgestellte hartnäckige und freiwillige Schweigen, das von keinerlei Anomalien in der Artikulationsmuskulatur
begleitet wird. Patientin war in der
Lage, normal zu husten, und die Mimik kehrte zurück in Form von wütenden
oder mürrischen Blicken sowie inter-
mittierenden Bekundungen von Verwir-

rung und/oder Schock. Psychiatrische
Untersuchung wurde fortgesetzt, indem
online der Minnesota-Multiphasic-Per-
sonality-Inventory-(MMPI-)Test durchgeführt wurde. Die Patientin durfte
ebenfalls schriftliche Antworten auf
einen Rorschachtest und einen Themati-
schen Auffassungstest abgeben. Ein Test
zum Vervollständigen von Sätzen wurde
ebenfalls durchgeführt.«

»wo sind menschenrechte?
  sag mir einfach wo? Ali X«

«أهلًا وسـهلًا»

»Auch unter den unmöglichsten Bedingungen muss man ein
echter Mensch sein.«

»Die Patientin zeigte eine längere La-
tenzzeit beim Beantworten von Fragen.
Da außerdem mehr Zeit benötigt wurde,
um die Antworten aufzuschreiben, statt
sie mündlich zu übermitteln, mussten
die Tests über drei Tage durchgeführt
werden.
Die Gesamtergebnisse weisen darauf
hin, dass die Persönlichkeit der Patientin sich abgebaut hat, mit reichlich
Anzeichen dafür, dass das Ich nicht
in der Lage ist, die Auswirkungen von
posttraumatischem Stress abzumildern
und/oder die Realität zu vermitteln.
Grundlegende Affektkontrollen sind

kaum noch vorhanden, und die Patientin stützt sich auf eine Vielzahl von Abwehrmechanismen, um den zugrundeliegenden gescheiterten psychotischen Prozess zurückzuhalten, darunter Intellektualisierung, Kompartmentalisierung und Verdrängung. Insbesondere zeigt die Patientin eine starke Distanz zu physischen und emotionalen Erlebnissen, darunter mindestens eine dokumentierte Episode psychogener Amnesie.«

»später haben die jungs rohre gefunden und so getan als wären es waffen und die mädchen haben nach mehr blumen ausschau gehalten bevor der regen kam ich frage mich ob es hier schneit und ob er noch mal zu mir kommen wird«

»steig ins boot, hat er gesagt. alles wird gut, hat er gesagt.«

»Die Antworten der Patientin weisen auf ein gedankliches Kreisen um Sex und Anatomie hin, mit einigen Hinweisen auf eine Verdrängung von sexuellem und / oder körperlichem Trauma. Intellektuell zeigt sich die Patientin auf einem überdurchschnittlichen / überragenden Niveau, mit einem schriftlichen Ausdruck weit über dem normalen Bereich. Visuell-räumliches Vorstellungsvermögen sowie Wahrnehmungs- und Organisationsfähigkeit sind hoch entwickelt, auch wenn die Funktionalität derzeit etwas vermindert erscheint. Das Arbeitsgedächtnis ist unterdurchschnittlich ausgeprägt.«

»LASS DICH NICHT ERWISCHEN! WENN DU ERWISCHT WIRST, IST ES VORBEI!«

»wie es scheint, werde ich diesen strand nie wieder verlassen. aber zumindest habe ich den dschungel dort unten vermieden. Denn wir sind Tiere, nicht wahr? dort geschehen schlimme dinge, und es heißt, er werde geschlossen oder zerstört oder in brand gesetzt. Überall sind Krebse und kleine Schwarze Fliegende Dinger. Kratzen ist schlecht, aber ich kann nicht anders. es heißt, ein mann aus Tategem werde uns nach uk bringen, aber das heißt es schon seit einer weile, und ich frage mich, ob womöglich alles umsonst war.«

»Der Thematische Auffassungstest weist auf eine fatalistische Weltsicht hin, gekennzeichnet durch hohe Pessimismus-Marker. In ihrem Kopf ist die Welt voller Unheil, und der Menschheit fehlen jegliche positive Eigenschaften. Diese Ergebnisse werden untermauert durch den Rorschach-Test, der anzeigt, dass die Patientin eine beträchtliche Menge an Energie darauf verwendet, ihre Umgebung wachsam zu beobachten. Diese übermäßige Besorgnis deutet auf ein Gefühl ständiger Gefahr hin, als könnte eine Situation lebensbedrohlich werden, wenn die Patientin sie nicht genau überwacht. Die Patientin zeigt

einen deutlichen Mangel an Vertrau-
en in andere Menschen und vermutet
böswillige Absichten bei allen Personen, mit denen sie in Kontakt kommt.
Körperliche Untersuchung und medizinische Vorgeschichte legen nahe, dass
dies keine gänzlich irrationale Reaktion ist.«

14 لاجئ

Aus South Tower A, zweiter Stock, Wohnung drei kommt Geschrei. Furchtbares Geschrei, das von den Balkonen widerhallt und in jedes Fenster dringt, wie ein Hagel aus spitzen Pfeilen. Der Dad ist in Rage, aber diesmal schließe ich mein Fenster nicht davor, versuche nicht, es mit Musik zu übertönen oder mit Ohrstöpseln oder einem Kissen über dem Kopf zu dämpfen. Ich setze mich auf meinen Balkon, den Rücken gegen die Wand gelehnt, und höre zu.

Der Dad marschiert durch das Wohnzimmer wie ein Tiger, der in einen kleineren Käfig gesteckt wurde, und brüllt dabei Helen an. Ich kann sie nicht sehen, stelle mir aber vor, wie sie in einer Ecke kauert. »Ich hab gesagt, du sollst mich nicht infrage stellen! Wenn ich mich nach der Arbeit betrinken will, dann mache ich das! Ich arbeite hart, oder etwa nicht? Ich sorge dafür, dass du in dieser beschissenen Wohnung bleiben kannst, mit der du so glücklich bist. Ich sorge dafür, dass deine Kinder Essen und Kleidung haben, und krieg ich dafür einen Dank von dir? Nein, nur noch mehr Scheiß-Beschwerden und Fragen und Gemurmel. Ich bin dein beschissenes Murmeln so leid, Helen!«

Sie murmelt wirklich, und ich kann mir vorstellen, dass es ihn wahnsinnig macht.

In seinem rasenden Zorn randaliert er – ein großes Glas rollt vom Sofatisch auf den Teppich, ein Bilderrahmen fällt herunter und kracht zu Boden, als er mit einer Faust gegen die Wand schlägt, eine Lampe neben dem Sofa kippt um, als er daran vorbeifegt. Jedes Mal, wenn er etwas umwirft, sieht es nach einem Versehen aus, aber ich weiß, dass es Absicht ist. Der Dad macht es bewusst, so wie er auch bewusst in die Ecke stampft, die ich nicht sehen kann, von der ich jedoch weiß, dass Helen dort ist, wie ein Boxer, der im Kampf antäuscht. Es soll ihr Angst einjagen, und wie könnte es das nicht tun? Der Dad ist ein kräftiger Mann, in einem anderen Leben hätte er ein Boxer sein können, oder vielleicht war er es zu einem früheren Zeitpunkt sogar in diesem. Er ist groß, hat breite Schultern und Arme und Beine wie massive Baumstämme, und aus der Ferne sehen seine geballten Fäuste aus wie weiße Tennisbälle, die durch die Luft fliegen.

Ich nehme aus dem Augenwinkel eine Bewegung wahr und blicke auf. Nebenan sehe ich Mann-ohne-Licht auf seinem Balkon. Er umfasst das Geländer, beugt sich vor und streckt den Kopf nach allen Seiten, um zu sehen, woher der Lärm kommt. So wie die Hochhäuser stehen, kann er jene Seite von South Tower A nicht einsehen. Er muss die Stimme des Dads wiedererkennen, aber heute scheint er sie nicht zuordnen zu können. Ich nehme an, dass er high ist, weil er nur einen Augenblick dort stehen bleibt, ehe er sich umdreht und in seine Wohnung zurückschlurft, die Balkontür zuschiebt und hinter sich abschließt.

Falls Helen auf den Zorn des Dads reagiert (und ich hoffe, sie tut es nicht), dann höre ich es nicht. Allerdings sehe ich, wie er ihren Arm packt, sie aus ihrer Ecke zerrt und so herumwirbelt, dass sie auf dem Sofa landet, wobei ihre linken Rippen gegen die Armlehne prallen, was mich zusammenzucken lässt. Sie schreit auf, ein quietschendes Kreischen wie von einem verletzten Vogel, und ich wende mich ab, als er sich auf sie stürzt.

Nebenan ist im dunklen Zimmer ein flackerndes Licht zu sehen. Die Tochter Chloe liegt auf dem Bett, auf den Ohren riesige Kopfhörer, den Blick fest auf den Computerbildschirm vor sich gerichtet. Sie ist klein wie ihre Mutter, ertrinkt in einem übergroßen Pulli und einer weiten Jogginghose sowie der riesigen Bettdecke, die sie um sich herum drapiert hat. Matt ist nirgends zu sehen, aber ich schätze, dass sie noch ein weiteres Zimmer haben, in dem er sich aufhalten könnte, oder er ist mit seinen Freunden unterwegs. Manchmal sehe ich ihn auf dem Parkplatz hinter einem billigen Hotel in der Nähe trinken und rauchen, oder wie er sich in einem Rudel Jungs auf der Straße zwischen der Schule und der Wohnsiedlung hin und her bewegt. Er ist kaum noch zu Hause, oder wenn, dann sehe ich ihn aus meinem Fenster nicht.

Helen liegt nun auf dem Fußboden, der Dad ragt über ihr auf, hat die riesigen Hände um ihren Hals gelegt und würgt sie. Ich schüttele mich und schmecke eine salzige Feuchtigkeit auf den Lippen. Ich umklammere mein Handy so fest, dass meine Knöchel blass und blutleer wirken. Ich nutze es eigentlich nur für Internet und E-Mails und so, aber jetzt entsperre ich es, meine zitternden Finger hämmern den Code ein, öffnen die Telefonfunktion und tippen 999. Mein Daumen schwebt über dem grünen »Anruf«-Zeichen, mein Hirn schreit mich an, ich solle es einfach tun, solle einfach anrufen, jemand werde sterben, weil ich meine Zunge und Lippen und Stimmbänder nicht zum Funktionieren bringen kann. Eine blecherne Stimme antwortet: »Hier ist der Notruf, wie kann ich helfen?« Ich starre auf das Telefon in meinem Schoß. In meinem Hals steckt ein Felsbrocken, ich mache den Mund auf und versuche, ein Wort hervorzubringen, auch nur eine Silbe, aber es kommt nichts außer einem kehligen Geräusch, als würde ich ersticken. »Kann ich helfen?«, fragt die Stimme erneut. Ja, Sie können verdammt noch mal helfen. Verfolgen Sie diesen Anruf zurück, und kommen Sie und helfen. Bei all jenen Verschwörungstheorien darüber, wie der Große Bruder uns überwacht und durchleuchtet und unsere Telefonate abhört und uns durch unsere Laptop-Kameras beobachtet, finden Sie verdammt noch mal heraus, wo mein Anruf herkommt, und schicken Sie die Polizei. Helen schreit nun, ein schriller Heulton, der die Luft erfüllt, und ich denke, anscheinend erwürgt er sie doch nicht, wenn sie noch genügend Atem hat, um dieses Geräusch zu erzeugen. Ich blicke über das Balkongeländer und sehe ihn rittlings auf ihr sitzen, sie liegt auf dem Bauch, und er versucht, sie wieder herumzudrehen, während sie versucht, davonzukriechen, und Chloe starrt noch immer auf ihren Computer, statt ihren klaren Glockenschlag von einer Stimme zu nutzen, um Hilfe zu rufen, und was ist das für ein Krieg, der in ihrem Haus geführt wird, und wieso ist darin niemand auf Helens Seite?

Zu meiner Rechten geht die Tür auf, und Ruth fällt beinahe hinaus auf ihren Balkon. An ihrem Ohr klebt ein Telefon, und sie schreit die Adresse hinein und brüllt, sie sollen sich beeilen. Sie beugt sich über das Geländer, und ich sauge die Luft ein, weil sie so klein ist, der Wind könnte sie hochheben und darüber wehen, und sie brüllt zum gegenüberliegenden Haus: »Lass sie los, du Feigling! Ich rufe die Polizei, ich schwör's, und die werden dich wegsperren! Das kannst du nicht tun! Das kannst du nicht!«

Er kann es tun, und er hat es getan, und wir alle wissen, dass es nicht das erste Mal ist und wahrscheinlich auch nicht das letzte Mal sein wird. Ruth nimmt mich am Rand ihres Blickfelds wahr, dreht ihr verkniffenes Gesicht in meine Richtung, sieht mich dasitzen und zittern, während mir Rotze und Tränen über Wangen und Mund laufen. Vor Abscheu kräuselt sie die Lippen und bläht die Nüstern, dann wendet sie sich wieder ab, um den Angriff weiter zu beobachten, bis die Polizei mit ihren wetteifernden Sirenen und Heultönen und Blinklichtern ankommt.

In jener Nacht träume ich von Serbien.

Wir sind endlich hinaus aus Sombor. Dort wurden wir stundenlang festgehalten, ich und die geflüchteten Familien, denen ich mich angeschlossen habe – die Alis aus Homs und die Husseins aus dem Irak, die vorgeben, aus Aleppo zu stammen, und die AlKhalafs aus Raqqa, deren Patriarch lange in die Nacht hinausschreit über das Zerbomben der Moschee und das Sakrileg und die Ungerechtigkeit und die Schmach des Ganzen. Ich kampiere neben diesen Familien. Ich habe kein Zelt, aber jemand von einer Hilfsorganisation hat mir eine Plane gegeben, die ich über ein paar Zweige hänge.

Du schläfst heute Nacht nicht bei den Kindern, sagt Um Hasan von den Alis. In schlimmen Nächten, in denen der Terror in ihrem Geist zu nah und frisch ist, stellt ihr Zelt einen Schoß dar, in dem sie ihre Familie beschützt. Zehn bis fünfzehn von ihnen übereinandergestapelt, was mich an das Floß nach Lesbos erinnert. Ich schlafe auf dem Boden unter dem offenen Himmel, und scheiß drauf, wenn irgendein Mann das als Einladung ansieht.

Junge Männer schreien in das verlöschende Licht eines jeden verlöschenden Tages. Wenn die Aufgaben erledigt sind – die Suche nach Nahrung, nach Wasser, nach einem Platz zum Schlafen, nach einem Schleuser und einem Lastwagen, um die eigene Familie den Rest des Weges zu befördern –, dann ziehen sie sich in ihre Zelte zurück und geben sich dem Zorn hin. VOILÀ LA RAGE QUI EFFRAIE LA SOCIÉTÉ CIVILISÉE! Sie schreien ihre Kinder an, weil sie sich im Spiel zu weit entfernt haben, ihre Teenagertöchter, weil sie sich aus den Zelten gewagt haben oder an den Grenzzäunen entlanggewandert sind und die Wachen angelächelt haben, alte Tanten und Mütter und Großmütter, weil sie dumm und lästig und nutzlos sind. Raues Klatschen von Händen auf Haut. Ein rachsüchtiges Ficken. Eine Faust in den Magen. Ein Flehen an Allah.

Unter uns ist eine uralte Frau, die so verschrumpelt ist wie eine Feige in der Sonne. Flaches Gesicht, leere Augen in tiefen Höhlen, Arme wie Streichhölzer. Sie besteht aus Papier, und ihre Familie bläst sie über einen Kontinent. Sie isst nicht, ihre Tochter oder Schwiegertochter oder irgendeine Verwandte schiebt ihr zwar gelegentlich Löffel mit Brühe zwischen die aufgesprungenen Lippen, aber das meiste davon tropft ihr über das Kinn auf die Brust und den Schoß. Sie betet die ganze Zeit. Mehr als fünf Mal am Tag, als glaubte sie, die ursprünglichen fünfzig Male wären die eigentliche Offenbarung. Außerhalb ihres Zeltes, neben den hellen Holzhütten, unten am schlammigen Fluss, auf Bahngleisen, sodass ihre Familie sie aus dem Weg von aus der Ferne kommenden Waggons schieben muss, wenn wir in Gruppen zusammengekauert darauf warten, eine Grenze zu überqueren oder in einen Zug zu steigen oder Hilfe zu bekommen, auf langen Wanderungen durch dichte Wälder, wenn man nicht erkennen kann, wo am Himmel die Sonne steht, lässt sie ihre Tasche fallen, verschränkt die Arme vor der Falte ihrer Bauchgegend und beginnt mit *Al-Fatiha*.

Erinnerungen oder Fieberfantasien. Sie verbrennen mich, blendend weiß und heiß. *Wie viele Monate sind es?*, fragt er. *Mein Mann ist direkt da drüben*, lüge ich, auch wenn ich weiß, dass von mir verlangt wird, die Beine breit zu machen, um hier herauszukommen. An Flüssen und Wäldern und Sümpfen entlanghuschen, um Nahrung betteln und jegliches Bargeld horten, das ich sparen oder stehlen oder irgendwie verdienen kann. Durch die Türkei und über die schrecklichen griechischen Gewässer. Erbrechen, bis meine Innereien sich zu verdrehen und aus meinem Hals zu klettern scheinen wie Weinreben. Mich in wütenden Gewässern an ein Floß klammern, das mehr wie ein Ballon aussieht. Die stinkende Hitze Mazedoniens, blutende Blasen und Insektenbisse, und das Kosovo mit nichts als einer kleinen Bauchtasche und allen Dokumenten, die meine Identität bestätigen.

Hier findet mich meine Familie, wenn auch nur in meinen Träumen.

Hier im tiefsten Winter, in dem Zehen abfallen und die Menschen auf den Feldern gefrorene Blätter von den Bäumen brechen, um daran zu lutschen, während andere an den Stangen und an dem Weißblech, die ihre Zelte stützen, Eiszapfen finden und sie mit sich herumtragen wie Lollis.

Die Sonne scheint. Jeden Tag, aber nur zur Schau.

Keine Hitze.

Nichts taut.

Nichts schmilzt.

Ich laufe, schleppe sie alle hinter mir her, und wenn ich nicht mehr laufen kann, reiht Mama uns um die kalte Feuerstelle auf, von der Ältesten bis zum Jüngsten. Sie klemmt uns zwischen ihre Beine, zwängt unsere Hüften ein und reibt uns mit schwarzem Ruß und Asche ab.

Das brennt, Mama.

Sie reibt über blasse Brustkörbe. Achselhöhlen, bis sie bluten.

Es brennt.

Kopfhaut, bis wir ohnmächtig werden.

Haben sie es nach Alexandria geschafft? Sitzen Mama und Baba und Nada und die Kleinen um eine große Platte mit dampfendem Safranreis und duftenden Lammfleischstücken? Trinken sie Kardamomtee und Kamelvollmilch? Schlafen sie auf Daunen, eingehüllt in die schwere Behaglichkeit eines Winter-*Bisht*?

»*Ägypten ist nicht sicherer, Baba! Was hier geschieht, wird auch dort geschehen! Wo ist das Gesetz? Sieh dir die Nachrichten an!*«

»*Ammu Ghaith ist dort, und deine Tanten und meine Freunde von der Universität. Ihr werdet dort sicher sein. Sie teilen unsere Sprache, unsere Religion. Wir werden in Sicherheit sein, und du kannst verheiratet werden und ein glückliches Leben führen.*«

Ich lief davon, weil ich nicht eine Unterdrückung gegen eine andere eintauschen wollte.

Wir sind in Serbien.

Morgen oder übermorgen kommt Ungarn.

Hier beginnt der richtige Kampf, sagt er. Schweiß tropft nass und metallisch auf mein Gesicht, in meinen Mund.

Wie um alles in der Welt kann es noch schlimmer werden? Ich schaffe es nicht. Ich werde das Ziel nie erreichen. Mein Leben ist hier, in der Ebbe und Flut jener Menschen, die über Grenzen drängen und wieder zurückgeschoben werden, vom Auffanglager zum schmutzigen Zeltplatz, zu den offenen Feldern und felsigen Stränden gebracht. Das hier wird mein Leben sein.

Wach jetzt auf, sagt der schwitzende Mann und stößt fester zu. *Du Spaßbremse.*

لاجئ

Ge|flüch|te|te

Substantiviertes Adjektiv, feminin:
eine Person, die gezwungen ist, ihr
Heimatland zu verlassen, um Krieg,
Verfolgung oder einer Naturkatastrophe
zu entkommen.
Synonyme: Flüchtling, Exilierte,
Vertriebene, Asylsuchende, Boatpeople.

So viele Wörter. Wieso braucht ihr so viele Wörter? Was werde ich sagen, falls, wenn jemand mich fragt? Was werde ich der Person erklären, was ich bin? Ich gehe auf Grenzbeamte los, auf Männer, die mich zu sehr drängen, auf Frauen in Dorfzentren, die mich in ihren fremden Sprachen beschimpfen. Sie alle bekommen meine Worte ab, ich beleidige sie auf Arabisch und Englisch und in all den anderen Sprachen, die ich unterwegs aufgeschnappt habe – Kurdisch und Türkisch und Französisch und ein bruchstückhaftes Griechisch.

Flüchtling und *Exilierte* klingen, als hätte ich etwas falsch gemacht. *Du machst vieles falsch*, sagt er, als er fertig ist und sich herunterrollt. Das mag schon sein, aber über diese europäischen Grenzen zu fliehen gehört nicht dazu.

Vertriebene klingt zu sehr, als wäre ich *verlegt* oder *verloren* worden, und auch wenn ich die meiste Zeit umherirre, bin ich das nicht.

Boatpeople ist ägäisches Gewässer, und das werde ich nicht für mich beanspruchen.

Asylsuchende

Ja: Hier liegt endlich ein Teil der Wahrheit. Asyl.

Zu|flucht
Übersetzung von lateinisch *refugium*, aus *re-* »zurück« und *fugere* »fliehen«. *Substantiv, feminin*: ein Zustand, an dem man sicher oder geschützt ist vor Verfolgung, Gefahr oder Ärger.

Hier sind die Synonyme harmloser. Sie tragen keine Wertung – Schutz, Unterstand, Sicherheit, Geborgenheit, Zufluchtsort.

Denk an die Vorsilbe, sagt er beim Davongehen.

Ach ja, die Vorsilben. Jene lästigen Teufel, die einen verfolgen und die Galle hochkommen lassen.

Im Arabischen gibt es das Problem nicht. Keine Vorsilbe. Lediglich das lang gezogene *la*, als wollte man gleich in eine Wehklage ausbrechen. Dann das scharf ruckende Nicken des *ji'* und das *Hamza*, das einen daran hindert, weiter in die Trauer vorzudringen, die darin liegt, gefangen und verwickelt in solch kleinen Buchstaben.

Ich bin eine Geflüchtete, eine *Refugee*. Hier in Serbien, am Wasser der Donau, das manchmal ein stiller Spiegel für weiße, flauschige Wolken ist, manchmal schlammig vor Schaum, Blut und Regentropfen und manchmal große grüne Seerosenblätter hinunter durch Rumänien trägt, fahre ich mit dem Finger wieder und wieder über das Wort.

Wenn *rekonstruieren* und *rekultivieren* bedeuten, erneut zu konstruieren und zu kultivieren, steckt dann in *Refugee*, verborgen und verpackt in einer toten Sprache, die Vorstellung einer fortwährenden Flucht?

15 Die Letzte ihrer Art

Am Morgen umfasse ich meinen Kaffeebecher und wandere Hasans Gänge hoch und runter. Er sieht mich von seinem Platz an der Kasse aus und macht eine Handbewegung, die ich als eine Warnung interpretiere, nichts in seinem Laden zu verschütten. Ich nicke in seine Richtung und drücke den Becher noch etwas fester an meine Brust, denn irgendwie erdet mich die Hitze der Keramik an meiner Haut.

Ich habe nicht gut geschlafen und die rosa Morgendämmerung auf dem Boden der Dusche verbracht, während das Wasser wie Nadelstiche auf meinen Kopf, meine Schultern und meinen Rücken prasselte. Mir war kalt und heiß, ich zitterte und lief rot an, war aufgebläht und übersäuert und wiegte mich dort stundenlang in der Bemühung, ein Wort über meine Lippen zu bekommen. Als ich in Tränen ausbrach, blieb ich immer noch stumm. Ich rasierte mir die Beine, aber das war bloß ein Vorwand, eine Ausrede, um die Klinge in einem falschen Winkel zu halten und damit achtlos über meine Knöchel oder die Haut hinter meinen Knien zu fahren, bei dem stechenden Schmerz meinen Atem loszulassen und von den dünnen, blassen Linien aus Blut abgelenkt zu werden. Ich fragte mich, ob wohl im selben Augenblick auch irgendwo das Blut meiner Familie vergossen wurde – in Kairo oder in den Wassern des Quwaiq oder an irgendeinem anderen Ort, den ich nicht kannte.

Schmerz ist eine gute Ablenkung. Ein Schnitt mit einer Rasierklinge, ein zu nah an den Daumen gehaltenes Feuerzeug, ein Tacker gegen die weiche Spitze eines Zeigefingers, ein Tattoo, wo die Haut dünn ist und der Knochen zu dicht unter der Oberfläche liegt.

Ich stehe an der Kasse. Beladen mit Honig und Käse, den ich in lange Streifen reißen werde, um ihn auf ein großes Fladenbrot zu legen. Der leere Kaffeebecher baumelt an einem Finger, und vor mir in der Schlange entdecke ich Chloe. Sie sieht genauso gut erholt aus wie ich. Sie steckt noch immer in dem übergroßen Kapuzenpulli und der Jogginghose vom Abend zuvor, das Haar fällt ihr fettig und schlaff auf die Schultern, und unter ihren Augen liegen dunkle Ringe.

»Ich wohne direkt um die Ecke«, sagt sie, ein deutliches Teenagerjammern in der Stimme. »Ich bringe das Geld dafür später, das schwöre ich!«

Hasan schüttelt den Kopf und zieht die Flaschen mit Traubendrink näher zu sich heran. »Bring das Geld sofort.«

»Ich kann da jetzt nicht hin«, faucht sie. Sie hat große blaue Augen wie ihre Mutter, und sie füllen sich rasch mit Tränen. Hasan ist dagegen jedoch immun, schüttelt den Kopf und fordert sie mit einer Handbewegung auf weiterzugehen.

Er mag sie nicht, das kann ich sehen, wenn sie in den Laden kommen. Die ganze Familie nervt ihn: Der Dad ist ein Arschloch, das nie bitte oder danke sagt, sondern einfach die Münzen und Scheine für seine Einkäufe auf die

Ladentheke wirft, als würde er sich nicht dazu herablassen, Hasan zu berühren; Helen huscht im Laden hin und her, nimmt Waren aus dem Regal und stellt sie wieder zurück, weil sie sich nie entscheiden kann, was sie nehmen soll; Chloe und ihre Freundinnen rümpfen die Nase über sein Angebot oder beschweren sich laut über den Geruch nach Gewürzen; Matt und seine Freunde stolzieren einfach auf und ab, werfen Artikel aus den Regalen und treten gegen große Säcke Reis, bis Hasan sie mit einer Reihe von Punjabi-Wörtern hinauswirft. Manchen von uns gestattet er, worum sie ihn bittet. Gelegentlich nehme ich etwas und halte es beim Hinausgehen hoch, und dann vergesse ich es, bis er mir am Ende des Monats eine Rechnung präsentiert.

Chloe gewährt er solche Privilegien allerdings nicht, also beuge ich mich vor und lege meine Lebensmittel auf die Theke, ziehe dann ihre Flaschen dazu und schiebe Hasan meine zerknitterten Scheine entgegen, der sie nimmt, ohne auch nur zu blinzeln. Er reicht mir das Wechselgeld, und ich stapele meine Einkäufe erneut auf meinen Armen und verlasse den Laden.

Noch bevor ich die Straße überqueren kann, bringt Chloe mich mit einer Hand auf meiner Schulter zum Stehen. Als ich mich umdrehe, sagt sie: »Dankeschön«, worauf ich nicke, ehe ich mich erneut abwenden will, aber sie hält mich auf.

»Diese alte Oma in Ihrem Gebäude«, sagt sie, jedes Wort überdeutlich artikulierend, »sie hat gestern Abend auf Ihr Fenster gezeigt, als sie mit der Polizei sprach, und gesagt: ›Das taube Mädchen hat auch alles gesehen.‹ Können Sie Lippen lesen?«

Ich nicke.

»Hat die Polizei mit Ihnen geredet?«, fragt sie, die Augen vor Sorge weit aufgerissen. Sie ist eine Miniaturausgabe ihrer Mutter: der gleiche Körperbau, das gleiche mausgraue Haar, die gleichen Augen und das gleiche Gesicht. Ich stelle mir eine lange matrilineare Linie von Matrjoschkas aus identischen Frauen vor, die bis weit in die Zeit zurückreichen und mit Chloe und ihrer Mutter ihre winzigsten Inkarnationen erreicht haben. Ich frage mich, ob es irgendwann in dieser Reihe einmal Frauen gab, die Riesinnen waren und über Moore und Gipfel stampften, mit roten, goldenen und braunen Wäldern als Haare, Augen in der Größe von Seen und Wangenknochen wie die Klippen von Dover.

Auf ihre Frage hin schüttele ich den Kopf, und ihr entweicht ein langer Seufzer der Erleichterung, während ihr Blick rasch hin und her schnellt, um den Weg zurück zu den Hochhäusern im Auge zu behalten. »Ich hoffe, sie tun es auch nicht mehr. Diese alte Dame hat denen schon mehr als genug erzählt. Neugierige alte Schlampe.«

Ich runzele die Stirn, auch wenn ich ihrer Einschätzung nicht widerspreche.

»Gehen Sie jetzt nach Hause?«

Ich presse die Lippen zusammen und nicke, weise auf die Einkäufe in meinen Armen. Ihre zwei Flaschen Traubendrink baumeln von ihren Händen.

»Kann ich mitkommen?«

Ich schüttele den Kopf, ein heftiges, energisches Schütteln, sodass meine kurzen, ungleichmäßigen schwarzen Wellen über mein Gesicht peitschen. Niemand betritt meine Wohnung. Niemals. Sie ist mein Platz, mein Zufluchtsort, mein Versteck. Sie ist der einzige Ort auf der ganzen Welt, an dem ich mich halbwegs sicher fühle. Also, nein, sie kann nicht mitkommen, niemand kann dort hinkommen.

»Bitte«, sagt sie und tritt einen Schritt näher auf mich zu, bis ihre Augen ihr ganzes Gesicht auszufüllen scheinen. »Ich habe Sie gestern Abend auf dem Balkon gesehen. Ich habe Sie auch schon vorher dort gesehen, wie Sie zuschauen und ihn finster anblicken. Es ist Ihnen nicht egal, das weiß ich.«

Im Geiste antworte ich, dass es *ihr* offenkundig völlig egal ist, sonst hätte sie versucht, zwischen ihren Eltern zu vermitteln, oder selbst die Polizei gerufen, statt darauf zu warten, dass jemand aus der Nachbarschaft es tut.

»Ich kann nicht nach Hause gehen, nicht jetzt.« Sie schüttelt den Kopf, und ihre Haarbüschel streifen ihre Schultern. »Sie holt ihn gerade ab.« Ihr Blick trifft meinen, hart und feucht. »Sie ist aufs Polizeirevier gegangen, um ihn herauszuholen, und sie wird ihn zurückbringen, und ich kann nicht da sein, wenn sie kommen. Bitte.«

In meiner Wohnung verhält Chloe sich respektvoll. Sie erwähnt nichts von dem, was ich mir zum Spaß manchmal vorstelle, das die Leute sagen würden, wenn sie meine Wohnung beträten. Sie verliert kein Wort über das Chaos aus Büchern und Papieren und Laptop, das sich über den Fußboden ausbreitet wie ein Opfer an einen heidnischen Gott der Buchstaben. Sie kommentiert weder das halb aufgegessene trockene Brot auf der Küchentheke noch das Geschirr, das sich in der Spüle türmt. Sie behauptet nicht gönnerhaft, es sei eine hübsche Wohnung, oder wie sehr sie es bewundere, dass ich keinen Fernseher habe, da man heutzutage ja ohnehin alles im Internet schauen könne.

Sie bewegt sich vorsichtig und leise durch das Zimmer, tritt über die aufgeschlagenen Bücher und abgelegten Stifte an den Schreibtisch, wo sie sich auf den roten Schreibtischstuhl mit den losen Schrauben setzt. Er kippt gefährlich, und sie hält sich an der Tischplatte fest, aber selbst diese wackelt bei der Berührung. Schließlich sitzt sie stabil, bewahrt auf dem Stuhl das Gleichgewicht und hält mir einen Traubendrink hin.

Das Getränk schmeckt widerlich, hart und sauer, aber ich schlucke es trotzdem hinunter. Ich räume meine Einkäufe weg, während sie meine Bücherregale überfliegt. Ihr Blick bewegt sich über Bücher von Orwell und Koestler, Fisk und Darwisch und Said, ihre Finger folgen ihm, um über die Steinems und Didions und Byatts zu fahren. Sie zieht eine Kurzgeschichtensammlung von Ghada al-Samman hervor, und ich umschließe meine Flasche fester, als ich zu ihr ins Wohnzimmer trete. Sie streicht über die glänzende weiße Oberfläche und verzieht das Gesicht; ich weiß nicht, ob die arabische Schrift sie verwirrt oder das aufwühlende Titelbild mit den wachsamen Eulen, dem dunklen Himmel und der zerklüfteten Landschaft. In dem Band befindet sich eine Geschichte über eine Frau, die darauf beharrt, es sei besser, durch die Hitze fallender Bomben zu sterben als durch die Kälte stiller Demütigung. Chloe blättert durch das Buch, schweift mit dem Blick über die fremden Wörter und die fremden Erfahrungen, die diese bezeugen, Erfahrungen von Vertreibung, Exil und Schmerz, die sie sich nicht einmal vorstellen kann.

Ich frage mich, ob Chloe irgendeine Ahnung von dem

Wissen hat, das sich genau hier, buchstäblich in ihren Fingern befindet. Was bringt man den Kindern in diesem Land in der Schule bei? Was bringt man ihnen heutzutage bei? Ich verspüre den verzweifelten Drang, eine Tasche mit Büchern vollzustopfen, die sie mit nach Hause nehmen und lesen soll, statt sich das Hirn mit welcher Serie auch immer zu verbrennen, die sie gerade streamt, die in der Dunkelheit ihres Zimmers auf dem Bildschirm flackert.

Es ist zu ruhig, aber ich kann nichts dagegen tun. Musik vom Laptop abspielen zu lassen würde ihr verraten, dass ich hören kann, und diese Diskussion möchte ich mit niemandem führen. Also sitze ich da, gegen die Wand gelehnt, und trinke den ekelhaften Saft.

»Sie ist schwach«, sagt Chloe, während sie durch die Seiten eines weiteren Buches blättert. Es handelt sich um ein zerfleddertes und ramponiertes Exemplar von Miltons *Paradise Lost*, das ich aus den Kisten vor der Buchhandlung des Roten Riesen gerettet habe. Ich habe es noch nicht gelesen, aber die Geschichte ist allgemein bekannt. »Ich hasse es, wie schwach sie ist.« Selbstverständlich erwidere ich nichts, also spricht sie einfach weiter. »Ich weiß nicht, wie sie sich so von ihm behandeln lassen kann. Sie sitzt einfach nur da und weint. Sie wehrt sich nicht oder rächt sich oder so.« Chloe schüttelt den Kopf über die fleckigen und zerrissenen Seiten, und mir wird klar, dass sie etwas tut, was Fremde in meiner Gegenwart häufig tun: sagen, was auch immer sie wollen, da sie glauben, ich könnte sie nicht hören.

Ich spiele mit und blicke aus dem Fenster. Der Entsafter ist in seiner Wohnung und arbeitet sich durch seine Samstagsroutine. Er boxt und tritt in die Luft, wiederholt das mehrmals, gefolgt von Seilspringen, gefolgt von Sit-ups und Push-ups. Sein Oberkörper ist nackt, und seine Trainingshose hängt tief an seinem Unterleib, sodass die scharfen Kanten seiner Hüften über dem Bund zu sehen sind. Schweiß glänzt auf seiner Haut. Das Licht schmeichelt ihm. Er könnte Model für eine Sportmarke oder einen Energydrink sein.

»Manchmal denke ich, sie hat es verdient«, murmelt Chloe, ganz ähnlich wie ich ihre Mum im Laden oder im Waschraum habe murmeln hören. »Ich höre, wie er sie schlägt, und denke: Wehr dich einfach, mach irgendwas. Vielleicht gefällt es ihr ja. Vielleicht macht es sie an. Ich meine, das muss es doch, wenn sie zum Revier gegangen ist, um ihn rauszuholen, um ihn zu uns zurückzubringen.« Sie kommt auf mich zu und geht in die Hocke, sodass ich auf ihre Lippen blicke. »Denken Sie, es kann sein, dass es ihr gefällt?«

Ich fange ihren Blick ein und schüttele den Kopf. Sie rührt sich nicht, als wollte sie, dass ich fortfahre. Seufzend schnappe ich mir einen Stift und einen Notizblock vom Fußboden neben mir.

Niemand ist gern ein Opfer.

Chloe liest, was auf dem Zettel steht, und blickt mich dann wieder an. »Sind Sie schon mal geschlagen worden?«

Sie sollte keine Fragen zu mir, meiner Vergangenheit, meiner Geschichte stellen. Das geht sie nichts an. Sie bedeutet mir nichts, so wie ich ihr nichts bedeute. Aber sie sieht mich ernst an, begierig auf eine Antwort, und ich weiß nicht, weshalb es sie beruhigen sollte oder was sie zu erfahren hofft, aber sie lässt mich nicht aus dem Blick, und schließlich nicke ich als Erwiderung.

Sie nickt ebenfalls, was sie älter aussehen lässt. Ich frage mich, was sie durchgemacht hat und ob sie Erfahrungen machen musste, die sie mit ihren vierzehn oder fünfzehn Jahren, oder wie alt auch immer sie sein mag, erwachsen werden ließen. Hat er sie auch geschlagen? Versteckt sie ihre blauen Flecken?

Ich drehe mich erneut in Richtung Fenster, sie tut es mir nach, und ihr entfährt ein Schnaufen, als sie den Entsafter sieht. Er macht gerade Klimmzüge an einer Stange im Türrahmen: Knie gebeugt, Knöchel überkreuzt, ziehen sich seine Bauchmuskeln wieder und wieder zusammen, sein Bizeps beugt und streckt sich, all diese Muskeln bewegen sich und schwellen an und verdrehen sich. Das klassische Bild eines perfekten Mannes.

Chloe lässt sich auf den Fußboden sinken, setzt sich in den Schneidersitz, und wir sehen ihm zu.

16 Die Menschen in den Fenstern

Im East Tower, vierter Stock, Wohnung drei schaut der Entsafter fern. Er hat ein schickes Gerät mit einem großen gewölbten Bildschirm, der aus der Wand aufragt wie ein Polizist in einem Verhörzimmer. Der Entsafter selbst scheint den Beschuldigten zu spielen, der in schwarzen Turnschuhen, schwarzen Trainingsshorts und einem weißen T-Shirt, das zu sauber aussieht, um wahr zu sein, auf dem harten, wenig einladenden Sofa kauert. Sein Laptop ist einen Spalt breit geöffnet, während er sich etwas anschaut, das nach irgendeiner Dokumentation aussieht. Ich kann es nicht besonders gut erkennen, aber es taucht eine Animation von etwas auf, das lange Reihen von Kühen darstellen könnte. Dann wird Bildmaterial von einem Hühnerstall, von Schweinen und Schlachtern und einer Melkanlage gezeigt. Es folgen eine große, bunte Ernährungspyramide, in der bestimmte Ebenen durchgestrichen sind, und ein Mann, der leidenschaftlich über etwas spricht, und hin und wieder hält der Entsafter den Film an und beginnt mit einem entsetzten Ausdruck auf seinem hübschen Gesicht, wie verrückt zu tippen.

In South Tower A, zweiter Stock, Wohnung drei ist Matt in Chloes Zimmer. Sie ist nicht da, und soweit ich sehen kann, ist auch sonst niemand in der Wohnung. Dennoch bleibt er an der Tür stehen, den Kopf in Richtung des Flurs hinter ihm geneigt, als hätte er dort etwas gehört, aber die Wohnungstür ist nicht aufgegangen, und er ist allein. Er bewegt sich rasch, geht neben Chloes Bett in die Knie, während seine übergroße Jeans hinuntersackt und sich an seinen Füßen bauscht. Mit seinem langen, schlaksigen Arm greift er unter das Bettgestell und zieht eine Plastiktüte hervor. Er öffnet sie und späht hinein, als wollte er ihren Inhalt überprüfen, dann nimmt er eine Spraydose mit einem knallroten Deckel heraus. Es befinden sich noch weitere Dosen in der Tüte, deren Farben ich jedoch nicht erkennen kann.

Im East Tower, dritter Stock, Wohnung zwei hat Mann-ohne-Licht eine neue Frau zu Besuch. Es ist nicht die Ballerina mit den langen Armen, mit der er bei Hasan's war, dennoch ist seine Wohnung hell erleuchtet. Sie rauchen auf dem Balkon, beide in schäbigen Jeans und schmutzigen Turnschuhen. Weder er noch sie scheinen in den letzten Tagen geduscht zu haben, das Haar fällt ihnen in öligen Strähnen ins Gesicht, und für mich sieht es aus, als würden sie ihre Zerzaustheit mit Stolz tragen, als wollten sie damit sagen: *Wir haben wichtigere Sorgen als quietschsauberes Haar.* Diese mangelnde Hygiene ist für die beiden ein Luxus. Sie schreibt wie wild auf einen Notizblock, in dem Versuch, mit dem Fluss an Worten mitzuhalten, der aus Mann-ohne-Lichts Mund strömt. Er gestikuliert, die Hand mit der Zigarette fliegt hierhin und dorthin, während er das ein oder andere Argument vorbringt, und hin und wieder legt er eine Pause ein, um einen Schluck aus der Dose zwischen seinen Beinen zu nehmen, oder vielleicht auch nur, um ihr Zeit zum Aufholen zu geben.

Keine Eroberung, denke ich.

Nachdem unsere Mütter uns dazu gebracht hatten, das Studium abzubrechen und nach Hause zurückzukehren, trafen wir uns in Aleppo bei Amer in der Wohnung. Sein Vater hatte seine Mutter und seine Schwestern in Sicherheit geschickt und verließ zu diesem Zeitpunkt kaum noch das Hinterzimmer. Wenn wir dort waren, hörten wir den Koran aus dem Radio brüllen, und ich stellte mir vor, wie er, der Cousin meiner Mutter, mit verschränkten Armen auf dem Bett saß und vor und zurück schaukelte, während die Welt draußen in Trümmer gelegt wurde und brannte. Amer hatte das Wohnzimmer in Beschlag genommen und es in eine Art Kommandozentrale verwandelt. Es war ein kahler Raum: ein Zweisitzersofa an einer Wand, ein Edelstahlschreibtisch an der gegenüberliegenden und seitlich davon ein weiterer Schreibtisch, der manchmal als Esstisch diente. (*Mama und Tantchen haben die guten Möbel mitgenommen*, sagte Amer mit einem Augenzwinkern, als ich ihn nach ihrem wunderschönen Eichen-Sofatisch und der Schrankwand mit den Regalbrettern voller Bücher und Platten und Fotoalben fragte. Alles fort.) Zu den Schreibtischen gab es zwei Stühle, die wir neben das Sofa rutschten, um auf dem alten Fernseher in der Ecke Schwarzweißfilme zu schauen; als weitere Sitzgelegenheit gab es Paletten mit großen Kissen, und unter dem schmutzigen Fenster standen zwei hohe, geriffelte Wasserpfeifen. In der Mitte einer Wand hing ein großes Porträt des Präsidenten, dessen eisiger Blick sich in das Zimmer bohrte. Bei unserem ersten Besuch erschrak Ossama beinahe zu Tode, als er sich umdrehte und es entdeckte, was bei mir einen Kicheranfall auslöste. Khalid runzelte die Stirn und zog Amer gegenüber die Augenbrauen hoch, der jedoch nur mit den Achseln zuckte und sagte: *Für alle Fälle.* Wann immer wir in der Wohnung waren, warf Khalid einen unbehaglichen Blick auf das Porträt, als rechnete er damit, dass in seinen Ecken die roten Punkte von Überwachungskameras auftauchten oder dass die Augen ihm durch das Zimmer folgten.

Hier zeichneten und malten Amer und Ossama ihre Plakate. Wir anderen machten Vorschläge – Symbole, die sie hinzufügen sollten, große schwarze Stiefel oder olivgrüne Waffen oder tiefrote Vögel. Khalid empfahl Parolen – solche, die in anderen Frühlingen benutzt wurden, solche, die wir noch von früher kannten, als wir alle hier gewesen waren, und solche, die er sich ausgedacht hatte. Amer oder Ossama fertigten auf einem losen Blatt Papier eine grobe Skizze an, veränderten sie und feilten daran herum, bis wir alle zufrieden waren, ehe sie den Entwurf auf ein Plakat oder ein Banner übertrugen. Khalid bezweifelte, dass es die Zeit wert war; er wollte hinaus auf die Straße, sich unter die Menge mischen und irgendetwas tun, und er war stets der Erste, der sich freiwillig meldete, die Plakate und Banner hinauszutragen, an Mauern zu befestigen und in Fenster zu hängen, mitten in der Nacht, wenn es vielleicht niemand sehen würde.

Sie sehen alles.

Ich schüttele mich und beobachte, wie Matt die Spraydose zurück in die Tüte fallen lässt, ehe er aufsteht und damit hastig das Zimmer verlässt. Ich muss an Ahmed denken, und die Erinnerungen überfluten meinen Geist schneller, als ich sie verbannen kann. Ständig versteckte er alle möglichen Dinge – Spielsachen, die Fernbedienung für den Fernseher, Babas tragbares Radio. Er hatte keinen Grund dazu, es machte ihm einfach Spaß. Er verbarg die Sachen im ganzen Haus, lief dann jedoch herum und bewegte sie von einem Versteck ins andere, sodass das Radio an einem Tag unter dem Bett der Jungs war, am nächsten jedoch unter der Matratze der Mädchen oder tief hinten in einen Kleiderschrank geschoben oder in einer Ladung Wäsche vergraben. Mama ärgerte sich grenzenlos darüber, und sie schimpfte ihn deswegen ständig aus und zog ihm die Ohren lang, aber er machte einfach weiter, solange er konnte.

Ich zeichne unsichtbare Buchstaben auf die Scheibe, einzelne arabische Schriftzeichen, als trügen sie abgetrennt von den Wörtern keinerlei Bedeutung. Mann-ohne-Licht glaubt, ich würde ihm Zeichen geben oder so, denn er neigt den Kopf in meine Richtung und schüttelt ihn, als wollte er fragen, was ich da tue. Ich lasse die Hand sinken, ergreife sie hinter dem Rücken mit der anderen und schüttele selbst den Kopf. Auf seinem Gesicht zeigt sich ein unbeschwertes Lächeln, und sein Blick fängt meinen für einen Moment ein, ehe er seine Aufmerksamkeit wieder auf die junge Frau richtet.

Was sehen sie, die Menschen in den Fenstern, wenn sie in meins schauen? Ich versuche, mich zu projizieren, diesen Körper mit allem, was ihn beschwert, loszulassen, über den Asphalt aufzusteigen und dort drüben etwas Raum einzunehmen. Ich stelle mir vor hinauszuschauen, aus den Augen der anderen zu blicken. Was sehen sie im West Tower, vierter Stock, Wohnung drei?

Sie lebt allein. All ihre Möbel sind rot oder schwarz – roter Drehstuhl vor einem großen schwarzen Schreibtisch, schwarze vollgestopfte und überquellende Bücherregale, ein roter Sofatisch, die Oberfläche voller Dellen und Kerben. Sie hat kein Sofa, also sitzt sie auf dem Fußboden und schreibt in eine endlose Reihe von Notizbüchern – rote, schwarze, gemusterte, mit festem und weichem Einband, massive, die ihren gesamten Schoß ausfüllen, oder winzige, die in eine Handfläche passen. Wenn sie mit einem fertig ist, geht sie zum nächsten über oder lässt Stift und Papier gänzlich liegen, um auf dem uralten Laptop auf ihrem Schreibtisch herumzutippen.

Korpulent, nackt sieht sie aus wie ein Rubensgemälde, mit Rollen und Falten und dicken Oberschenkeln. Auf die linke Schulter hat sie eine Schreibfeder tätowiert, die schwarzen Federn rollen sich ein, sodass die Spitze in Richtung ihres Halses gebogen ist. Bei Hasan's kauft sie große Packungen Streichkäse, verpackte Pitabrote und die größten Dosen Instantkaffee, die er im Angebot hat. Sie sitzt auf dem Hartholzfußboden und liest ihre Bücher, blättert die Seiten nur mit den Fingerspitzen um, während sie riesige Klumpen weißen Käse auf aufgeklappte Pitabrote schmiert und Salamistreifen darüberlegt, ehe sie sie zusammenrollt und mit großen, achtlosen Bissen verspeist. Das Ganze spült sie mit literweise Orangenlimonade hinunter. Wie zu Hause, nur mit Fanta oder Tang als Ersatz.

Ihre Wohnung quillt über vor Büchern. Romane, Kurzgeschichten- und Essaysammlungen, Bücher über Geschichte, Philosophie und Religion. Sie besitzt Texte über Anthropologie und Archäologie und Mythologie und jede andere -ologie, die sie finden kann. In manchen der Bücher verläuft die Schrift von links nach rechts, in anderen von rechts nach links. Angelehnte Büchertürme säumen die Wände, zerklüftete Stapel, die aus der Entfernung aussehen wie die mittelalterliche Silhouette der Stadt. Einige liegen immer auf dem Fußboden, wo sie schreibt, um sie herum aufgebaut wie ein Miniatur-Stonehenge oder ein Feenkreis. Sie bedecken ihren Schreibtisch in großen Haufen, die gelegentlich umkippen, wenn sie versucht, eins von unten hervorzuziehen.

Der Entsafter schielt von drüben lüstern nach ihr, wenn er glaubt, sie würde es nicht sehen.

Ein Piepen von meinem Laptop, ich drehe mich vom Fenster aus um.

Meine Lungen sind niemals voll.

Eine E-Mail von Josie, noch mehr Anmerkungen zu dem Artikel, der ihr nicht gefällt.

Was mache ich hier?

Ich setze mich zum Lesen hin.

17 Das Auge

Das Zimmer ist dunkel, weil die Fenster schmutzig sind. Schlieren aus Dreck und schwarzen Flecken und schlechten Omen, sodass man kaum durch die Scheiben blicken kann. Die Sonne versucht es, aber zu dieser Jahreszeit ist sie schwach, und nur ein verschwommenes Licht dringt durch.

Es fällt auf einen ebenso schmutzigen Fußboden aus schlichten weißen Fliesen mit grauen Sprenkeln. Schuhe haben Schrammen, schwarze Schmiere und Schmutz von der Straße hinterlassen, daneben liegen fallen gelassene Bonbonpapiere und lose Zettel, die niemand sich die Mühe gemacht hat, in den Mülleimer zu werfen. Wann immer irgendjemand sich bewegt, wird ein roter Plastikbecher über den Fußboden hin und her gekickt – vielleicht ist es ein Spiel, oder auch nur eine Reihe von Versehen.

Draußen schwebt *Malak Almawt* über den Straßen von Aleppo, der Engel des Todes, der mit seinen mächtigen Schwingen flattert wie ein von starkem Wind erfasstes Leichentuch. Er setzt oft auf, und dann fällt anstelle von Regen der Tod vom Himmel. Der Tod überschattet jeden Haushalt, jede Seele. Jede Festnahme, jede Haft, jede Vergewaltigung, jeder Tod ist das Verlöschen einer Kerze. Dunkelheit breitet sich über dem Land aus, und bald wird hier gar nichts mehr übrig sein.

Heute aber fallen die Strahlen der Sonne auf zwei Schreibtische. Sie klappern, bestehen nur aus lockeren Schrauben und schlecht sitzenden Schubladen. Die Stühle quietschen, wenn Ossama und Amer das Gewicht verlagern und sich zwischen ihren Arbeitsplätzen hin und her bewegen, um zu sehen, was der andere tut. Die Rücklehnen sind aufgerissen, und aus den Spalten quillt leuchtend gelber Schaumstoff. Wenn wir aufbrechen, hängen manchmal kleine Bröckchen am Rücken ihrer T-Shirts, und Donya oder ich picken sie ab wie Gorillas, die ihre Partner lausen.

Hoch oben in einer Zimmerecke, wohin das Licht nicht reicht, befindet sich ein Augapfel. Groß und weiß, mit roten Venen und einer leuchtenden Iris mit geweiteter Pupille, folgt er unseren Bewegungen. Hin und her, hin und her, von einer Wand zur anderen, vom Fenster zur Tür, tastet er das Zimmer ab, wobei ihm nichts entgeht. Er sieht den Plastikbecher über den Fußboden rollen. Er sieht die wackligen Schreibtische mit ihren lockeren Schrauben. Er sieht, wie ich versuche, die Fenster zu putzen, ohne vier Stockwerke tief hinunter auf die Straße zu fallen. Er sieht Ossama und Amer, die an ihrem Stück Stoff arbeiten, so darüber gebeugt, dass das Auge nicht erkennen kann, was sie zeichnen.

Die weiße Baumwolle ist zwischen den beiden Schreibtischen straff gespannt und an verschiedenen Stellen mit Dingen beschwert, die wir auf der Straße gefunden oder von zu Hause mitgebracht haben – ein Stein, eine mit Sand gefüllte Dose, ein Koran, ein kaputtes Radio, ein schwarzer Stiefel. Ossama und Amer breiten ihre freien Hände auf dem Stoff aus und ziehen ihn sogar noch straffer, ehe sie ihre Filzstifte aufsetzen und die Farbe in festen Strichen auf die Baumwolle bringen. Verknotete Gewehre, schwere Stiefel auf Köpfen und zerbrochene Wasserräder erblühen auf dem Banner wie Frühlingsblumen, die sich in zarten Linien und verschlungenen Kurven entfalten. Politische Parolen in präzisen arabischen Buchstaben nehmen den gesamten verfügbaren Platz ein – »*Eins, eins, eins: Wir sind eins*«, »*Lieber Tod als Erniedrigung*«, »*Eure Kugeln töten nichts als unsere Angst*«.

Khalid steht mit verschränkten Armen gegen die Wand gelehnt, und sein düsterer Blick schnellt zwischen dem Auge und den gebeugten Rücken hin und her. Er trägt ein weißes T-Shirt und schmutzige, ausgeblichene Jeans, dazu eine schwarzweiße *Kufiya* über die knochigen Schultern drapiert. Auf dem Gesicht meines Liebsten, in seinen zusammengepressten schmalen Lippen zeigt sich Missbilligung, jedoch nicht jene, die aus Angst geboren ist. Seine langen Kuhwimpern schließen sich über seinen Augen, er schüttelt den Kopf und murmelt: »Das wird nicht funktionieren.«

Wir ignorieren ihn. Ich putze die Fenster, Ossama und Amer zeichnen weiter, und Donya beugt sich mit ihnen darüber, nun sieht es aus, als bildeten sie mit ihren Rücken eine Wand.

Vor dem Fenster wird es nun laut. Menschen schreien, ob vor Freude oder Wut oder Ungeduld, weiß man nie. Sprechchöre schwellen an und verklingen, Schüsse knallen wie Feuerwerke, nur dass sie weniger echt klingen, Kinder brüllen Parolen, die ihnen jahrelang in der Schule eingebläut wurden: *Yasqut, yasqut, yasqut!*, und *Wer hat euch erschaffen? Wo sind sie hergekommen? Wie bringt* man einem Kind bei zu hassen? Wissen sie, was sie da rufen? Ein tiefes Brummen bewegt sich über das Haus. Ein Kampfflugzeug, und wir, wir alle – in diesem Zimmer und auf der Straße und im Himmel und in all den Verstecken der Erde – halten den Atem an, bis es vorbei ist.

»Das Licht ist jetzt viel besser«, murmelt Ossama, und ich trete zur Seite und grinse über mein nun blitzblankes Fenster.

Der Lärm nimmt wieder zu, die Rufe *Zeigt euch! Zeigt euch!* steigen auf und dringen durch die Fenster in unser Zimmer. Amer steht auf, lässt seinen Rücken laut knacken und den Stift mit einem Klirren in ein schmutziges Glas fallen. »Fertig.« Ossama richtet sich ebenfalls auf. Er steckt sich seinen Filzstift hinters Ohr, stimmt jedoch mit einem Nicken zu. Donya hilft ihnen dabei, das Banner unten angefangen aufzurollen.

Ich trete neben Khalid. Er sieht nicht erfreut aus. Mein griesgrämiger, ernsthafter Mann. Ich ziehe ihm die *Kufiya* von den Schultern, wickele sie um die untere Hälfte meines Gesichts und befestige sie an meinem Hinterkopf, über meinem Hijab. Er schüttelt den Kopf, zupft aber hier und da, um sicherzugehen, dass mein Gesicht verborgen ist.

Wir stellen uns gemeinsam ans Fenster. Ich nehme eine Ecke, und Ossama, das Gesicht mit seiner eigenen *Kufiya* bedeckt, ergreift die andere. »Drei, zwei, eins!« Wir entrollen das Banner mit einem Schlag, und der Stoff fällt in weißen Wellen nach unten. Wir erwarten Jubelrufe, noch mehr feierliche Schüsse, aber da ist nichts als Schweigen.

Wir beugen uns aus dem Fenster. Die Leute sind fort. Oder sie waren nie da. Und das Banner, das Banner ist leer, eine blanke Leinwand, wie die wolkenlosen Tage der Vergangenheit, als wir noch nicht ständig hinauf in den Himmel schauen mussten.

Wir ziehen uns in das Zimmer zurück und richten alle zugleich unseren Blick auf das Auge an der Decke.

18 Die sprachlose Abtrünnige

… Unterm Strich ist jeder, der sich als Muslim bezeichnet, ein Muslim. Daraus folgt, dass wir sie, wenn sie sagen, ihr Handeln sei durch ihren Glauben motiviert, wahrscheinlich beim Wort nehmen sollten. Zu schreien: »Das ist nicht der Islam!«, oder: »Das sind keine echten Muslime!«, oder: »Die sind nicht wie wir«, ist nicht nur wenig hilfreich, sondern auch grundlegend falsch.

Im Islam gibt es keinen orthodoxen Kult, keinen Papst, keinen Glaubenshüter. Es gibt keine höhere Autorität, die die eigene Frömmigkeit bewertet, keinen Vermittler zwischen einem selbst und Gott, keinen Torwächter zur Erlösung. Gäbe es all das, würden diese Anschläge womöglich nicht stattfinden. In Wahrheit ist der Islam eine Religion der Selbstverwaltung, eine *wahre* Demokratie, in der sich um einzelne Imame und religiöse Gelehrte ein Konsens bildet. Es gibt Varianten des Islams mit völlig unterschiedlichen Lehren: Laut der einen ist das Tätowieren des eigenen Körpers in Ordnung, einer anderen zufolge ist es *haram*; die eine empfindet Analsex lediglich als geschmacklos, während es für die andere in den Augen Gottes die Ehe annulliert; die eine bezeichnet Selbstgeißelung als einen wichtigen Akt des Gedenkens, die andere als eine Beleidigung Allahs.

Wie die meisten Dinge im Leben hat dies Vor- und Nachteile.

Einerseits bedeutet es, dass freier Wille und Selbstbestimmung in den Islam bereits eingebaut sind: »In der Religion soll kein Zwang herrschen.« Andererseits gibt es niemanden, der den Fundamentalisten sagt, sie sollen Ruhe geben.

Die Sprachlose, *The New Press*, 31. Mai 2017

Die ersten Artikel, die Josie veröffentlicht hat, sind unter dem Radar geflogen, aber dieser – ein Kommentar als Reaktion auf den Bombenanschlag bei dem Konzert in Manchester – hat online für Aufruhr gesorgt. Nicht, dass ich irgendetwas Neues gesagt hätte; seit Jahren sagen Menschen das Gleiche. Diese Gedanken sind in Büchern und Nachrichtensendungen und Vortragsreihen wiederholt worden. Vielleicht werden auch jene Menschen im Internet für ihre vollkommen richtigen Gedanken so hart angegangen. Ich nehme das, was ich denke, was ich weiß, was ich lerne und höre, und verpacke es in kurze, ein- bis zweiseitige Artikel. Genau das will Josie haben, und sie könnte nicht zufriedener mit mir sein. In ihrer letzten E-Mail schrieb sie sogar: »Daraus könnte eine ganze Essayreihe werden, oder irgendwann einmal sogar ein Buch.« Man stelle sich einmal vor, ich mit einem Buch in den Regalen der lokalen Buchhandlung.

Es ist ein Traum aus meiner Kindheit, den ich aufgegeben habe, beinahe noch ehe er mir bewusst wurde. Baba legte Wert auf Bildung – er war derjenige, der mich drängte, an der Universität Literatur zu studieren, und lang und laut seufzte, als ich mich stattdessen für Linguistik entschied –, und er sagte immer, wirklich befreien könne einen nur das Lesen. Zu jener Zeit war mein Land ein sicherer Hafen für Intellektuelle, und Bücher gab es überall.

Baba brachte sie stapelweise für mich mit nach Hause, die meisten davon auf Englisch und nur wenige auf Arabisch, da Mama die politischen Ansichten in der arabischen Literatur fürchtete. Wir lasen sie an den Wochenenden und abends, bevor Mama mich ins Bett brachte. *Der geheime Garten, Oliver Twist,* »Rip Van Winkle«, Bücher mit Aesops Fabeln oder belehrenden Erzählungen aus dem Orient, wie jene, in der ein Junge auf der Suche nach Muscheln weit hinaus auf einen Strand läuft, nur um von einem herankommenden Tsunami weggespült zu werden. Als ich klein war und jene Geschichte zum ersten Mal allein las, glaubte ich, alle Katastrophen geschähen auf diese Weise, als würde ihnen allen eine Phase der Nacktheit und Ausgesetztheit vorangehen, bevor das Chaos einen verschluckte.

Aber das stimmt nicht. Manchmal kommen die Katastrophen aus dem Nichts.

Ich wate durch den Bodensatz der Menschheit, jene Leute, die nichts Besseres zu tun haben, als online Kommentare zu posten. Sie leben ihr schönes, nach Kürbiskuchen duftendes Leben und denken, die Welt füge sich ihrem begrenzten Verständnis von ihr, sodass sie von meinen Äußerungen schockiert sind. Linke sentimentale Liberale, die nicht erkennen können, dass manche Menschen einfach grausam sind, fallen über mich her mit ihren Entschuldigungen und Erklärungen und mildernden Umständen. Sie bezichtigen mich, *mich* zu verallgemeinern, meine eigene Kultur und Religion nicht zu verstehen, nicht besser zu sein als jene ehemaligen Musliminnen und Muslime, die ihren Glauben aufgeben, um ihn dann sofort anzugreifen.

@SkyRider: Ich bin Muslim, und ich kann dir sagen, das SIND KEINE echten Muslime.

@BrewMan: Welche Qualifikationen genau hat diese Person noch gleich?

@TheLionOfGod: »Die Sprachlose« versteht die Beziehung zwischen Schöpfer und Schöpfung nicht. Das ist das Problem bei ihrer Meinung über den Islam.

@Mattbow199: Hat »Die Sprachlose« schon mal etwas von Protestanten gehört?

@theSavageLiberal: Die Mehrzahl meiner Freunde ist muslimisch & keiner von ihnen stimmt diesem Schwachsinn zu.

Na, dann ist ja alles in Ordnung. theSavageLiberal hat gesprochen – jetzt können wir alle nach Hause gehen.

Er und seinesgleichen verfehlen das Thema vollkommen. Ich sehe so viele Reaktionen wie diese, so viele Kommentare unter dem Artikel (ich bitte Josie immer wieder, sie zu deaktivieren, aber sie behauptet, das Ziel sei, eine Diskussion anzuregen, und nicht, sie abzustellen), dass ich den gesamten Text noch einmal durchgehe. Ich lese ihn erneut und sorgfältiger als diese Kommentatoren beim ersten Mal, dennoch sehe ich nicht, was sie sehen. Josie versichert mir, mein Schreibstil sei klar, und mit solchen Kommentaren müsse man rechnen – *Du erwartest einen intelligenten Diskurs in einer Kommentarspalte?* –, sie seien ein Initiationsritus, ein gutes Zeichen gar, aber trotzdem lassen sie mich verwirrt und aus dem Gleichgewicht gebracht zurück.

Es gibt auch andere. Andere, die einen ähnlichen Hintergrund haben mögen wie ich – junge Aktivistinnen und Aktivisten aus Kairo, Vertriebene aus Palästina, Professorinnen und Professoren für arabische Geschichte aus Jordanien oder dem Libanon. Einige erkennen die Stichhaltigkeit meiner Argumente an, andere weichen aus und mildern sie mit »vielleicht« und »manche« ab.

Eine weitere Gruppe sagt mir, ich solle in der Hölle schmoren, da ich mit meinen Ansichten irgendwie Gott lästern würde. Sie erklären mir, die Fundamentalisten wären die Hüter des »wahren Glaubens«, was auch immer das sein soll. Sie behaupten, diese Leute kämpften gegen die Unterdrücker, den westlichen Teufel, die heimtückischen Ideologien von der Freiheit der Gedanken und des Handelns. Sie vergleichen mich mit Salman Rushdie und Ayaan Hirsi Ali, als wäre ich mit meinen Worten auch nur annähernd so weit gegangen. Ich stelle mir vor, dass es für diese Leute so ist, als würden sie die Stechuhr drücken. Morgens loggen sie sich ein und überlegen: *Wo soll ich heute mein Gift versprühen?* Ich frage mich, woher sie die Zeit nehmen, was sie sich davon erhoffen und ob sie in irgendeiner Position sind, meine Worte zu kritisieren.

Ein Mann nennt mich »die sprachlose Abtrünnige«, und ich muss zugeben, das klingt nicht schlecht.

Liebe Sprachlose,

ich wünschte, du würdest mir deinen Namen sagen. Zum einen, weil ich mir etwas albern vorkomme, wenn ich dich immer nur »Die Sprachlose« nenne, aber mehr noch, weil ich das Gefühl habe, dass wir Freundinnen sind. Ich möchte deine Freundin sein, und ich bin bereit, dir zu helfen, wo immer ich kann.

Bitte lass dich von den Online-Kommentaren und Reakti-

onen von heute Morgen nicht entmutigen. Ich verspreche dir,
das Team hier steht voll und ganz hinter dir. Insbesondere die
Chefin ist hocherfreut über die Texte, die du bislang abgege-
ben hast. Die Leute, die diese Kommentare schreiben, sind
nichts als hasserfüllte Trolle, und wer auf die hört, ist genauso
ignorant.

Also, lass mich wissen, wie es dir geht und wann ich mit
einem neuen Artikel rechnen kann.

Alles Liebe
Josie

Es ist ein wunderschöner Morgen. Die Sonne scheint hell
und warm, eine leichte Brise weht – Vorbotin eines echten Sommers. Ich erwäge einen Spaziergang im Park, vielleicht einen Vorstoß darüber hinaus, um an den unsichtbaren Fesseln zu rütteln, die sich gelegentlich noch immer
fest um mich schließen. Ich könnte ein Buch mit in den
Park nehmen, mich auf das Gras legen, unter den blauen
Himmel, von dem keine Bomben fallen können. Ich könnte über den Friedhof laufen und die Worte lesen, die in die
Grabsteine gehauen sind. Zu Hause wird man in ein Leichentuch gewickelt und ohne Markierung in die Erde hin-
untergelassen (die Erde muss mittlerweile übervoll sein).
Ich könnte auf den Friedhof gehen, über die unglaublich
alten Daten staunen, die Namen, die keinerlei Emotionen
mehr transportieren, und die Grabinschriften aufsuchen,
die mir am besten gefallen.

Aber ich logge mich in meinen Computer ein, während
ich an meinem Kaffee nippe. Ich stehe am Schreibtisch,
lese einen Kommentar, dann noch einen und noch einen.

@IAGA: Dieser Typ weiß, was Sache ist.

@NickPick: Traurig zu sehen, wie jemand, der es besser wissen müsste, diesen Mist von sich gibt.

@TheShahmansays: DU bist das Problem! Der Prophet (FSMI) und der Koran sagten, wenn man einen Menschen tötet, dann ist es, als hätte man die ganze Menschheit getötet. Die logische Schlussfolgerung daraus lautet, dass diese Terroristen NICHT FÜR DEN ISLAM STEHEN. Wieso will das nicht in deinen Kopf?

Ehe ich mich's versehe, sind Stunden vergangen, und das Wetter ist umgeschlagen. Draußen ist es schiefergrau, voller Düsterheit und Dunkelheit. Fette Regentropfen klatschen gegen mein Fenster. Der Wind bläst und sieht rau und übel aus, als könnte er einen krank machen. Aber er ist nichts im Vergleich zu den Winden, die mich über Europa wehten. Jene Winde konnten töten.

Im Waschraum treffe ich auf Ruth und Helen. Das von der Decke baumelnde Neonlicht blinkt in einem Morsecode, den niemand entziffern kann. Helen sitzt zitternd auf einem harten Plastikstuhl, das Gesicht fleckig vor Tränen, während Ruth ihr mit zügigen Bewegungen über den Rücken fährt, als würde sie Brotkrumen von einem Tisch wischen oder Staub aus einem Teppich klopfen. Es wirkt nicht tröstend – es sieht aus, als würde Ruth auf bereits existierende Striemen schlagen und diese noch verschlimmern –, und es lässt Helens Weinen nicht abschwellen.

Sie blicken kaum auf, als ich eintrete, auch wenn Helen zurückschreckt und versucht, sich zusammenzureißen, sich die Ärmel ihres Pullovers über die Hände zieht und den Stoff auf ihre lila umringten Augen presst.

»Kümmere dich nicht um sie, Liebes«, sagt Ruth mit einem weiteren festen Klopfen auf ihren Rücken. »Sie kann uns nicht hören.«

»Schon in Ordnung, es geht mir gut«, erwidert Helen und hält sich schniefend aufrecht in einer Position, die schmerzhaft wirkt. »Ich weiß, was ich tun muss.«

»Du musst diesen Mann verlassen«, sagt Ruth und streckt Helen einen Finger ins Gesicht, was diese erneut zusammenzucken lässt. »Ich will nicht immer wieder die Polizei hierher rufen müssen.«

»Ich weiß. Ich weiß. Es tut mir leid.«

Ich trete an eine der Maschinen und fülle sie mit Jogginghosen, T-Shirts und Hosen.

»Ich will ihn ja verlassen«, flüstert Helen. »Wirklich. Ich will mir die Kinder schnappen und gehen, aber ich kann nicht. Ich werde Chloe für den Sommer mit in den Norden nehmen, aber Matt kann ich zu nichts bewegen. Er ähnelt Sean so sehr.« Sie schüttelt den Kopf, den Blick starr auf die makellos weißen Turnschuhe an ihren Füßen gerichtet. »Ich kann nicht glauben, wie sehr sie sich gleichen.«

»Genau deshalb solltest du den Jungen auch mitnehmen«, argumentiert Ruth und dreht sich zu mir um, aber ich mache mich einfach weiter an meiner Wäsche zu schaffen.

»Ich kann nicht«, widerspricht Helen und schüttelt erneut den Kopf. »Er ist unmöglich. Er will nicht fort, und ich kann ihn nicht zwingen.«

Jetzt schüttelt auch Ruth den Kopf. »Nicht gut für ihn, bei diesem Mann zu bleiben. Er wird böse Dinge lernen.«

Die hat er bereits gelernt, denke ich.

19 Expositionstherapie

Ich lese gerade extrem viel Poe, und ich glaube, Josie kommt langsam dahinter. Ich habe begonnen, Begriffe wie *abscheulich* und *Vergeltung* und *tausend kränkende Reden* in meine E-Mails zu streuen. In meinen Texten finden sich Anspielungen auf den »*Geist der Perversität*« und die »*unterirdischen Wasser*«, die unterhalb unseres wachen Geistes schlagen und rauschen. Josie setzt Fragezeichen neben diese Vorkommnisse, manchmal schreibt sie auch »*Wortwahl?*« daneben, aber für gewöhnlich ist es nur ein Fragezeichen, als würde sie davon ausgehen, unsere Korrespondenz habe sich so weit entwickelt, dass gelegentlich keine Worte mehr nötig seien, und wahrscheinlich stimmt das auch. In den meisten Fällen kann ich durchsetzen, dass meine Texte unverändert bleiben, was dazu geführt hat, dass Menschen im Internet mir vorwerfen, ich würde meinen Geflüchtetenstatus nur vortäuschen. Sie bezeichnen mich als Teil der Elite, beschuldigen mich des intellektuellen Snobismus und behaupten, ich sei genauso wenig eine Stimme für die Sprachlosen, wie Abgeordnete des Unterhauses es für durchschnittliche Bürgerinnen und Bürger sind.

Sie machen sich nicht bewusst, dass einige von uns aus einem Leben kommen, das genauso privilegiert war wie ihr eigenes.

Khalid und ich haben uns immer über Poe gestritten. Auch wenn ich Linguistik studierte, habe ich weiterhin Romane gelesen, die mich aus meiner Heimat entführten und mir erlaubten, mich darüber hinaus zu wagen – in Brontës Moore, in Forsters oder Kiplings Indien, in Twains amerikanischen Süden oder in Poes trostlose Szenerien. Khalid konnte das nie verstehen. Er konnte sich nie mit den Geschichten identifizieren, die in solch fremden Welten spielten. Er behauptete, um einen Text zu genießen, brauche er einen Zugang, etwas Vertrautes – wenn auch nicht unbedingt Tröstliches –, woran er sich festhalten konnte. Er sagte, unsere Literatur sei ein Stoff. Wie Damast, ein prächtiger Brokat, ein Wandteppich, in den all unsere vielen Tragödien und Triumphe eingewebt sind. Unsere Kultur, unsere Geschichte, unsere Sprache, die ganze Region, von den Zedern des Libanon bis zum Atlasgebirge, seien so voller Wunder, dass er es beinahe als Verrat empfinde, ihnen die Geschichten der Kolonialherren und Imperialisten vorzuziehen.

Für sie hatte er keine Zeit und sprach stattdessen über das Schweigen in der Literatur der Heimat – unser Königreich des Schweigens. Er sprach von der Unmöglichkeit, an solch einem Ort überhaupt etwas zu produzieren. Er sprach davon, wie viel kreativer unsere Dichter und Schriftstellerinnen sein mussten, von der endlosen Suche nach noch obskureren, noch undurchdringlicheren Metaphern, mit denen die unerträglichen Wahrheiten, die uns umgeben, zum Verdunsten gebracht werden, wiedergegeben als verschwommener Nebel, freigelassen, um zwischen harten schwarzen Linien zu schweben und zu treiben. Er sagte, das Schweigen stecke in jedem Gedicht und jeder Erzählung. Zakariya Tamer, Kabbani und al-Maghut, Ulfat Idilbi. Löcher und Lücken, in denen die Schriftstellerin oder der Schriftsteller das Sarkastische und Absurde versteckt hatte, das Unheimliche und Kampflustige, das erschreckend Sinnlose.

Meinen Rechtfertigungen begegnete Khalid mit wenig Geduld, er schüttelte den Kopf, wenn ich erklärte, ich fände Poes Form von Dunkelheit anziehend – die Eingeständnisse menschlicher Schwäche, das Auseinanderziehen der klebrigen, hauchdünnen Fäden, die uns aneinanderbinden, das Anerkennen dessen, wie der Geist außer Kontrolle geraten und im Schädel herumrollen kann wie eine Billardkugel. Khalid verengte die Augen zu Schlitzen, wenn ich ihm erzählte, wie furchtbar intim sich jene Schriften anfühlten, als würde Poe mir die allein für mich bestimmten Worte ins Ohr flüstern. Ob es Montresor war, der mit seinem weniger glücklichen Freund sprach, oder William Wilson und seine Paranoia, oder all jene namenlosen Erzähler mit ihrer Melancholie und ihrer mörderischen Wut, ich fühlte mich ihnen verwandt. Sie sprechen mit mir, über mich, trösten und stärken mich. Sie geben mir die Bestätigung, dass ich nicht allein bin, ganz gleich, wie lange niemand mich berührt oder mir in die Augen geblickt hat. Irgendwo da draußen ist jemand, der ebenso von Angst und Schrecken ergriffen wurde wie ich.

Es gibt einen kurzen Text, eine Fabel namens »Stille«. Ich habe sie so oft gelesen, dass ich sie bald auswendig kann. Ich häufe Poe-Sammlungen an und habe alte Ausgaben aus den Achtzigern und Neunzigern, mit rot-schwarzen Umschlägen, auf denen Schädel und blutige Messer abgebildet sind, Versionen mit einfachen grünen oder schwarzen Umschlägen, Ausgaben mit Illustrationen von Harry Clarke oder Rackham oder Doré. Ich besorge sie mir auf Wochenendmärkten oder bei Online-Auktionen oder im Laden des Roten Riesen. Ich lese sie alle. Während ich in meiner Wohnung herumlaufe oder auf dem Bett liege, lese ich diese Geschichten immer wieder, streiche Textstellen mit Kugelschreiber an, wenn ich Widersprüchlichkeiten und Druckfehler finde.

Ich male mir aus, Poes Lektorin zu sein, stelle ihn mir mit finsterem Blick auf dem Fußboden meines Wohnzimmers vor, den Rücken gegen die Wand gelehnt, die Beine ausgestreckt und die Knöchel übereinandergeschlagen. Auch die Arme hat er verschränkt, selbstverständlich hat er das – wer sieht schon gern zu, wie jemand anderes liest, was man selbst geschrieben hat?

»Wenn Sie schon darauf bestehen, meine Worte zu lesen«, sagt er, »dann tun Sie mir doch den Gefallen und lesen Sie sie laut. Sie sind wie die Stücke Shakespeares und sollten gehört werden, statt gelesen.«

Diese Hybris lasse ich unkommentiert, denke jedoch, falls irgendein Autor in der Geschichte einen solchen Vergleich verdienen sollte, dann wäre er es. Dennoch ignoriere ich seine Anweisung und laufe weiter vor seinen schwarzen Lederstiefeln auf und ab, während ich »Stille« noch einmal von Anfang an lese. Ich kann beinahe spüren, wie sein Dämon (in meiner Vorstellung ist er groß und dünn und blassblau wie der Mond) mir die Hand auf den Kopf legt, während er jenen safrangelben Fluss an jenem schlammigen lybischen Ufer zu beschreiben beginnt. Graue Wolken wirbeln über den Himmel, und die Häuser – East, South A und B, und meines im Westen – schaukeln und krachen gegeneinander im Takt der Bomben. Fässer des Todes fallen vom Himmel. Blut tropft vom Himmel. Es perlt auf der Haut wie Tau und sammelt sich an den Wimpern, bis alles von einem roten Schleier überzogen ist.

Poe hat keine Geduld mit mir, reißt mir das Buch aus der Hand, und nun bin ich diejenige, die sich windet. »Sie müssen die Worte in den Himmel schreien!«, ruft er mit ausgestreckten Armen und lässt das blasse Gesicht zur Decke hinauf scheinen. »Ihre Stimme muss jede einzelne Silbe erschallen lassen, und jeden Takt des Rhythmus. Wozu sonst das Ganze?« Meine Beine verdrehen sich auf dem Bett, meine Kehle ist zugeschnürt wie immer. Mein Geist presst Bitten um Vergebung hervor. Seine Enttäuschung ist ein Messer, eine scharfe Klinge, die mich häutet, während ich zucke und mich krümme. Ich will ihm mitteilen, dass ich den Geschmack seiner Worte liebe, wie sie sich anfühlen, wenn sie über die Zunge der Sprache in meinem Kopf rollen, wie sie sich in meine Brust hinunterschlängeln und in den Kammern meines Herzens summen, wie sie manchmal noch weiter hinuntergleiten und zwischen meinen Beinen zupfen, wo ich Schmerz nicht mehr von Vergnügen unterscheiden kann.

Er kann die Schreie in meinem Kopf nicht hören, oder sie sind ihm egal. Er liest die Fabel selbst, seine Stimme prallt dabei kräftig und fließend und lebhaft von den Wänden ab. Er steht über dem Fußende meines Bettes, zieht die Schultern zurück wie ein römischer Gott und verzerrt seine Gesichtszüge – dunkle Brauen, schwere Lider und herabhängende Mundwinkel –, bis sie den Anschein von Erhabenheit der Gedanken oder Verzweiflung vor Sorge erwecken, oder welche Wirkung auch immer Poe sich für diesen Mann ausgedacht hat.

»Ich las die Fabeln von Kummer und Müdigkeit, von Ekel vor der Menschheit und einer Sehnsucht nach Einsamkeit ...« Mein Herz bebt im Rhythmus von Poes Tonfall, sein Klopfen stolpert über die Ausdrucksweise und Intonation des Dichters.

Ich gehe ein vor Hitze, ersticke, reiße an meinem Shirt und strampele meine Shorts von mir. Ich ergreife das Kopfteil und ziehe meine Arme straff, sodass der Schweiß, der sich in meinen Achselhöhlen gesammelt hat, abkühlen kann. Draußen prasselt das Blut heftiger, Kugeln schlagen gegen die Fensterscheiben. Ich sehe sie, aber das Einzige, was ich höre, sind Poe und sein aufgeregter Vortrag. Hin und her in meinem dunklen Zimmer, sein Gehrock umweht ihn, während er in die Schlupfwinkel des Morasts schreitet und durch die Wildnis seiner giftigen Lilien watet. Er klingt wie das Trompeten eines Elefanten, wie der heisere Ruf eines Nilpferdes. Er kreischt und flucht und wird aschgrau von der Gewalt des Sturms, und ich erbebe und schaudere und werde schwach und fahl.

Und dann, so plötzlich, wie er begonnen hat, ist er fertig. Still und unermesslich steht er am Fußende meines Bettes, das weiße Halstuch locker und schlaff gebunden, und starrt mich an. Augen wie zwei winzige schwarze Steine, wie Murmeln, wie harte kleine Kugeln der Apathie. Khalids Gesicht schwebt dort über dem Halstuch, dann ist es Poe mit einem missmutigen Ausdruck unter einem weißen Helm, dann wieder Khalid. Sie flackern hin und her wie ein Licht, spielen mit mir, zerreißen das Gewebe meines Geistes. Kein Geräusch ertönt, es fühlt sich an, als wäre mein Herz stehen geblieben, hätte den Versuch aufgegeben, sich aus meinen Rippen hinauszuschlagen. Die Türme krachen nicht mehr gegeneinander, der Regen lässt nach, die Welt steht still. Da ist nichts, und ich sage noch immer nichts.

Khalid / Poe lacht. Ein lautes, bellendes Gackern. Er lässt sich rückwärts gegen die Wand fallen und zu Boden gleiten, hält sich den Bauch und lacht und lacht und lacht. Er lacht, bis Tränen um seine Augen glitzern und sein Mund sich verzieht, als litte er Schmerzen. Das schrille Geräusch durchbohrt mein Hirn. Ich klatsche meine Handflächen auf die Ohren und drehe mich auf die Seite.

Drüben steht Mann-ohne-Licht auf dem Balkon. Er beobachtet mich. Die Spitze seiner Zigarette brennt orange, und unter seinen Boxershorts ist er steif und schwer.

20 Rossbreiten

Im Licht des neuen Tages spricht er mich an. Durch den Nebel in meinem Geist und im Bewusstsein, dass er meine fiebrigen Zuckungen und Krämpfe gesehen hatte, war mir klar, dass er mich ansprechen würde. Als ich am Morgen aufwachte und die melancholischen Männer verschwunden waren und mein Geist wieder mir gehörte, galten meine ersten Gedanken ihm und dem, was er über das Gesehene zu sagen haben mag.

Er ist im Waschraum am Ende der Straße. Dort fläzt er mit ausgestreckten Beinen in einem der ungemütlichen Plastikstühle in der Ecke, als hoffte er, damit jemanden zu Fall zu bringen, und fährt mit einem Bleistift über einen Notizblock. Anhand des Winkels und der Art seiner Bewegungen erkenne ich, dass er zeichnet und nicht schreibt, und mein erster Impuls ist, umzudrehen und in meine Wohnung zurückzukehren. Aber die Zimmer sind zu still, erinnern zu sehr an die vergangene Nacht. Mein Schrecken ist noch zu frisch, und ich kann mich nicht länger dort aufhalten.

Als ich an ihm vorbeigehe, grüßt er mich mit einem »Hey«, aber ich gebe vor, ihn nicht zu hören, und gehe weiter zu einer der Maschinen am anderen Ende des Raumes, den Wäschekorb vor mich haltend wie ein Schutzschild. Er schnaubt, aber es klingt nicht unfreundlich oder besonders gefährlich. Wenn man aufhört zu sprechen, wird man sehr gut im Zuhören. Ich war noch nie sehr gesprächig, aber die Worte, die ich höre, seit ich nicht mehr spreche, würden jeden Menschen schockieren. Die Leute werden achtlos und reden, als wäre niemand Fremdes im Raum. Oder vielleicht sehen sie mich auch einfach nicht. Ich habe Nachtbusfahrer darüber fantasieren hören, wie sie ihren Chef ermorden, und Frauen in den Gängen im Laden darüber lachen, wie sie ihren Ehemann am besten vergiften können. Am Bahnhof begann einmal ein Mann, in den brutalsten Details alles aufzulisten, was er mir antun wollte. Ich habe gelernt, Seufzen und Gemurmel zu entschlüsseln, in Spott und Kichern Gefahr zu lesen. Ich verstehe Gebrumme und Herumdrucksen wie klar ausgesprochene Worte. Ich höre alles.

Ich höre, wie Mann-ohne-Licht sich bewegt, das Knarren seines Stuhls, als er sich erhebt. Ich stopfe meine schweißgetränkten Kleider und Bettlaken in die Waschmaschine und stelle sie an. Ich drehe mich um und zucke zusammen, als hätte ich ihn nicht näher kommen hören. Er erhebt die Hände und hält den Block vor mich.

Die alte Frau erzählt allen, du seist taub.

Ich lese es und richte meinen Blick dann mit einem Achselzucken auf ihn. Ich bin ihm nun so nah wie nie zuvor und kann beinahe erkennen, was all jene Frauen sehen, die in seine hell erleuchtete Wohnung kommen. Er besitzt einen schelmischen Charme: Seine dunklen Augen liegen tief in den Höhlen; seine vollen Lippen scheinen stets kurz davor, einen Grund zum Lächeln zu finden, wie auch jetzt, da er den Stift erneut über das Papier bewegt; seine Wangen sind rau von den Stoppeln nach ein, zwei

Tagen ohne Rasur; sein Haar ist zerzaust und reicht ihm in welligen, dichten Strähnen bis auf die Schultern, wie bei einem schwarzhaarigen Jesus.

Jäh legt sich Ahmeds Gesicht perfekt auf die Gesichtszüge von Mann-ohne-Licht. Ich bin erschüttert von diesem brutalen Wechsel. Ahmed mit Blut in den Augen. Ahmed mit Armen, die auf eine Weise verdreht sind, wie sie es nicht sein sollten. Ahmed, der weint, aber keine Tränen produzieren kann. Ahmed, der mit dem Gesicht nach unten in einem Fluss treibt, in dessen Nähe er nicht hätte kommen sollen. Es sind brutale Bilder von der ätherischen Qualität einer Erinnerung, die halb Traum ist, und schrecklicher Vorstellungen, die jene Lücken ausfüllen, die Erinnerungen und Träume hinterlassen. Ich schlucke die Panik hinunter, aber mein Herz ist ein kleiner, wütender Vogel, der in meiner Brust flattert.

Er dreht den Block wieder zu mir um, den Blick fest auf mein Gesicht gerichtet.

Das glaube ich nicht + ich glaube, du kannst auch sprechen.

Mein Gesicht gibt nichts von der Panik preis, die mich zu überwältigen droht. Der Einzige, der ihm das hätte erzählen können, ist der Entsafter, aber ich habe die beiden noch nie miteinander reden sehen. Und ich hätte es gesehen, da bin ich mir sicher. Sie sind diametral entgegengesetzte Wesen – beim Entsafter dreht sich alles um Ordnung und Kontrolle und Macht, während Mann-ohne-Licht locker und frei und unbekümmert ist. Was könnten die beiden je zu besprechen haben? Wann hätten sie miteinander geredet? Ich betrachte ihn erneut, um herauszufinden, ob er einer jener Männer sein könnte, die der Entsafter spätabends empfängt, jemand, für den er seine Vorhänge schließen würde, aber ich kann es mir nicht vorstellen. Unter seinen Fingernägeln am Rand des Schreibblocks steckt Dreck, seine Kleidung ist verknittert, die Jeans fleckig, die Turnschuhe sind verblichen und abgenutzt. Nein, er könnte unmöglich die Aufmerksamkeit des Entsafters auf sich gezogen haben.

Von dir würde das auch niemand glauben, flüstert eine Stimme in meinem Kopf. Ich schüttele mich, um sowohl die Stimme, als auch die Szenen zu vertreiben, die in rasanter Abfolge vor meinem inneren Auge aufblitzen. Es ist wie eine Diashow auf einem dieser alten Projektoren, die wir in der Schule hatten, wenn die Lehrerin eine Kiste Dias auspackte und sie eins nach dem anderen in das Gerät schob, um uns Vögel und Affen und Insekten zu zeigen. Ich blinzele, und er drückt mich neben der Tür zu seiner Wohnung gegen die Wand, die Lippen in die Mulde an meinem Halsansatz gepresst. Ich blinzele erneut, und er hat mich auf seinem Esstisch, mein Hemd aufgeknöpft, sodass meine Brüste aus meinem BH zu quillen drohen und mein weicher Bauch unangenehm sichtbar ist. Noch ein Blinzeln, und er hat mich auf den Rücken gelegt, behauptet, es mache ihm nichts aus, zieht meine Jeans hinunter und sagt mir, hin und wieder liebe er eine rundliche Frau mit dicken Schenkeln, als wäre ich eine Schwäche, ein heimliches Vergnügen, wie das rote Fleisch, das er sich einmal im Monat gestattet, oder der winzige Schokoriegel, den ich ihn in der Zeit, in der wir gegenüber voneinander leben, zwei Mal habe essen sehen. Er hatte mich auf seinem Esstisch, dann gegen das Fenster gelehnt, als wollte er, dass ich meine dunkle, leere Wohnung auf der anderen Seite sehe, und dann noch einmal auf dem harten, ungemütlichen Sofa. Beim dritten Mal gab ich schließlich ein Geräusch von mir. Wir waren die ganze Zeit still gewesen und hatten mit Gesten und Blicken und Händen und Fingern kommuniziert. Aber bei jenem letzten Mal, als ich mich wie elektrisiert fühlte, als würde ich gleich sterben, schrie ich. Ein langer, lauter Schrei, während mein Körper unter ihm zuckte. Er blickte auf mich herab, das Gesicht, der Hals und die Schultern feucht vor Schweiß, vor Triumph, riss die honigfarbenen Augen weit auf und verzog die schmalen Lippen zu einem Grinsen. Ich sagte immer noch kein Wort. Ich schubste ihn von mir, zog meine Kleider an und ging.

»Ist mir egal«, sagt Mann-ohne-Licht. »Ich finde es seltsam, aber ich werde es niemandem sagen.« Ich blicke erneut zu ihm auf. Er grinst nicht, sondern lächelt. »Ich bin Adam.«

Ich nicke, während sich in meinem Kopf noch immer die Bilder abspulen und mein Körper vor Restangst vibriert. Adams Lächeln wird breiter, und mir wird bewusst, dass er auf eine Erwiderung wartet. Ich strecke die Hand aus, er reicht mir Notizblock und Bleistift, und ich passe auf, ihn bei der Übergabe nicht zu berühren. Es fühlt sich so schon zu nah an, als würde ich zu viele Grenzen überschreiten, dennoch nehme ich beides entgegen. Auf dem Notizblock befindet sich seine Zeichnung, die Worte, die er für mich aufgeschrieben hat, sind um sie herumgekritzelt, aber erst jetzt bin ich in der Lage, sie mir wirklich anzusehen.

Die Zeichnung ist detailliert. Er hat eine asiatische Frau gezeichnet, eigentlich ein Mädchen. Sie trägt eine Schuluniform, ein kurzärmeliges Hemd, einen dunklen

Rock, Söckchen und Spangenschuhe. Sie hat dem Betrachter den Rücken zugewandt und den Kopf so gedreht, als würde sie etwas weit Entferntes auf ihrer rechten Seite betrachten oder gleich über ihre Schulter blicken. Ihr Haar ist lang und dunkel und glatt, und ein dichter Pony verdeckt beinahe die Augen unter den schweren Lidern. Er hat einen harten Blick und ein verstohlenes Lächeln festgehalten. Das Mädchen auf der Zeichnung hütet ein Geheimnis. An ihrem Rücken befindet sich ein schmales Rad, als wäre sie eine Art Aufziehpuppe, und um ihre nackten Schenkel blühen Blumen, während Blätter und Ranken sich um ihre Arme hinaufwickeln. Sie ist wunderschön und filigran und ganz und gar nicht das, was ich von ihm erwartet hätte.

Ich kritzele ein Kompliment darunter – auch wenn ich weiß, dass er einen Namen lesen will –, etwas über die Linien und Schatten, und reiche ihm den Block zurück.

»Hast du diese Sache im Nahen Osten gesehen?«, fragt er, als wir die Treppen zu seiner Wohnung hinaufgehen.

Im Nahen Osten gibt es immer irgendeine »Sache«, denke ich, und meine einzige Antwort ist ein Stirnrunzeln, das er nicht sieht, da er in die andere Richtung blickt. Ein ständiger Strom aus Eilmeldungen, das ist unser Geschenk an die Welt ... neben dem Öl und der fundamentalistischen Ideologie, versteht sich. Nichts zu danken, wir sehen uns dann, wenn die kosmischen Schecks eingelöst werden. Für die westlichen Länder ist es ein ziemlich gutes Geschäft gewesen – sie nehmen unser Öl, gewähren uns ein wenig Demokratie und Herablassung, und am Ende sind alle ein bisschen zufriedener mit sich selbst. Aber so funktioniert die Welt nicht mehr. Sie ist kleiner geworden, es ist nun einfacher, Orte zu erreichen, kompaktere Bomben herzustellen, und es gibt innovativere Lösungen für das Problem mit den Ungläubigen. Wenn sie glauben, Attentate wie in Westminster und Nizza und Lastwagen, die in Menschenmengen fahren, würden zu einem Ende der westlichen Einmischung führen, dann sind sie genauso dumm wie die Amerikaner, die die letzten zwanzig Jahre als »Geburtswehen der Demokratie« bezeichnen.

Weder ist noch sollte Demokratie das ultimative Ziel aller modernen Nationen sein. Demokratie funktioniert nur selten, wie sie sollte, und in vielen Fällen funktioniert sie überhaupt nicht. Damit eine Demokratie gelingt, benötigt man eine informierte Wählerschaft. Und dafür braucht man eine freie und gerechte und *verantwortungsvolle* Presse. Nicht einmal Amerika, das freieste Land der Welt, hat die. Wie soll Ägypten es dann schaffen? Oder der Irak? Oder irgendeins der anderen Länder?

Ich glaube nicht, dass Adam auf diese Art von Gespräch aus ist, und überhaupt bräuchte ich mehrere Notizbücher, um es zu führen, falls er tatsächlich an einer Diskussion interessiert sein sollte. Er hat mich gebeten, mit hochzukommen und eine Weile mit ihm »abzuhängen«. Meiner Erfahrung nach kann »abhängen« eine Menge bedeuten, aber nach dem, was ich durchs Fenster gesehen habe, hoffe ich, dass es sich um Musik und ein, zwei Zigaretten handelt.

In seiner Wohnung steige ich über das Chaos aus Kleidung und aufgereihten Schuhen am Eingang. Durch eine geöffnete Tür sehe ich die Decke und die klumpigen Kissen in einem Haufen auf seinem schmalen Bett. Ein Anflug von Aufregung durchfährt mich. Da ist die Kiste, direkt unter seinem Bett, und darin ist versteckt, was auch immer Mann-ohne-Licht sich jeden Tag anschaut. Ich frage mich, ob ich heimlich einen Blick darauf werfen könnte. Vielleicht geht er auf die Toilette oder hinunter in den Laden, um ein Getränk zu besorgen, nachdem ihm auffällt, dass er gar nichts anzubieten hat. Vielleicht lässt er mich hier allein, und ich kann herumschnüffeln.

»Setz dich«, sagt er und weist auf das Sofa. Ich würde zwar lieber auf dem Fußboden sitzen, lasse mich aber trotzdem darauf sinken. Es ist gemütlich, das Leder butterweich und abgenutzt, und ich stelle mir all die anderen Menschen vor, die hier gesessen haben – Freundinnen und Freunde, Familie, Kolleginnen und Kollegen und all die Menschen, die einen umgeben, wenn man normal und lebendig und gesund ist.

Sein Ausblick ist ganz anders als meiner. Er kann beinahe auf direkter Höhe in meine Wohnung schauen. Durch das Eisengeländer meines Balkons sehe ich das Rot meines Schreibtischstuhls und den Rand eines schwarzen Bücherregals. Ruth und Tom werkeln in ihrer Wohnung herum. Auf sie hat Mann-ohne-Licht, Adam, auch eine gute Sicht. Tom sitzt in einem dunkelbraunen Sessel vor dem Fernseher, eine Tasse Tee und einen Teller Kekse auf einem Beistelltisch neben sich. Ruth ist in der Küche beschäftigt, und ich stelle mir die Kakophonie der Töpfe und Pfannen vor, die ich in meiner Wohnung garantiert hören würde.

»Hast du etwas dagegen, wenn ich eine Platte auflege?«, fragt Adam.

Ich schüttele den Kopf und nehme die Dose Cider entgegen, die er mir anbietet. Mittlerweile sehe ich Klein-

Ahmed nicht mehr in ihm – sie sehen sich überhaupt nicht ähnlich, und mich erschreckt beinahe, wie ich es mir je vorstellen konnte –, und die Panik hat sich ebenso schnell wieder verzogen, wie sie gekommen ist. Adam tritt an den Plattenspieler, der in einer Ecke steht, damit er ihn auch hören kann, wenn er auf dem Balkon sitzt. Das Gerät ist groß und sieht sehr alt aus, mit einem breiten braunen Sockel und einem durchsichtigen Plastikdeckel. Seine Platten sind überall verstreut – sie stapeln sich neben dem Spieler, sind zwischen alten DVDs und Büchern im Regal verstaut, lehnen gegen das Sofa und den Sofatisch. Er nimmt eine, die oben auf der Tischplatte liegt, lässt sie aus der Hülle gleiten und wendet sich erneut dem Plattenspieler zu. Das Cover ist in Senf-, Braun- und Sepiatönen gehalten, und die Platte stammt von einer Band, deren Mitglieder allesamt das schlaffe Haar und die schläfrigen Augen der Siebziger haben.

Über Adams Sofa hängen Vietnamkriegsplakate – ein GI in voller Montur und Helm, der auf einer Gitarre klimpert, ein Poster mit Protestierenden in Amerika, ein weiteres mit einem blutverschmierten Kind, mit der Aufschrift: »Kenne deinen Feind.« Die Zwillings-Jims, Morrison und Hendrix, nehmen an der gegenüberliegenden Wand Raum ein, der eine blickt mich mit einem Schmollmund an, während der andere die Lippen verzieht, als bewahrte er ein Geheimnis. Beim Überfliegen von Adams Regalen entdecke ich eine Menge Bücher über Martin Luther King Jr. und die Bürgerrechtsbewegung sowie andere Themen, die wohl die Gesamtheit dessen ausmachen, was man seiner Ansicht nach über jenes Jahrzehnt wissen sollte. Unter dem Sofatisch lugt eine Platte hervor, auf deren Cover derselbe GI mit Helm zu sehen ist, dazu ein Etikett mit der Aufschrift: »Vietnam War Protest Songs«, und ich frage mich, wie man es geschafft hat, sogar so etwas zu kommerzialisieren.

»Also, diese Sache im Nahen Osten. Ich nehme an, das ist alles wieder nur Betrug, weißt du?«, sagt er, während er sich neben den Plattenspieler auf den Fußboden setzt und für sich eine Dose Cider öffnet.

Ich nippe an meiner. Ich vertrage nicht viel Alkohol, und wann immer ich welchen getrunken habe – auf dunklen, kalten Marktplätzen in Deutschland oder neben Bahngleisen in Österreich –, hatte es unschöne Folgen. Ich weiß nicht mehr viel von jenen Nächten, aber wenn ich aufwachte, war ich wund und hatte den Geschmack von Abwasser im Mund und ein paar Euros in meiner Hosentasche oder in mein Hemd gestopft.

»Es geht immer nur um Geld, weißt du? Die Amerikaner haben nie einen Krieg begonnen, aber sie haben davon profitiert. All dieser Mist über Freiheit und das Recht der Menschen, selbstbestimmt zu leben und Diktatoren loszuwerden, ist nichts anderes als das: ein riesengroßer beschissener Haufen Mist. Das alles ist denen doch vollkommen egal. Es geht bloß darum, wo sie ihr Geld und ihr Öl herbekommen und wohin sie ihre Tränengaskanister und Waffen und Panzer und Medikamente verkaufen können, die gebraucht werden, weil sie die verdammte Krankheit erfunden haben! Wenn man allein nach den Produzenten geht, sieht man, dass diese Kriege ausschließlich von Amerika geführt wurden. Amerika gegen Amerika in einem globalen Kampf um Gott weiß was.«

Womöglich ist Mann-ohne-Licht verrückt. Er hat nicht

ganz unrecht, aber mit all seiner fiebrigen Energie, seinem manischen Gerede und seinen hin und her schnellenden Blicken könnte er durchgedreht sein. Ich möchte unbedingt wissen, was unter seinem Bett ist. Ich möchte seine Schichten abblättern, wie bei einer Zwiebel, und das ganze leuchtende, schamlose Weiße darunter offenlegen.

»Und heute ist es nicht nur Vietnam, sondern wir haben viele kleine Vietnams überall verstreut – Irak und Syrien und Afghanistan und Jemen und all die anderen. Die Amerikaner machen die Welt kaputt, das schwöre ich. Würden sie einfach abhauen und sich um ihren eigenen Kram kümmern, wären alle weitaus besser dran.«

Als hätte die westliche Einmischung mit Vietnam begonnen, denke ich, nippe jedoch einfach weiter an meinem Cider, während der Sänger der Band etwas darüber knurrt, auf einer Farm zu leben, oder in Baumwollfeldern oder in etwas namens Bayou. Von alldem muss ich nichts wissen, weil ich es niemals sehen werde. Auch von Adams Erfahrungsschatz scheint all dies weit entfernt zu sein, aber ihm gefällt es, er wippt mit dem Kopf und summt gelegentlich mit.

»Die Menschen haben genug davon. Wir werden uns erheben und alles zu Fall bringen.« Ich muss mich stark zusammenreißen, um nicht loszuprusten, und frage mich zum ersten Mal, wie alt er wohl ist. Auch wenn sich das alles unglaublich naiv anhört und ich mich nicht erinnern kann, jemals diese Art von Worten gebraucht zu haben, nehme ich an, dass uns das gleiche Gefühl dazu veranlasste, Plakate und Banner zu entwerfen und unsere Fäuste zu schütteln, während wir die Straßen von Aleppo hoch und runter marschierten. »Ich bin Mitglied in einem Organisationsteam, und wir planen eine Reihe von großen Demonstrationen – hier und in London und Manchester und anderen Städten. Diese großen Aufmärsche sollen ihnen zeigen, dass wir eine Stimme haben, und dass dieses Kriegsgehabe inakzeptabel ist. Das muss aufhören. Sie müssen aus dem Nahen Osten und aus Afrika verschwinden und die Leute in Ruhe lassen, damit sie sich um ihren eigenen Kram kümmern können.«

Ja, denke ich, lasst den Mann in Ruhe alle umbringen, bis er nur noch ein leeres Land zu regieren hat. Ich schnappe mir einen Stift und einen aufgerissenen Briefumschlag vom Tisch und kritzele darauf.

Wählen?

»Jaa, ich wähle. Wir alle wählen. All meine Leute. Aber das reicht nicht. Wählen bringt einen nicht weit, besonders, wenn es eine Wahl zwischen schlimm und schlimmer ist. Alle Politiker sind feige Gauner. Das weiß jeder. Das System ist korrupt. Man darf da nicht mitspielen. Man muss den Blick hinaus richten, es von außen zerstören. Es auseinandernehmen und umstürzen.« Er redet sich langsam in Rage. Er dreht die Platte um, setzt die Nadel neu auf und zieht eine braune Holzkiste auf dem Tisch heran. Er nimmt ein kleines rechteckiges Papier und sein Täschchen mit grünem Flaum heraus. »Der Status quo funktioniert schon seit Ewigkeiten nicht mehr. Die Wahlbeteiligung ist am Boden. Die jungen Leute scheren sich nicht ums Wählen, sie wollen ihrer Stimme auf andere Weise Gehör verschaffen – durch Musik und Bücher und Filme und Protest auf der Straße und Sitzblockaden und so. Darin liegt die Wahrheit. Darin liegt das echte Leben. Nicht in den gottverdammten Houses of Parliament.«

Er rollt den Joint mit zügigen, geübten Bewegungen, verschließt ihn und drückt ihn zusammen, bis er zufrieden ist. Er hakt den Fuß unter die einen Spalt breit geöffnete Tür und zieht sie weiter auf, ehe er den Joint anzündet. »Es ist Schwachsinn«, sagt er bei seinem ersten Zug, ehe er an mich weiterreicht. »Es ist alles Schwachsinn, aber wir müssen etwas tun.«

So wie er »etwas – *something*« sagt, klingt es nach »*summat*« und erinnert mich an jene erste Stadt im Norden, in die ich geschickt wurde, während meine Papiere in Bearbeitung waren. Man wolle nicht, dass die Geflüchteten London verstopfen – so drückte sich die Dame im Zentrum aus, als wären wir Klumpen aus Dreck oder Haaren, die das Wasser im Abfluss stauen lassen –, also werden wir in den Norden geschickt, nach Cambridge und Doncaster und Loughborough, werden verteilt, um das Land nicht mit einer unkontrollierbaren Horde von Vertriebenen in Angst zu versetzen.

Ich habe erfreuliche Geschichten von Männern und Frauen und jungen Familien gehört, die bei liebevollen, unterstützenden Patinnen und Paten untergebracht wurden. Menschen, die sie wie Familienmitglieder behandelten und sie baten, nicht zu gehen, als ihre sechs Monate vorbei waren. Ich weiß von einigen Jüngeren, die bei ihren Patinnen und Paten geblieben sind, wie inoffizielle Adoptiv- oder Pflegekinder, die eigentlich Erwachsene sind. Ich habe gehört, dass man ihnen das Land gezeigt hat, sie nach Brighton gebracht, um den Pavillon zu sehen, oder nach Stratford-upon-Avon, um Shakespeares Wohnort und Anne Hathaways Cottage zu besuchen, oder sogar in Wordsworths Landschaft nach Grasmere, oder hinauf bis nach Schottland. Ihre glücklichen Gesichter, die Arme um ihre Patenfamilien geschlungen, lächeln mir aus Zeitungsartikeln, von Zeitschriftenseiten und Social-Media-Kanälen entgegen.

Meine Erfahrungen sind andere gewesen. Für mich gab es keine Patinnen und Paten, kein warmes englisches Cottage und keine Sonntagsbratentraditionen, zu denen ich eingeladen wurde.

Dafür war ich nicht stabil genug.

21 Spektren

Der Kampf, der später als die Schlacht um Aleppo bekannt wurde, hatte begonnen. Die Gefechte rückten näher und näher und schlossen sich um uns wie eine Schlinge – Zahraa im Nordwesten, der Flughafen im Osten, Armeepanzer, die unten durch die Straßen von Salaheddine rollten. Jeder Tag brachte Neuigkeiten von Einfällen, von eingenommenen Stadtvierteln, von unwiderruflich zerstörtem Kulturerbe. Und wofür? Es kroch näher, eine schwarze Wolke, ein vor Donner tosendes Böses – das Geräusch von Raketen in einer Ferne, die überhaupt nicht fern war, das schreckliche Surren von Hubschraubern –, bis wir in einen Radius aus zehn Wohnblocks eingesperrt waren.

Und draußen in unseren Stadtvierteln baumelten von den Straßenlaternen Dschinns, die manchmal selbst heimgesucht wurden. Sie schwangen an langen Schwänzen oder haarigen Armen oder dünnen Rauchfahnen hin und her, und gelegentlich fuhren sie in das Herz eines vorbeikommenden Bäckers auf dem Weg zu seinem Laden, den zu schließen er sich nicht leisten konnte, was auch immer vom Himmel fallen mochte. Sie entmannen ihn, jene Dschinns, rammen ihm eiskalte Dolche des Schreckens in die Brust. Sie bringen Kinder zum Schweigen, schneiden Jungen, die folgen, wohin die Männer gehen, und Mädchen, die mit an die Brust gedrückten Hühnern über Schutt und Asche eilen, die Zungen heraus.

An den meisten Tagen hielten unsere Mütter uns zusammengepfercht in unseren Häusern. Diese stellten für sie wohl eine andere Form von Gebärmutter dar. Baba und Klein-Ahmed wagten sich hinaus, um das Nötigste zu besorgen, meistens gemeinsam, aber manchmal schlich Ahmed sich auch allein nach draußen – wofür Mama ihn jedes Mal, wenn sie es denn herausfand, mit Panik in den Augen verprügelte. Überall in der Stadt waren unsichtbare Grenzen aufgetaucht, die sie überquerten, um sich in die Schlange vor der Bäckerei zu stellen, inmitten von Granaten und Geschützfeuer und dem schrillen Lachen von *Malak Almawt*, während er mehr und mehr von uns mit sich riss. Er hat unzählige Augen, denen man nicht entkommt. Nadas Ehemann hatte seine Familie bereits in Sicherheit gebracht, also saßen Mama und ich allein vor dem Radio. Sie kochte, was auch immer sie im Schrank fand, und ich las oder passte auf das Baby auf und hielt den Atem an, wenn die Geräusche des Todes erklangen.

Der »Freitag des Strebens nach Normalität«. An jenem Tag durfte ich meinen Cousin und meine Cousine besuchen. Amer lief die sechs Blocks bis zu unserer Wohnung, kam herein, um eine Tasse Tee zu trinken und meiner Mutter Nachrichten von seiner Mutter zu überbringen, dann liefen wir die sechs Blocks zurück zu ihm. Meistens war Ossama dort und zeichnete bereits oder füllte frühere Zeichnungen mit Farbe. Aus dem Hinterzimmer drangen Wortfetzen des Korans, zusammen mit den Seufzern und Wehklagen von Amers Vater. Er weigerte sich, das Zimmer zu verlassen, und Donya trug ihm Schüsseln mit Reis und Eintopf und Tassen voll Tee hinein, nur um sie Stunden später unangerührt wieder herauszubringen.

Hinter Khalids Rücken hatte Amer begonnen, unsere Treffen »Freitage der endlosen Vorträge« zu nennen. Während er und Ossama an Ideen für Plakate und Graffiti arbeiteten, Donya sich wiederholt Videos von Protesten und Sprechgesängen anschaute, die sie auf ihrem Telefon gespeichert hatte, während ich in ein Notizbuch oder an die Ränder der Bücher, die ich gerade las, kritzelte, hielt Khalid uns Vorträge über Passivität und darüber, dass keine unserer Bemühungen irgendeinen Unterschied machte, dass sie im Rückblick vielleicht irgendeine Bedeutung haben würden, heute aber nicht. Er behauptete, wir spielten bloß Widerstand, wären kaum mehr als Kinder, während da draußen – er gestikulierte mit seinem langen Arm in Richtung des Fensters und des düsteren, schweren Himmels dahinter – Menschen kämpften. Er wetterte stundenlang unermüdlich, glühend vor einem Eifer, den ich noch nie bei ihm gesehen hatte und der mir mehr Angst einjagte als all die Geschichten, die wir hörten, oder die Bilder, die wir sahen. Amer und Ossama ignorierten ihn, steckten in künstlerischer Beratung die Köpfe zusammen und diskutierten über Pigmente und Linien. Donya stöpselte sich Kopfhörer in die Ohren und ließ das kurze kastanienbraune Haar schwingen, wenn sie sich irgendetwas anschaute und dazu mit dem Kopf nickte, und ich wechselte zwischen schwachen Argumenten über den Mangel an nachhaltiger Willenskraft und jener Art von nachgiebigem Brummen, das ich in verschiedenen Momenten in meinem Leben Mama gegenüber Baba habe äußern hören.

Aber eines Freitags spät im September, als der antike *Souk* gebrannt hatte und die ersten Fassbomben gefallen waren und es in diesem Kampf keine Guten mehr gab, begrüßte Khalid uns nicht wie gewöhnlich mit seiner ungeduldigen finsteren Miene. Stattdessen trat er in die Mitte des Zimmers, suchte meinen Blick und verkündete: »Ich habe mich den Freiwilligen angeschlossen.«

»Den Freiwilligen?«, fragte ich und blätterte rasch mit dem Daumen die Seiten des Notizbuchs in meinem Schoß durch. Donya berührte mich am Arm, um meine Hand zur Ruhe zu bringen.

Er nickte mit leuchtenden Augen und breitem Lächeln. »Der Verteidigung.«

Amer blickte auf, den Stift über dem frischen weißen Papier schwebend, und musterte Khalid für einen langen Augenblick. »Du meinst es ernst.«

»Sehr.« Khalid wies auf die beiden Jungs. »Ihr solltet euch ebenfalls anschließen.«

Ossama schnaubte und schüttelte den Kopf über dem Zeichenblock. »Wenn du wirklich geglaubt hättest, wir würden mitmachen, hättest du uns davon erzählt, *bevor* du dich gemeldet hast.«

Ich stand auf und hielt mein Notizbuch so fest umklammert, dass meine Fingerknöchel schmerzten. »Das ist nicht wahr.« Ich schüttelte den Kopf. »Das würde deine Mutter niemals erlauben.«

Khalid legte den Kopf auf eine Seite und lächelte auf jene Weise, die etwas Zartes in meiner Brust aufblühen ließ, sodass ich mich abwenden musste. »Sie hat nicht länger zu entscheiden, was ich tun oder lassen sollte. Ich bin kein Kind mehr.«

»Das schon wieder«, seufzte Ossama und kniff sich in den Nasenrücken.

»Ja, das schon wieder«, blaffte Khalid ihn an. »Seht euch an, wie ihr eure kleinen Bildchen malt. Meint ihr, das wird irgendetwas bewirken? Denkt ihr, irgendjemand wird wegen Kritzeleien festgenommen?«

»Ist das etwa dein Ziel?« Meine Stimme klang schrill, wie ein Vogel, der kreischend an einem Fenster vorbeifliegt.

Er blickte wieder mich an, die Hände eindringlich erhoben. »Ich will damit sagen, man wird festgenommen, weil man etwas tut, und mein Ziel ist es, etwas zu tun. Irgendetwas! Irgendetwas, das mehr ist als hübsche kleine Plakate!«

Ossama machte eine rüde Geste und attackierte seinen Zeichenblock dann mit dem dicksten, schwärzesten Filzstift, den er besaß. Er war mittlerweile gut geworden. Schnell. In groben Zügen skizzierte er rasch aufeinanderfolgend ein Bild nach dem anderen – Kinder mit aufgeschlitzten Bäuchen an Schultischen, Männer mit Maschinengewehren als Genitalien, aufgeblasene Köpfe und hervorspringende Augäpfel mit feurigen Venen, die in Häuser und Herzen und Köpfe spähten. Skeletthände und -arme, die aus verrottenden Haufen ragten, Panzer und Stiefel, die über Monumente und Zitadellen und eine Kultur rollten, die älter war als die Welt. Khalid sah zu, die Lippen zu einer schmalen Linie zusammengepresst.

»Es ist gefährlich«, sagte ich. Sein Blick schnellte zurück zu mir, und ich dachte, wenn er gekonnt hätte, wäre er zu mir gelaufen, hätte eine Haarsträhne unter meinem Schleier hervorgezogen, sie um seinen Finger gewickelt und daran gezogen, um mir zu sagen, wie albern ich mich seiner Meinung nach verhielt.

»Diese Leute sind verrückt«, fügte Donya kopfschüttelnd hinzu. »Sie rennen *auf die* Explosionen *zu*, verfolgen Kampfflugzeuge und Hubschrauber –«

»Sie *retten Menschen*«, sagte er mit geballten Fäusten. »Sie retten Leben. Sie tauchen in die Trümmer, um Menschen herauszuziehen. Männer, Frauen, Babys. Wer soll ihnen sonst helfen? Schaut hinaus! Es gibt keine Krankenwagen mehr. Niemand kommt ihnen zu Hilfe.«

Ich trat einen Schritt auf ihn zu. »Khalid –«

»Niemand von uns wird nächstes Semester zurück an die Uni gehen. Vielleicht werden wir auch nie wieder hingehen. Der Krieg ist hier. Die Kämpfe werden näher kommen. Es wird noch schlimmer werden. Menschen werden sterben, und wenn der Tag der Abrechnung kommt, werden wir alle uns verantworten müssen für unser Handeln, für unser Handeln hier und heute!« Er breitete die Arme weit aus und sah mich kopfschüttelnd an, eine brennende Verzweiflung im Blick. »Was soll ich denn eurer Meinung nach tun, uns eine Revolution schreiben?«, spottete er. »Soll ich eine mitreißende Protestballade schreiben? Ein paar hübsche Verse für ein Hochglanzmagazin? Oder vielleicht einen Roman, in dem die Leichen aus den Bombenkratern kriechen, blühenden Jasmin in ihren Augenhöhlen, und ihre Stimmbänder nach Luft schnappen, weil hier die Hölle los ist?«

Hinterher, als das Geschrei vorüber war, Amer und Ossama ihn wieder ignorierten und Donya sich in die Küche verzogen hatte, um allem zu entkommen, fand Khalid mich auf der Treppe, wo ich, die Knie an die Brust gezogen, an der Wand lehnte und mir mit dem Ärmel über mein Gesicht fuhr.

»Du behauptest, du liebst mich, aber du versteckst dich zum Weinen«, sagte er seufzend und ließ sich neben mir nieder.

Ich schüttelte schniefend den Kopf. »Ich will nicht, dass du denkst, ich wäre schwach.«

Er schwieg so lange, dass ich glaubte, er würde mir womöglich zustimmen, und erwog, wieder hoch in die Wohnung zu stürmen und Amer zu bitten, mich nach Hause zu bringen, wo ich in Frieden weinen und vor Selbstmitleid zerfließen konnte, aber schließlich hob Khalid die Hände wie ein Prediger. »Ich glaube nicht, dass irgendjemand jemals nur eine Eigenschaft verkörpert, und das war es dann für immer, weißt du? Also stark oder schwach oder gut oder schlecht oder was auch immer. Es ist ein Spektrum. Ein komplettes Spektrum.« Er fuhr mit der Hand durch die Luft, und seine Schulter berührte meine, wann immer er in meine Richtung kam. »Und innerhalb dieses Spektrums bewegen wir uns. Manchmal wandern wir stetig von einer Seite auf die andere. Und manchmal schwingen wir innerhalb von Stunden heftig von hier nach dort.« Er ließ die Hände sinken und sah mich achselzuckend an. »Niemand von uns ist dazu verdammt, für immer und ewig nur derselbe zu sein.« Er betrachtete mich aufmerksam, hob einen Finger und fing die Träne auf, die meine Wange hinunterglitt, ehe sie meine Lippen erreichte.

Ich legte den Kopf auf seine Schulter, und er schlang seinen Arm um mich. Mit der Hand zeichnete er Kreise auf meinen Rücken, und wir saßen schweigend da und lauschten dem gelegentlichen Hupen eines Autos, um Fußgänger zu verjagen, einer leisen Melodie von Abdel Halim, die aus einer Wohnung unter uns heraufwehte und mit den Koranversen konkurrierte, die unter der Tür einer anderen hervorkamen, einer Mutter, die ihre Kinder anschrie, ruhig zu sein, und deren lachenden, kreischenden Antworten.

»Was ist mit Liebe und Hass?«

Er kicherte und presste seine Lippen an meine Stirn. »Die einzige Ausnahme.«

22 Die Anderen

… Was einem selbst passiert, wird immer realer sein als das, was einer oder einem Anderen in einer fernen oder nicht ganz so fernen Vergangenheit, auf der anderen Seite eines Kontinents oder einen Ozean entfernt passiert ist. Das ist kaum überraschend. Letztendlich kann man die Welt eigentlich immer nur durch die eigenen Augen sehen.

Wenn es hart auf hart kommt, fällt es leicht, sie zum Sündenbock zu machen, jene *unerwünschten* Anderen. Die Kriminalitätsrate steigt? Das müssen all jene schwarzen Menschen sein, die in die Nachbarschaft ziehen. Der Tourismus liegt am Boden? Das sind die lästigen Menschen aus dem Nahen Osten mit ihrem Hass auf Schinken und Weihnachten. Keine Arbeitsplätze? Das liegt daran, dass all die Anderen herbeiströmen, um sie uns wegzunehmen. Das ist in allen Gesellschaften gleich und ist im gesamten Verlauf der Geschichte geschehen. Die Katholiken im Amerika der Zwanzigerjahre oder noch weiter zurück in der Zeit von Maria und ihren schrecklichen Enthüllungen, die Palästinenser im Heiligen Land, und die Juden in … nun, die Juden sind im Grunde nirgendwo willkommen gewesen.

Jetzt sind wir an der Reihe. Manche sind übermäßig optimistisch und meinen, es werde vorübergehen, und schließlich werden wir ein ebenso integraler Bestandteil der Gesellschaft von »hier Land einfügen« sein wie die Katholiken oder die Mormonen oder »hier ehemals verfolgte Minderheit einfügen«. Höchstwahrscheinlich wird es dann eine andere Gruppe geben, auf der man herumhacken kann.

Allerdings besteht diesmal ein Unterschied.

Diesmal verschmelzen in den Köpfen einer verstörenden Mehrheit muslimische Geflüchtete und muslimische Terroristen miteinander. Sie werden als ein und dasselbe angesehen, und die Nuancen größtenteils ignoriert. Fremdenfeindliche Rhetorik wird zu Propaganda, die zu politischen Plattformen legitimiert wird, die wiederum Akte der Gewalt und des Hasses rechtfertigen, die zu Vergeltung führen, welche dann in noch mehr anti-muslimische Rhetorik recycelt wird. Es ist ein sich selbst erhaltender Kreislauf, in dessen Zahnräder noch niemand einen Schraubenschlüssel schieben konnte.

Wen kümmert es, dass Geflüchtete keine Terrorakte auf westlichem Boden (und im Übrigen auch auf *keinem anderen* Boden) verüben, wen kümmert es, dass Geflüchtete selbst vor dem Terror fliehen; nach jedem Anschlag erfolgt diese pauschale Verurteilung eines Glaubens – als handelte es sich um ein Problem der Religion und nicht der Interpretation. Die Mehrheit hat keine Zeit für solche Feinheiten des Denkens. Muslimische Geflüchtete = muslimische Terroristen ist so viel einfacher.

Und da komme ich wahrscheinlich ins Spiel. Sie – und mit »sie« meine ich meine Redakteurin und die Mitarbeiterinnen und Mitarbeiter bei der Zeitschrift, die Sie gerade lesen, sowie einige von Ihnen, die ihre Kommentare hinterlassen haben – möchten, dass ich mich als eine Art Mikrokosmos der Geflüchtetengesellschaft zeige. In mir wollen sie alle Hoffnungen und Missstände und Frustrationen und Kämpfe und einzigartigen Geschichten von mehr als fünf Millionen Menschen erkennen. Ich soll für das Chaos der Welt sprechen, soll knappe Darstellungen der kulturellen Erschütterungen, der Sündenböcke und der schlichten

Apathie mit meiner Geschichte verweben, damit man, wenn man *mich* sieht und *mich* kennt, alle kennt und wahrscheinlich – im weiteren Sinne – auch ein gewisses Maß an Empathie für alle empfinden mag.

Menschlich machen. So nennen sie es, wenn sie bestimmte Bücher und Dokumentationen und Filme loben. Ein Begriff, der leicht und ohne große Überlegung von der Zunge geht. Ein Begriff mit guten Absichten, der dennoch dem Argument folgt, manche Menschen wären keine Menschen und bedürften erst irgendeiner Kunstform, um menschlich gemacht zu werden.

Es ist das Spiel der Fiktion, dieser Betrug der Öffentlichkeit, damit sie sich für Zusammenhänge und für andere Menschen interessiert, die ihr ansonsten womöglich egal wären. Aber wahrscheinlich ist diese Strategie nicht schlecht; schließlich lässt die Fiktion uns zu Migrantinnen und Migranten werden.
Die Sprachlose, *The New Press*, 14. Juni 2017

Im Flur vor der Wohnung des Entsafters riecht es nach Gewürzen – Kurkuma und Knoblauch und Zwiebeln und Currypulver. Durch die Tür höre ich ihn hack hack hacken, und ungebeten taucht ein Bild von ihm in tiefsitzenden Shorts mit diesem sichtbaren Strang Muskeln vor meinem inneren Auge auf, wie er die Armmuskeln spielen lässt, während er nach dem Gemüse greift und es klein schneidet. Ich erwäge umzukehren und es gut sein zu lassen, aber meine Neugier lässt mich wie angewurzelt dort stehen bleiben und hebt meine Faust, um zweimal an seine Tür zu klopfen.

Er öffnet sie, und seine karamellfarbenen Augen gehen weit auf. Wir haben uns nicht wiedergesehen seit jenem Abend, der nun bereits Wochen her ist. Ich habe ihn zwar durchs Fenster gesehen, und vielleicht hat auch er mich gesehen, aber wir sind uns nicht begegnet, und er mustert mich, als würde er in seinem Gedächtnis nach einer Erinnerung suchen. Er hat sich ein Geschirrhandtuch über die nackte Schulter geworfen. Seine Brust ist ebenfalls nackt und glitzert feucht vom Kochen, oder vielleicht hat er auch vorher noch trainiert. Er trägt keine Shorts, sondern bloß eine lange Jogginghose, aber auch die sitzt tief auf seinen Hüften.

»Na, wenn das nicht mein kleiner Heuler ist«, sagt er mit einem Grinsen.

Ich bin nicht sein kleines Irgendwas, und mein Mund verzieht sich vor Widerwillen, als ich ihm meine Nachricht entgegenschiebe. Noch immer grinsend verlagert er ein wenig das Gewicht und öffnet die Tür, um den Zettel entgegenzunehmen. Während er liest, spähe ich über seine Schulter auf den Topf, der auf dem Herd brodelt, und das Gemüse, das der Entsafter akkurat auf der Küchentheke aufgereiht hat – Spinat, Karotten, Süßkartoffeln, Brokkoli, rote Bete. Ich entdecke kein Protein auf der Theke, kein Hühnchen oder Rindfleisch oder auch nur Lachs, und ich frage mich, ob dieser Dokumentarfilm, den er sich angeschaut hat, ihn zum Veganer gemacht hat. Der Esstisch ist für eine Person gedeckt – ein dunkelgrünes Platzdeckchen, eine schwere Teller-und-Schüssel-Combo, Besteck und eine Stoffserviette. Ich kann nicht begreifen, wieso man für sich allein den Tisch deckt; weshalb isst er nicht einfach vor der Glotze oder dem Computerbildschirm wie alle anderen auch? Aber nein, anscheinend isst er dort, am Kopfende des Esstisches, den er meines Wissens hauptsächlich zum Vögeln benutzt.

»Woher sollte ich denn wissen, dass du sprechen kannst?«, fragt er und blickt mich über die Nachricht hinweg an. »Schreien ist ja nicht dasselbe wie reden, oder?«

Mir wird bewusst, dass ich die Nachricht nicht dümmer hätte formulieren können. Wenn er Adam nicht erzählt hat, dass ich hören und sprechen kann, dann habe ich es ihm soeben bestätigt. Sauer auf ihn und mich selbst zeige ich auf die Frage, die er noch nicht beantwortet hat. Er legt den Kopf schief und erkundigt sich: »Sprichst du wirklich nicht? Nur Geräusche?« Ich bleibe stumm und starre ihn nur wütend an. Er stützt einen Arm gegen den Türpfosten und lehnt sich nach vorn, wobei er mich mit Wellen von Testosteron zu beschießen scheint, und ich frage mich, wie man sich bloß zu den schlimmsten Leuten hingezogen fühlen kann. »Hör zu, ich kenne keinen Adam aus ... na ja, keinen Adam, also hätte ich auch keinen Grund, mit ihm über dich zu sprechen. Aber wieso kommst du nicht rein, dann können wir uns darüber unterhalten?«

In meinem Kopf blitzen erneut Bilder von jenem Abend auf, wie ich draußen im Hof saß, weil Ruths Topfgeklapper unerträglich geworden war. Es hatte sich angefühlt, als würde Strom durch meine Venen fließen, in meinen Hinterkopf einschlagen, und mein Geist wurde plötzlich zu schwer für meinen Schädel. Meine Zunge wurde dick und immer schwerer, klebte immer fester an der Unterseite meines Gaumens und ragte hinunter in meine Kehle. Ich erstickte daran. Es hatte sich angefühlt, als würde ich sterben, als würde ich gleich direkt an Ort und Stelle umkippen.

Meine Panikattacken sind etwas Seltsames. Ein Teil von mir ist sich sicher, dass ich sterben werde, aber zur gleichen Zeit sagt mir mein Gehirn, wie absurd ein solcher Vorfall wäre. Ich habe überfüllte Flöße auf eiskaltem Wasser überlebt, ungeduldige Schleuser, schießwütige Grenzpatrouillen, frustrierte und hungrige Männer, Polizisten, die sagen, sie würden mir keine Fingerabdrücke abnehmen, wenn ich sie bloß einmal das tun lasse, was sie schon immer tun wollten, Monate der sengenden Hitze und der bitteren Kälte und des Regens, Krankheit und blutende Blasen und Infektionen, die nie eine Gelegenheit bekommen zu heilen. All das habe ich überlebt, also erscheint die Vorstellung, jetzt tot umzufallen, aufgrund von nichts anderem als dem Verrat meines eigenen Nervensystems, höchst unwahrscheinlich. Aber das löst das Gefühl eines drohenden Unheils nicht auf, und wenn es richtig schlimm wird – wie an jenem Abend –, gehe ich nach draußen, um mich in der Öffentlichkeit hinzusetzen, wo, sollten meine Lungen oder mein Herz oder irgendetwas anderes beschließen, den Geist aufzugeben, irgendjemand vorbeikommen und Hilfe rufen könnte.

An jenem Abend war es der Entsafter, der auf mich zukam, lächelte und mit mir plauderte, als wären wir dick befreundet, ohne sich im Geringsten daran zu stören, dass ich nicht antwortete, sondern nur den Kopf schüttelte, auf mein Ohr zeigte und erneut den Kopf schüttelte. Dann trat er näher heran und streckte die Hand aus, um mir eine Haarsträhne hinter das Ohr zu schieben, wobei er mein Zusammenzucken bei dieser Berührung ignorierte. Er lächelte und legte den Kopf schief und begutachtete mich. Er wies auf seine Wohnung, hob seine Tasche mit Einkäufen an – eine Einladung zum Abendessen. In meinem Inneren sprudelte meine Nervosität hoch und kochte über. Seit Monaten hatte mich niemand mehr angefasst. Das Bedürfnis nach Kontakt ist eine menschliche Schwäche. Lebt man zu lange ohne, beginnt die Haut zu jucken und kribbeln, und das Verlangen danach setzt sich hart und sauer im Magen fest. Ich folgte dem Entsafter hinauf in seine Wohnung, wohl wissend, dass es kein Abendessen geben würde.

Wenn ich jetzt seine Wohnung betrete, wird es ebenfalls kein Abendessen geben.

Er grinst noch immer, als ich mich umdrehe und davonlaufe.

Liebe Sprachlose,

ich habe bis nach der Veröffentlichung deines letzten Artikels gewartet, dir diese Zeilen zu schicken, da ich nicht wollte, dass du denkst, ich würde von dir erwarten, aufgrund meiner nun folgenden Worte deine Meinung zu ändern. Ich wollte dich wissen lassen, dass du ein Recht auf deine Ansichten hast und ich diese genügend wertschätze, um sie veröffentlichen zu wollen, ohne zu versuchen, sie zu ändern oder in irgendeiner Form mehr an meine eigenen anzupassen. Deshalb habe ich deinen letzten Artikel veröffentlicht, und wir haben die Reaktionen darauf beobachtet, und bislang ist er nicht als ebenso hetzerisch aufgenommen worden wie der vorherige, was dich wahrscheinlich freut. Das könnte allerdings auch daran liegen, dass er von den jüngsten Ereignissen überschattet wurde.

Was ich zum Ausdruck bringen möchte, ist meine Sorge darüber, du könntest die sehr reale, unmissverständliche Gewalt unter den Teppich kehren, die in den letzten paar Monaten in Großbritannien stattgefunden hat. Ich fürchte, mit deinen Aussagen über Islamophobie und Geflüchtete usw. könntest du die schreckliche Gewalt herunterspielen, die auf unseren Straßen geschieht. Unter einigen meiner Kolleginnen und Kollegen hier bei der Zeitschrift besteht der Eindruck, du könntest das Problem bagatellisieren oder gar Haarspalterei betreiben, wenn du über dieses Thema schreibst.

Bei diesen Attentaten sind reale Menschen gestorben. Reale Menschen mit Familien und Leben und Jobs und Freundschaften. Menschen, die letzte Woche noch da waren und heute plötzlich nicht mehr. Und nun heißt es, einer der Attentäter sei zu einem gewissen Zeitpunkt ein Asylsuchender gewesen. Ich denke also, du solltest vorsichtig sein, wenn du pauschale Aussagen darüber triffst, dass wir muslimische Geflüchtete nicht fürchten sollten, weil sie nicht zu Gewaltausübung imstande wären, oder etwas in der Art.

Das sind einfach ein paar Dinge, die du beim Verfassen zukünftiger Artikel im Kopf behalten solltest.

Beste Grüße
Josie

Haarspalterei. Ich blinzele, wieder und wieder, während ich versuche, ihre Worte zu verarbeiten. *Haarspalterei.* Ich klicke auf eine Suchmaschine und gebe den Begriff ein, um mich zu vergewissern, dass ich ihn richtig verstehe. Allein die Tatsache, dass sie so ein Wort verwendet, zeigt mir, dass sie, Josie, meine *Redakteurin*, nicht begreift, was ich zu vermitteln versucht habe. Und wenn sie die Nuancen der Situation schon nicht erkennen kann, wie soll ich es dann jemals von jemand anderem erwarten?

Gewalt, die in *Großbritannien* stattgefunden hat. Das

muss sicher ein Fehler sein, etwas, das sie unbewusst eingetippt und dann nicht bemerkt hat, als sie ihre E-Mail vor dem Versenden noch einmal durchlas. Oder vielleicht hat sie sie gar nicht noch einmal durchgelesen. Wie auch immer, so begriffsstutzig kann sie nicht sein.

Reale Menschen sterben. Was meint sie damit? Von welchen Menschen redet sie? Den zweiundzwanzig in der Manchester Arena? Den fünf auf der Westminster Bridge? Den zwölf Menschen in Berlin? Den vierzig in Paris und den neunzig im Bataclan?

Oder spricht sie von diesem letzten Anschlag? Auf der Brücke? Ich klicke auf die Startseite der Zeitschrift und sehe ganz oben die Schlagzeile, groß und dominierend.

Terror auf der London Bridge
Mindestens 8 Tote, Dutzende Verletzte bei brutalem Anschlag
mit Lieferwagen und Messer

Sind jene acht Menschen die »realen«, von denen Josie redet? Der Markt dort liegt in der Nähe der Zeitschriftenredaktion. Kannte sie eine Person, die bei dem Anschlag verletzt oder getötet wurde? War sie selbst in der Gegend, als es geschah? Sind »es« und die Menschen deshalb so extrem real für sie?

Ich hatte die Schlagzeile ignoriert, als sie vor ein paar Tagen in den Nachrichten auftauchte. Sieben oder acht Tote in einer mehrere Stunden entfernten Stadt schienen kaum die Aufmerksamkeit der Medien zu verdienen – auch wenn es sich um »reale« Menschen handelte. Vielleicht bin ich der gleichen Apathie schuldig, die ich bei anderen anprangere; vielleicht haben meine Erfahrungen mich unfähig gemacht, für einen Anschlag in einem so kleinen Maßstab emotionale Energie aufzuwenden; vielleicht habe ich schon zu oft zu viel davon gesehen.

Ich finde es ironisch, dass ausgerechnet dieses Ereignis Josie bricht. Sieben oder acht Tote. In dem Krieg zu Hause sind etwa fünfhunderttausend gestorben. Aber wahrscheinlich gibt es eine kritische Schwelle, über die hinaus Zahlen keine Bedeutung mehr haben und Menschen aufhören, »real« zu sein.

23 Eins und zwei

Die Bomben fielen den ganzen Tag, fielen von einem unvorstellbar blauen Himmel. Es waren keine Wolken zu sehen, nur Fahnen aus Schwärze und Asche, die sich in ihren dreisten Formen scharf und schwer von den azurblauen Flächen abhoben. Im Kopf grollte der Donner, als würden Götter Krieg führen, Welten zusammenbrechen. Eine Bombe. Menschen eilen aus ihren Häusern auf die Einschlagstelle zu. Ersthelfende bewegen sich weißen Blitzen gleich durch die Mengen. Sie stürzen sich in die Trümmer, um Männer und Frauen und Kinder und Großmütter und Großväter und Tanten und Onkel herauszuziehen. Dann fällt die zweite Bombe, die noch zerstörerischer ist als die erste. Gebäude und Rettungswagen und Helferinnen und Helfer und Nachbarinnen, die die Namen von Nachbarinnen rufen. Kinder explodieren zu rotem Nebel. Die Luft ist voller Klagelaute, die nach Blut schmecken. Metallisch. Elektrisch. Wir sammeln Körperteile ein, bis weitere Helfende ankommen. Wir heben sie mit bloßen Händen auf – einen Fuß, einen Arm, Finger –, legen sie auf Decken und Laken, weil wir die Vorstellung von Müllsäcken nicht ertragen.

Gibt es in der Natur ein Raubtier, das so etwas tut, das seine Beute zuerst mit einem Biss oder einem Schlag mit scharfer Klaue zurichtet, und es dann mit einem zweiten

Satz erledigt? Wie ein Katz-und-Maus-Spiel. Es kam mir nie grausam vor, wenn ich sah, wie eine Straßenkatze ihr Opfer die Gasse hinunter jagte, aber vielleicht liegt das auch nur daran, dass ich es nie aus der Perspektive der Maus betrachtet habe.

Wir sind Mäuse, die aus den Gebäuden huschen, mit zuckenden rosa Näschen, um zu erschnüffeln, wo der Tod als Nächstes zuschlagen wird.

Die Bomben fielen den ganzen Tag, aber nun, in der Dunkelheit der Nacht, ist es ruhig. Hier, auf dem Rücksitz dieses geliehenen Wagens, können wir uns für kurze Zeit der Illusion des Friedens hingeben. Ich liege hier, den Schleier um meinen Kopf gelöst, damit Khalid die geheime Haut hinter meinem Ohr küssen kann. Sein zu dünner Körper ist auf meinem ausgestreckt, zwischen meine Beine gepresst. Wir sind voll bekleidet; diese Grenze haben wir nicht überschritten. Khalid lässt es nicht zu, sagt, wir müssten warten, bis wir verheiratet sind, allerdings bietet die Zeit keine Gewissheiten mehr, und ich verstehe nicht, was er für wichtig hält.

»Nur ein bisschen. Bitte. Es ist in Ordnung«, flüstere ich und drücke mich gegen ihn.

Katze und Maus, er hebt sein Becken, noch während er seine aufgesprungenen Lippen fester in meinen Hals presst.

So oft ich auch frage, er beschuldigt mich nie, es bereits getan zu haben, und gibt mir nie das Gefühl, eine Hure zu sein, weil ich es mir mit ihm wünsche.

»Er wird stürzen, wie die anderen gestürzt sind, und dann werden wir zusammen sein«, murmelt er, die Arme um mich gewunden wie eine Schlingpflanze.

Er kann manchmal so dumm sein.

»Das hier wird nie aufhören«, keuche ich, als er sich erneut gegen mich schiebt.

»Meine traurige, süße Liebste.«

Später ruhen wir Seite an Seite auf der schmalen Rückbank. Es ist dunkel und kalt, und die Stille erzeugt Vorahnungen, dennoch möchte ich für immer hierbleiben. Ich möchte noch heute Nacht in Richtung Grenze aufbrechen, an irgendeinen sicheren Ort. Ich möchte in meine Kindheit zurückkriechen, in Tage, die keine Vergangenheit und keine Zukunft in sich trugen. Süße Träume vom Frieden. Ich bin bis zum Bersten gefüllt mit Verlangen. Das Dach des Autos ist alt und verbeult, überzogen mit Kratzern, die von Schlüsseln oder Messern oder verzweifelten Fingern rühren könnten, und ich komme nicht umhin, mir vorzustellen, dass auch hier der Tod lauert.

Eine nächtliche Bombardierung, und der Wagen zerspringt in einer Explosion aus geschmolzenem Stahl und Granatsplittern. Die Dschinns kreischen vor Lachen, aber *Malak Almawt* seufzt, denn selbst er muss es mittlerweile leid sein. Die Explosion lässt den Himmel aufleuchten in einem Schmerz, der zu schnell kommt, um ihn zu spüren, eine selige Vernichtung. In der einen Minute sind wir hier, und in der nächsten sind wir fort, als hätte es uns nie gegeben. Wenn die Menschen hinterher aus ihren Häusern eilen und die Ersthelferinnen und -helfer ankommen, werden sie uns dann überhaupt identifizieren können? Ich hoffe nicht – das würde meinen Eltern zumindest die Schmach ersparen zu wissen, mit wem ich zusammen war und was wir möglicherweise getan haben.

Das, was wir für wichtig halten.

»Anas meint, wir sollten nicht mehr direkt zu den Einschlagstellen gehen.« Khalid hat sich einen Arm über das Gesicht gelegt und klopft in einem Rhythmus ohne Melodie gegen die Rückseite des Vordersitzes. »Er meint, wir sollten warten, bis die zweite Bombe gefallen ist.«

Amas ist schlau, denke ich, lehne mich jedoch nur vor und küsse die trockene Haut an seinem Bizeps.

»Sie fallen immer zu zweit«, sagt er, »außer, wenn sie nicht zu zweit fallen.«

24 Blut und Boden

Es kam mir schon immer seltsam vor, so leidenschaftlich stolz auf etwas zu sein, woran man gar keinen Anteil hatte. Man sucht sich nicht aus, wo man geboren wird. Man sucht sich weder die Nation noch die Religion, die Kaste, die Sekte oder die Schicht aus. Nichts davon sucht man sich aus, dennoch wird von einem erwartet, ~~vor allem~~ unter Ausschluss von allem anderen für dieses Etikett zu kämpfen und stolz darauf zu sein. Es vermischt sich mit der eigenen Identität. Ich bin Syrerin. Ich bin Iranerin. Ich bin Amerikanerin. Ich bin Französin. Ich bin Muslimin, Jüdin oder Hindu.

Ich vereinige alle diese Eigenschaften, die ich mir nicht ausgesucht habe.

An Grenzen in ganz Europa wurden wir gefragt, wer wir waren. Die Alis aus Homs und die Husseins aus dem Irak, die so taten, als wären sie aus Aleppo, und die Al-Khalafs aus Raqqa, sie alle riefen dann: »Syrer!«, noch bevor sie ihren Namen nannten. Endlich kam die Nationalität vor der Abstammung, der Ethnizität oder der Religion, wie Sykes und Picot es vor einem Jahrhundert beabsichtigt hatten, als sie sich an einen Tisch setzten, ihre Schnurrbärte zwirbelten und die Region in saubere Parzellen aufteilten – ein paar für die Franzosen, ein paar für die Briten. Es war nicht länger so undenkbar, so ungemein unnatürlich, sich als Syrer zu bezeichnen statt als

Kurden oder Turkmenen oder Assyrer oder Araber oder Armenier. Ich biss mir auf die Zunge, und als ich noch gelegentlich sprach, nannte ich immer zuerst meinen Namen, woraufhin mich der Grenzbeamte anschaute, als wäre ich beschränkt, und mich anblaffte: »Wo Heimat?« Als ich nicht mehr sprechen konnte, schob ich ihm einfach meine Papiere hin.

Einstein bezeichnete Nationalismus als »eine Kinderkrankheit«, als die »Masern der menschlichen Rasse«. Er hat nicht unrecht. Es ist eine äußerst infantile Angelegenheit. ~~Ganz ähnlich wie~~ Vergleichbar mit Kindern, die auf dem Schulhof sagen: »Ha ha, mein Papa ist stärker als deiner.« Ein Nationalist mag angeben mit Freiheit und Wohlstand oder Werten und Frömmigkeit oder Modernität und Wolkenkratzern, aber am Ende ist die Grundlage dafür, weshalb sein Land besser ist als deins, schlicht die Tatsache, dass er dort geboren wurde. Auf einer fundamentalen Ebene gibt es keinen anderen Grund.

Schopenhauer sagte, Nationalstolz sei »die wohlfeilste Art des Stolzes«, die den Menschen zugunsten der Horde abwerte. ~~Genau wie~~ Wie eine Religion bietet er die Möglichkeit, sich auf etwas zu beziehen, das größer ist als man selbst. Ein Nationalist ordnet ~~sich selbst~~ seine ~~Individualität~~ Persönlichkeit den Massen zu (oder unter?). Das Ganze wird als Einheit bezeichnet, aber in Wirklichkeit ist es kaum mehr als Selbstbetrug in einem Zustand der Massenverblendung. Indem sie nach einem gemeinsamen Ziel streben, einem gemeinsamen Glauben daran, was richtig und wahr ist, greifen sie nach Homogenität, und damit verwandeln sie sich in etwas, das keinen Deut besser ist als Roboter, die ihre Schilder und Fackeln und nutzlosen Stoffbänder schwenken. Sie nennen sich Patrioten, aber das sind sie nicht. Ein Patriot ist jemand, der liebt, ein Nationalist ist jemand, der hasst.

Es ist Fundamentalismus, so abscheulich und zerstörerisch wie jeder Dschihad.

Ich lese durch, was ich auf den Notizblock gekritzelt habe, unsicher, wie Josie es aufnehmen wird. Wir haben nie über dieses Thema gesprochen, aber basierend auf ihren Online-Aktivitäten denke ich, sie könnte für den Austritt der Briten gestimmt haben. Es lässt mich unsere ganze Zusammenarbeit infrage stellen. Ist das hier für sie nicht mehr als ein Job? Glaubt sie mir? Stimmt sie mir zu? Macht es einen Unterschied? Ich frage mich, ob sie meinen Ansichten über den Albtraum des Nationalismus, der die ganze Welt erfasst hat, dem es ohne große Anstrengung gelungen ist, so viele Grenzen zu überschreiten, widersprechen wird. Ich frage mich, ob sie tatsächlich glaubt, Großbritannien wäre großartiger gewesen, als die Briten noch selbst auf der Suche nach Wohlstand um die Welt schwirrten – auf der Suche nach Objekten und Orten, die sie ihr Eigen nennen konnten.

Sie bittet mich nach wie vor um Erinnerungen. Ich habe nie auf ihre E-Mail über meine Haarspalterei und die »realen« Menschen geantwortet, und sie hat beschlossen, mein Ignorieren zu ignorieren, und ist stattdessen wieder dazu übergegangen, mich sanft zu drängen, ihr mehr persönliche Geschichten zu liefern. Sie möchte Berichte über meine Heimat, meine Familie, die Reise und die Lager. Das Warum und das Wie von allem. Aber hier bin ich nun und schlucke das Persönliche zugunsten des Politischen herunter. Schon wieder. Weshalb? Ist es einfacher? Sicherer? Wenn niemand die eigene Geschichte kennt, kann sie zumindest auch niemand gegen einen verwenden.

Josie möchte, dass ich über die Grenzen schreibe, einfache Texte mit Titeln wie »Meine Grenzerfahrungen«, »Meine Erfahrungen an den Grenzen«, »All die Grenzen, die ich überquert habe«.

Wir sind nicht an erster Stelle Menschen, oder vielleicht sind wir es auch überhaupt nicht, wir sind ~~an erster Stelle~~ Bürgerinnen und Bürger.

Was schuldet einem das eigene Land? Macht? Kontrolle? Den Vorzug vor denjenigen, die nicht aus ihm stammen? ~~Wie bei religiöser Bigotterie oder Homophobie oder Rassismus, geht es ALLEIN UM ANGST. Angst vor den anderen, Angst davor, was sie einem wegnehmen könnten, Angst vor dem Statusverlust.~~

Es gibt so viel Angst, die ganze Welt scheint damit infiziert zu sein.

Es klopft an der Tür, und ich zucke zusammen, lasse meinen Stift fallen und bedecke die Papiere mit meinen Händen. Ich starre ungläubig auf die Tür, als wären ihr ein Kopf oder Tentakel gewachsen, durch die die Außenwelt in meine Wohnung kriecht. Wieso klopft es? Niemand klopft.

Chloe würde nicht klopfen, da sie glaubt, dass ich nicht hören kann. Sofern es sich nicht um eine Eigenheit der Jugend handelt, eine Unfähigkeit, Dinge zu begreifen, die nicht das eigene Ich betreffen. Allerdings habe ich sie seit Tagen nicht gesehen, also mag sie bereits mit ihrer Mutter in den Norden gefahren sein. Es können auch nicht Ruth oder Tom sein. Die beiden stören mich nie. Nicht der Entsafter oder Adam, und wenn es doch Adam ist, nun, könnte dann noch jemand anderes im Flur sein?

Ein blinkendes Licht, wie von einer Smartphone-App, streift in dem winzigen Spalt zwischen der Tür und dem Fußboden vor und zurück.

Als ich die Tür öffne, sitzt Adam noch immer in der Hocke. Er blickt mit einem schelmischen Grinsen zu mir auf, und seine Ähnlichkeit mit Ahmed trifft mich erneut so heftig, dass ich von der Wucht ins Wanken gerate und sogleich meinen Blick abwende.

»Hey«, sagt er und steht mit einem kurzen Winken auf.

Er tritt ein, schließt die Tür hinter sich und dreht sich zur Küchentheke um, wo ich nun stehe und aus einer Quetschflasche Honig in meinen geöffneten Mund drücke. Das ist einer der vielen Tricks, die ich mir angewöhnt habe, wenn die Panik aufflammt, wenn sie meinen Hals hinaufsteigt wie Säure oder Lava oder brennende Galle, um sich für den Rest des Tages unter meine Zunge zu klemmen. »Alles in Ordnung?« Ich nicke, drücke aber sicherheitshalber noch ein bisschen mehr in meinen Mund. Ich stelle mir vor, wie der Honig die Panik überzieht, sie in kühlenden Bernstein einschließt. Ich stelle mir vor, wie eingefrorene kleine Blasen aus Panik in mir herumschweben. Isoliert. Neutralisiert. Als ich die Flasche Honig zurück in den Schrank stelle und mich Adam zuwende, liegt Sorge in seinem Blick.

»Also, weißt du noch, wie wir uns letztens über Politik unterhalten haben?« Ich runzele die Stirn, da ich selbst abgesehen von ein paar auf Papierfetzen notierten Sätzen und Fragen nichts zu jener Unterhaltung beigetragen habe. »Nun ja, es geht alles schneller voran, als ich dachte.« Seine Augen leuchten, und ihn umgibt eine pulsierende Energie. »Ich habe mich einer studentischen

Organisationsgruppe aus Manchester angeschlossen, und wir wollen gleichzeitig Demonstrationen im ganzen Land abhalten, von Brighton bis Glasgow, in jeder großen Stadt und sogar in ein paar kleineren. Kannst du dir das vorstellen? Ein Tag, an dem all diese Märsche zur selben Zeit stattfinden? Das ganze Land geht auf die Straße für das, was richtig ist?«

Geht auf die Straße für das, wovon du *denkst, dass es richtig ist*, fügt mein Geist hinzu, aber mein Mund verzieht sich pflichtbewusst zu einem, wie ich hoffe, ermunternden Lächeln.

»Du solltest mitmachen«, sagt er und streckt die Hand aus. Darin hält er Informationsmaterial und etwas, das nach Flyern mit großen Bildern und fetter Schrift aussieht. Ich schüttele den Kopf, noch ehe er seinen Satz beendet hat. »Schau mal, ich weiß, dass du keine Menschen magst, und das ist okay. Ich weiß, dass du ein Problem mit dem Sprechen hast, und das ist auch okay. Was wir brauchen, sind mehr Aktive. Das ist alles. Stell dich einfach auf die Straße, und verteil ein paar Flugblätter – du musst gar nichts sagen. Komm zur Demo und marschiere mit uns zusammen.«

Während er spricht, steigt die Panik wieder auf, und ich schnappe mir meinen Notizblock und kritzele wütende Worte darauf, versuche, die Sätze aufs Papier zu bringen, damit er aufhört zu sprechen.

Du weißt nicht, woran ich glaube

Du kennst mich nicht

Er schaut darauf, sein Blick schnellt über den Zettel und landet dann wieder auf mir. Seine Lippen zucken leicht, und er sagt: »Du kannst nicht an das hier glauben.

Bei allem, was gerade passiert. Du bist ... du bist Araberin, das hat mir der Imam erzählt, also bist du wahrscheinlich auch Muslimin. Du kannst nicht der Meinung sein, all das hier sei in Ordnung.«

Ich starre auf meine Füße hinunter, bin zum ersten Mal seit so langer Zeit beschämt, dass ich davon kalt erwischt werde. Ich habe vergessen, wie es sich anfühlt, wenn jemand etwas von mir erwartet. Dennoch schüttele ich den Kopf. Es ist unmöglich. Das, was Adam so einfach verlangt, als wäre ich bloß ein weiterer Millennial voller Feuereifer, der sich dem Zeitgeist anpasst und unbedingt Teil von etwas sein will.

Ich bin ein Teil davon. Mehr, als er je erfahren wird.

Er stößt einen Seufzer aus, und ich blicke wieder auf, überrascht, wie schnell er aufgibt. Er lässt die Ausdrucke auf den Tisch fallen, behält jedoch seine Flyer. »Wenn das so ist, hast du irgendetwas, das du spenden könntest? Es muss kein Geld sein«, fügt er rasch hinzu. »Wir nehmen Bücher, Filme, Musik, im Grunde alles. Wir möchten die Menschen bilden, deshalb veranstalten wir so eine Art Salon, wo wir darüber diskutieren, wie Kunst auf ihre Zeit reagiert oder wie sie zum Beispiel die Sechziger kommentiert hat, und so Sachen. Also, darauf liegt unser Schwerpunkt.« Er schüttelt den Kopf, und sein Blick schweift ab. »Ich bin überzeugt davon: Die Geschichte hat sich wiederholt. Das hier sind die neuen Sechziger.«

Die Sechziger, die Sechziger. Wie groovy. Morrison singt darüber, Pferde von Booten zu werfen, während sein Dad Vietnam bombardiert. Ich gehe an Adam vorbei zu meiner Bücherwand. Meine Wohnung mag das reinste Chaos sein, aber meine Bücher sind perfekt sortiert, und ich brauche nur eine Sekunde, um das gewünschte herauszuziehen. Eine alte Ausgabe von Seymour Hershs Bericht über das Massaker von My Lai aus dem Jahr 1970; der Umschlag ist schwarz, weiß und gelb, Vorder-, Rückseite und Buchrücken sind brüchig, die Seiten vergilbt, und es riecht nach modriger Buchhandlung, nach Zeit, nach Öl von anderer Menschen Hände. Es ist ein wichtiges Buch, und wenn Adam überzeugt davon ist, dass die Sechziger wieder da sind, dann sollte er wissen, wie schlimm es werden kann, wie schlimm es bereits geworden ist. Ich fahre mit dem Finger über den Umschlag, blättere mit dem Daumen die Seiten durch und kann mir den Gedanken nicht verkneifen, wer wohl über Darayya oder Homs oder Shu'aytat oder Ghouta oder oder oder schreiben wird? Schlägt man diese Orte nach, erfährt man Näherungswerte und Schätzungen. Hier sind etwa 700 gestorben, hier über 500, hier über 100. Als würde man Wechselgeld oder Vieh oder so zählen. Keine Menschen. Es sind keine Menschen, nicht für einen selbst. Es sind Zahlen, grobe Schätzungen. Und jene Punkte auf den Landkarten und Bildern in den Nachrichten, das sind bloß weitere Kriegsgebiete. Für mich ist das Heimat. Es ist mein Stadtviertel. Der Ort, an dem ich zur Schule gegangen bin. Dieser Junge, tot und schlammbedeckt, ist mein Bruder. Dieser Mann, der aus der Wunde in seinem Kopf blutet, ist mein Vater. Es sind Menschen, alle 700, jede und jeder Einzelne von ihnen.

Wie lange kann Stille andauern, bevor sie, wie der menschliche Körper, wie die menschliche Psyche, zerbricht? Die Wasserräder sind stehen geblieben, aber wird endlich jemand von all dem Leid sprechen, das wir so gewissenhaft horten?

Die Stille ist zerbrochen, und Syrien besteht nun ausschließlich aus Lärm. Jeder Tod und jede Explosion verdunkeln die Sonne, blenden die Welt mit verzerrten Bildern und Dunkelheit. Bis nur noch im Dunkeln klagende Seelen übrig sind.

Im Quwaiq, wo der Fluss in den Süden von Aleppo fließt, waren es 110 – auch wenn manche 147 zählten und andere darauf bestanden, es wären eher 250 gewesen. Genauigkeit ist in dieser Hinsicht schwer zu erlangen. Jedenfalls keine besonders große Zahl. Mit Sicherheit nicht groß genug, um Medienaufmerksamkeit und eine genaue Untersuchung zu rechtfertigen. Einhundertzehn Männer und Jungen im Alter zwischen elf und vierzig. Männer und Jungen, die jeden Tag die Grenze überquerten, um Vorräte und Waren zu besorgen. Die bespuckt und beleidigt und geschubst wurden, bis man ihnen eines Tages stattdessen die Hände hinter dem Rücken band, die Münder fest mit Klebeband verschloss und ihnen Kugeln in den Kopf schoss. Jungen, die schworen, sie würden die Grenze nicht überqueren, es vor Mama und vor mir schworen, daraufhin aber trotzdem gingen. Und dann kam ein neues Jahr, ein Frühling, in dem die Leichen aus einem Fluss in der Mitte der Stadt gezogen wurden, so viele Leichen, dass der Wasserstand abgesenkt wurde, damit sie nicht weiter flussabwärts getragen wurden.

Ich drehe mich um und werfe Adam das Buch zu, der es auffängt. Er wirft einen Blick auf den Umschlag, wendet es, um den Text auf der Rückseite zu lesen, und blättert dann ein wenig darin herum, wobei ihm meine Anmerkungen und Unterstreichungen und Umkreisungen auffallen müssen. Er sieht aus, als wollte er noch etwas sagen, überlegt es sich jedoch anders. Sein Blick schweift zum Fenster, und er legt den Kopf auf die Seite wie ein Vogel.

Gegenüber, in South Tower A, zweiter Stock, Wohnung drei, fickt Matt Anime-Mädchen auf dem Fußboden vor dem Sofa. Er bewegt sich über ihr, seine Wirbelsäule sichtbar unter der transparenten Haut, die kleinen Muskeln auf seinem Rücken angespannt, die schmalen Hüften pumpend. Sie hat den Kopf zurückgeworfen, der schwere Pony klebt an ihrer Stirn, die Kaugummilippen und weit aufgerissenen Augen recken sich der Decke entgegen, Schweiß glitzert auf der transparenten Haut ihres Halses, ihrer Arme und der ungemein blassen Falten ihrer Beine.

Sie vögeln genau an dem Ort, an dem Matts Dad seine Mutter zu erwürgen versuchte.

Adam räuspert sich, und ich richte den Blick wieder auf ihn. Das Strahlen in seinen Augen hat nun einen anderen Ausdruck. »Danke«, sagt er und hält das Buch an seinen Kopf wie zum Gebet, während er sich abwendet. »Gib mir Bescheid, falls du deine Meinung änderst.«

Ich schüttele mich, lasse mich zurück auf den Boden sinken und habe Block und Stift wieder zur Hand genommen, noch ehe er die Tür hinter sich geschlossen hat.

25 Bagatelldelikt

Die Moschee ist verwüstet worden. Heute Morgen stand eine Menschenmenge draußen im Hof und warf einander Gerüchte und Spekulationen zu wie Kinder auf dem Spielplatz Bälle. Im Laden schüttelte Hasan den Kopf und erzählte die Abfolge der Ereignisse für alle nach, die an die Kasse kamen, um ihren Tee, ihr Öl oder ihre Zwiebeln zu bezahlen, oder einfach nur, um zu hören, was geschehen war.

Er berichtet uns, die Gläubigen, die zum Sonnenaufgangsgebet kamen, seien die Ersten gewesen, die es sahen. »Fickt euch!« und »Dreckige Pakis!« und andere einfallslose Beleidigungen, auf die Mauern gesprüht mit roter Farbe, die heruntertropfte und dadurch wie Blut aussah. Noch mehr Sprühfarbe über den Eisenstäben – Penisse und Schweine und Männer mit Turbanen, die primitiven Strichmännchen-Mädchen mit Zöpfen hinterherhecheln. Und um die große Kette, die der Imam erst seit Kurzem nachts abschloss, hatte jemand die Eingeweide von etwas gewickelt, das alle für ein Schwein hielten.

»Die glauben, wir sehen ein Schwein und fallen tot um«, sagt Hasan schnaubend.

»Als wäre das euer Kryptonit«, fügt ein Student in einem Uni-Sweatshirt hinzu, erleichtert darüber, dass wir das Ganze womöglich amüsant finden.

Hasan hält seine Hände einen Meter auseinander und erklärt wieder und wieder, wie lang die Eingeweide waren und dass sie vielleicht von mehr als nur einem Tier stammten, und der Student setzt an zu einem Sermon über die Länge verschiedener Tierinnereien. Hasan bringt ihn mit erhobener Handfläche und einem finsteren Blick zum Schweigen. Er spricht von dem tropfenden Blut und dem Gestank, der den Gehweg hinauf- und hinabwehte, und davon, wie der Imam Tränen in den Augen hatte, als er einen Eimer Wasser und eine Bürste holen ging, um mit dem Saubermachen zu beginnen, wovon die jungen Männer ihn allerdings abhielten, ehe sie die Polizei riefen und ihm sagten, er solle nichts anfassen.

Als ich auf die Straße trete, ist die Polizei immer noch da. Nicht mit heulenden Sirenen, mit denen sie wegen Helen kam, sondern nur ein einziger Einsatzwagen und auf dem Gehweg zwei Polizisten, die die Aussagen aufnehmen. Der Imam schüttelt gerade den Kopf. »Nein, wir haben hier keine Probleme. Niemand stört uns, und wir stören niemanden.« Er sieht müde aus, irgendwie viel älter als bei unserer letzten Begegnung.

»Das ist aber nicht ganz richtig, oder?«, entgegnet der Polizist und blättert in seinem Notizblock. »Wir sind erst vor ein paar Wochen aufgrund von Beschwerden aus der Nachbarschaft hinterhergerufen worden.«

»Wir haben genug Essen für die gesamte Gemeinde gekocht!«, ruft Imam Abdulrahman aus. »Wieso sollte sich jemand darüber beschweren?«

»Ich denke, es ging weniger um das Essen als um die Lautstärke«, erwidert der Polizist und macht sich ein paar Notizen, womöglich über das Gestikulieren des Imams.

Vielleicht vermerkt er ihn als »unnötig aggressiv« oder sogar als »streitlustig«.

Einer der jungen Männer tritt nach vorn, schiebt den Imam sanft hinter sich und fängt an, dem Polizisten von jenem Mann zu berichten, der mit seinen Freunden kam, um Ärger zu machen. Er ist beeindruckend, wie ein Rechtsanwalt, erinnert sich noch an Datum und Tageszeit und das Outfit des Mannes und die Anzahl seiner mitgebrachten Freunde. Er gibt Identifikationsmerkmale und Tätowierungen und Frisuren wieder. »Er hat uns mit all diesen Bildern beschimpft«, sagt er mit einer Handbewegung in Richtung Graffiti. »Das kann nur er gewesen sein. Wir haben mit niemandem Ärger.«

Ich trete näher an das Tor heran und strecke die Hand aus, um eins der aufgesprühten Schweine zu berühren. Es ist noch feucht, und mein Finger wird knallrot. Mit klopfendem Herzen reibe ich ihn an meinem Daumen und wische ihn dann hektisch an meiner Jeans ab. Meine Gedanken wandern zurück zu jenem Tag, als ich Matt durch das Fenster sah, wie er sich an der Tasche und den Dosen darin zu schaffen machte. Bagatelldelikt. Ist seine Mutter wieder da? Ist sie mit Chloe zurückgekehrt? Seit die beiden fort sind, ist es in der Wohnung ruhiger geworden. Ich glaubte, Matt und sein Vater kämen womöglich gut miteinander aus. Ich dachte, Matt würde die Farben benutzen, um damit die Mauern unten an den Bahngleisen zu besprühen. Bagatelldelikt. Eventuell würden er und seine Freunde ein paar großbusige Pin-up-Girls an ihre Schule sprayen oder glubschäugige Monster an die alten Gebäude unten am Ufer. Nicht das hier. Auf das hier wäre ich nie gekommen.

Das hier ist keine Bagatelle.

»Haben Sie irgendetwas gesehen?«

Ich drehe mich um. Vor mir steht der andere Polizist. Er sieht gelangweilt aus und kaut auf seiner Unterlippe herum, den Stift über seinem Notizblock gezückt, während er auf meine Antwort wartet und vielleicht an Fish and Chips zum Mittagessen denkt. Als er mich schließlich ansieht, schüttele ich den Kopf. »Wissen Sie irgendetwas?«

Auch auf diese Frage schüttele ich den Kopf.

Josie will Erinnerungen, also werde ich ihr Erinnerungen liefern. Ich werde sie ihr alle liefern, ob sie nun chronologisch ganz und gar stimmig sind oder nicht. Ich werde über den Quwaiq in jenem Frühling schreiben, als Mama das Leben aufgab und Baba sich endlich mit der Tatsache abfand, dass wir nicht dort bleiben konnten, über die fallenden Bomben und die Scharfschützen auf den Dächern und wie sich jeder Tag nach einer riesigen Runde Russisches Roulette anfühlte: Wäre man heute an der Reihe? Würden sie das eigene Haus stürmen? Den Vater mitnehmen? Ich werde über die Cousins und Cousinen, die Tanten und Onkel, die Brüder und Nachbarinnen und besten Freunde schreiben, die gefoltert oder ermordet oder in alle Winde zerstreut wurden wie Tauben, die nie wieder einen Platz zum Nisten finden sollten. Ich werde über den zwölfjährigen Jungen schreiben, der in einem Krankenhaus in Aleppo arbeitete, Spritzen verabreichte und Bettpfannen säuberte, und über Khalid von den Weißhelmen, bevor sie die Weißhelme waren, der zu mir sagte, wir würden diesen Kreis der Hölle GEMEINSAM verlassen.

Ich werde Josie von der Durchquerung Europas berichten, und wie ich durch einen ganzen Kontinent lief. Von dem überladenen Floß und den Menschen, die ertranken, und dem größeren Boot und all den Lagern, in denen die Leute sofort versuchten, ihrem Leben eine gewisse Ordnung und Struktur zu geben. Von den kleinen handgeschriebenen Schildern, auf denen SCHULE oder SPIELPLATZ oder BÜCHEREI stand, von den unternehmerischen Talenten, die Geschäfte eröffneten, um zu verkaufen, was auch immer sie verkaufen konnten, und von den Mülltonnen, die die ganze Nacht über brannten, weil keine andere Wärmequelle zu finden war. Von Sprühfarbe auf den Wänden frisch aufgestellter Hütten, in gebrochenem Englisch oder schönstem Arabisch. Ich werde darüber schreiben, wie es ist, in eiskalten Lastwagen eingesperrt zu sein, verfolgt und beschossen und geschlagen zu werden von Grenzpolizisten und Schleusern, die einen schröpfen und benutzen, weil sie wissen, dass die einzige Alternative der Tod ist.

Ich verfasse zwei, drei, vier Artikel, die ich im Laufe des Tages und der Nacht und eines weiteren Tages abfeuere, bis Josie eine gottverdammte Chronik hat, wie ich hierhergekommen bin.

Von Aleppo nach England

Ich kann an den Fingern einer Hand abzählen, was ich noch von zu Hause habe.

1. Ein Bild von meiner Mutter, als sie in meinem Alter war, verheiratet, mit einem Kind und einem weiteren unterwegs.

2. Ein Bild von der ganzen Familie, das aufgenommen wurde, als wir zum letzten Mal alle zusammen waren. Auch wenn wir das damals nicht wussten. So etwas lässt sich nie vorhersehen.

3. Meine Papiere.

4. Ein Wörterbuch, das ich aus Babas Arbeitszimmer geklaut habe.

5. Meinen Namen.

Das war's. Das ist mein gesamter Besitz. Ich hatte noch etwas Geld von zu Hause und ein paar Kleidungs- und Schmuckstücke (vererbt von Mama, die sie zuvor von ihrer Mama bekommen hatte), aber das alles ist längst weg. Den Schmuck habe ich verkauft, und das Geld habe ich für Essen und Wasser und Schleuser ausgegeben, die behaupteten, sie könnten mich bringen, wohin ich wollte. *Ich verspreche es. Ich schwöre,* sagten sie, die Hand auf dem Herzen, dann die Handflächen zu Allah erhoben.

Diese Worte habe ich auf meiner Reise hierher oft zu hören bekommen. Und nie waren sie auch nur einen Cent wert.

Die Route, die ich nach England nahm, ähnelt jener von anderen Menschen in meiner Lage, auch wenn viele beschlossen, in unterschiedlichen Ländern auf dem Kontinent zu bleiben, statt zu versuchen, den Kanal zu überqueren. Mit einem Nachtbus in die Türkei, dann um die griechischen Inseln herum auf einem Floß, das irgendwo bei Syros aufgab, auf einem größeren Boot weiter die Küste hinauf, dann mit mehreren Bussen hinüber nach Mazedonien, und schließlich Laufen und Laufen und Laufen, bis meine Schuhe sich mit Blut füllten und das Wort »Schmerz« jegliche Bedeutung verlor.

Ihr könnt euch nicht vorstellen, wie weit ich gelaufen bin. Ich könnte sagen: acht Stunden oder fünf oder zwölf am Stück. Ich könnte sagen, es seien 300 Kilometer gewesen oder 150, aber das sind bloß Zahlen. Sie haben keine Bedeutung. Eure Vorstellungskraft und eure Körper haben keinen Bezugsrahmen, aus dem sie Empathie schöpfen könnten.

Soll ich euch also stattdessen erzählen, wie sich ihre, Europas Topografie in meinen Körper eingeschrieben hat? Sie steckt im Kalk meiner Haut, trocken und leicht zu zerreißen. Ihr Salz ist im dunklen Seetang meines Haars, im starken Geruch meines Schweißes. Meine Brüste sind die Berge Serbiens. Die Speckrollen an meinem Bauch, meinem Rücken und meinen Hüften wie die Falten und Gräben Mazedoniens. Ihre Moore und Sümpfe liegen in den Schatten meiner Achselhöhlen, dem Morast meines Hügels. Während ich durch Europa lief, ließ ich mich vom Himmel hinunterhängen. Ich schwang mich von Stern zu Stern und rollte mich in jedem Halbmond zusammen.

Aber vielleicht ist das zu poetisch, und ich sollte bodenständiger sein.

Also werde ich stattdessen sagen, dass die meisten Lager schlimm sind. Ein Ort, an dem man nicht einmal das Haustier der Familie leben lassen wollte. Dort hausen Krankheit und Schmutz und die Gewalt der Verzweifelten. Die Polizisten, die dort patrouillieren, sind hässliche Männer, die zu Taten fähig sind, die man keinem Menschen zutrauen würde. Helle Momente – ein Kind, das auf den Knien seines Großvaters lesen lernt, ein Hilfspaket, das überquillt vor unerwarteten Freuden, ein wunderschöner Tag, an dem das Sonnenlicht in den Bäumen spielt – sind flüchtig und wirken wie ein Traum.

Die meiste Zeit ist es ein endloser Strom aus Scheiße.

Manchmal im wahrsten Sinne des Wortes.

Könnt ihr euch vorstellen, wie die Bedingungen in der Heimat sein müssen, damit eine derartige Tortur nicht nur hinnehmbar, sondern sogar *wünschenswert* erscheint?

Ich gebe zu, dass ich bei meiner Ankunft in England glaubte, nun würde alles einfacher werden. Ich dachte, das Land würde mehr Hilfe anbieten. Ich dachte, man würde mehr für uns tun. So lange hatte es sich wie eine Utopie angefühlt, ein Ort der endlosen Hügellandschaften und beschwingten Akzente, an den ich unter ganz anderen Umständen zu gelangen träumte. Aber das ist es nicht. Bei meiner Ankunft wurde ich verspottet, herumgeschubst und gestoßen, für eine dumme Schafhirtin gehalten, die um die Reste vom Tisch Ihrer Majestät bettelt.

Ich versuche, mich anzupassen. Die Amerikaner nennen es *Assimilation*. Das ist der Prozess, Informationen und Ideen vollständig aufzunehmen und zu verstehen. Es kann auch den Prozess bedeuten, ähnlich zu werden.

Das tue ich. Das Verständnis besitze ich bereits. Freiheit, Arbeitsmoral, Unabhängigkeit, an all dies glaube ich. Ich versuche auch, euch ähnlich zu werden. In vielerlei Hinsicht habe ich das Gefühl, es bereits zu sein. Ich habe den Hijab in Syrien gelassen. Ich trage die gleiche Kleidung wie ihr, ich schaue mir dieselben Panel-Shows auf Channel 4 und BBC an, ich höre die Beatles und die Rolling Stones und Bowie und die ganze andere Musik, auf die ihr so stolz seid. Ich lese eure Bücher und höre eure Nachrichten, und ich verwende mein Geld, um eine eurer Universitäten zu besuchen und Essen und noch mehr von der Kleidung, die ihr tragt, in euren Geschäften zu kaufen. Ich werde euch nicht ähnlich, ich werde wie ihr.

Ich bin keine Schmarotzerin. Als der Krieg ausbrach, war ich Studentin. Mein Vater war Lehrer, meine Brüder und Schwestern waren Lehrerinnen und Ingenieure. Wir hatten ein angenehmes Leben. Wir waren produktiv. Ich will von diesem Land keine Almosen. Geflüchtete kommen nicht, um sich zu nehmen, was euch gehört. Wir wollen arbeiten, wir wollen zur Schule gehen, wir wollen vollständige und aktive Mitglieder der Gesellschaft werden. Wir sind keine Blutsauger oder Parasiten oder Ungeziefer.

Wir brauchen nur ein wenig Hilfe. Das ist alles.

Josie veröffentlicht den ersten Text beinahe augenblicklich, nach nur wenigen Stunden, ohne mir eine Überarbeitung zurückzuschicken, ohne Kommentar. Ich bekomme lediglich ihre Standard-E-Mail mit einem Link und frage mich, ob sie meiner überdrüssig ist.

Im Verlauf des Tages tröpfeln die Reaktionen herein. Die meisten sind positiv. Menschen sagen mir, ich sei hier willkommen, sie seien froh, dass ich es geschafft habe, und wünschen mir ein gutes Leben. Manche berichten, sie haben beim Lesen geweint und können sich nicht vorstellen, die innere Kraft für eine solche Reise aufzubringen (ich konnte es mir auch nie vorstellen, aber ihr würdet euch wundern, was der menschliche Körper alles aushalten kann). Andere kichern über die Verweise auf Musik und Fernsehen, erstaunt darüber, dass ich Humor und Unterhaltung an denselben Orten finde wie sie. Das meiste ist positiv, aber ich frage mich, ob hier nicht nur eine weitere Echokammer am Werk ist. Wird aus Mitgefühl Handeln?

Selbstverständlich greifen mich auch einige an. Mustafa aus Birmingham meint, es sei falsch von mir zu versuchen, englisch zu sein, ich solle an meinem Erbe und meiner Kultur und meiner Religion festhalten, und meine Familie würde sich garantiert schämen, so etwas von mir zu lesen. Amina aus South London erklärt mir, es sei ignorant zu glauben, ich müsse meinen Hijab ablegen, um Teil dieses Landes zu werden, sie sei hier geboren und trage ihren mit Stolz. Das ist ein gutes Argument.

Einheit in Vielfalt. Davon reden sie ständig, auch wenn das Motto mittlerweile jede Bedeutung verloren hat.

Und dann das hier:

BeccaDent sagt: Mich berührt die Geschichte der Sprachlo-

sen genau wie alle anderen, aber ein paar Dinge daran stören mich. Zunächst einmal: Weshalb schreibt diese Person nicht unter ihrem Namen? Warum verheimlicht sie ihn? Und was verheimlicht sie noch? Es lässt mich beinahe vermuten, dass sie gar keine reale Person ist, sondern irgendeine Journalistin oder jemand, der eine Agenda voranbringen will und beschlossen hat, sich als Geflüchtete auszugeben, um mehr Glaubwürdigkeit zu gewinnen. Und wenn diese Person tatsächlich ist, wer sie behauptet zu sein, dann wünschte ich irgendwie, sie würde einfach nur ihre Geschichte erzählen, ohne sie ständig mit Politik zu vermischen. Ich weiß, dass es heißt, »die Sprachlose« studiere Politikwissenschaften, aber das macht sie wohl kaum zu einer Expertin. Wir haben alle mal ein Powi-Seminar an der Uni besucht. Ich weiß nicht. Es ist eine gute Geschichte, aber irgendetwas daran hat einfach nicht gepasst.

Für viele lange Minuten, vielleicht Stunden, bin ich nicht in der Lage, diesen Kommentar zu verarbeiten. Ich sitze einfach nur da, vor dem Laptop, und blinzele immer wieder, während ich zu begreifen versuche. In meiner Wut kommt mir alles Mögliche in den Sinn: den Computer aus dem Fenster zu schmeißen, über den Balkon segeln und auf den Hof unten krachen zu lassen; auf Social Media mehrere Fake-Profile anzulegen und von ihnen aus die Kommentatorin und all die anderen anzugreifen; mich in die Dusche einzusperren und mich zu ritzen, bis dieser furchtbare Druck verschwindet.

Oder vielleicht sollte ich zu jenem Zustand des absoluten Schweigens zurückkehren, wie damals in jenem Krankenhaus, in dem ich meine ersten sechs Monate im Vereinigten Königreich verbrachte. Anstelle von Hausmannskost und Reisen die Küste hinauf wurde ich psychologischen Tests unterzogen und musste schriftliche Antworten geben auf all die Fragen oder Tintenkleckse oder Karten mit weinenden Frauen, die Dr. Thompson mir präsentierte. Und was bekam ich dafür? Unfreiwillige Einweisung. Begründung: Bei Patientin besteht Suizidgefahr. Meine Asylbeamtin scherzte, das sei gut, da sie gerade ohnehin zu wenige Patinnen und Paten hätten. Für mich war es auch in Ordnung. Zumindest war es warm, und ich bekam ein Bett und Nahrung und konnte duschen.

Die Ärztin zog eine laminierte Schautafel hervor, um mir Freuds Topografie des Geistes zu zeigen. Sie sagte, ich solle es wie einen Eisberg betrachten, und so war es auch gezeichnet, dieses vage diamantförmige Ding, das unter einer perfekten gelben Sonne und einem blassblauen Himmel in ruhigem Wasser trieb. Wieso war die Sonne da? Sie war nicht relevant für die Theorie, wie die Ärztin sie erklärte. Sie lenkte mich ab, dieser gelbe Kreis, aus dem plumpe Strahlen ragten, wie bei einer Kinderzeichnung. Dr. Thompson sprach von Ich und Es und Über-Ich, das sich manchmal einmischt, das manchmal angreift. Lebenstrieb und Todestrieb. Triebe, die einen menschlicher (weniger menschlich?) machen. Sie wies auf die Spitze des Eisbergs: *Das ist der bewusste Teil. Hier sind Ihre Gedanken und Wahrnehmungen. Alles, was Sie wissen.* Darunter lag das Vorbewusste, wo ihr zufolge meine Erinnerungen abgespeichert waren. Diesen Bereich hakte sie recht schnell ab, aber er stellte auch den kleinsten Teil des Eisbergs dar, war also womöglich nicht so wichtig. Darunter, tiefer im Dunkelblau, befand sich der größte Abschnitt, das Unbewusste. *Hier geht Ihre Angst hin*, sagte sie und fuhr mit einem leuchtend roten Fingernagel über den Bereich. *Hier liegt das Trauma.* In diesen Teil des Diagramms war eine Wortwolke eingefügt, in der sich Begriffe drängten, die Dr. Thompson mir nicht vorlas, die mir jedoch ins Auge fielen. Irrationale Wünsche. Unmoralische Triebe. Egoistische Bedürfnisse. Wer hatte diese Festlegungen getroffen? Wer hatte entschieden, ob etwas irrational oder unmoralisch oder egoistisch war? Wer durfte darüber bestimmen?

Ich verstand nichts davon. War das Ziel meiner Gespräche mit Dr. Thompson, den Eisberg irgendwann umzudrehen? Wollte sie, dass diese dunkle Masse an die Oberfläche kam? Allein die Vorstellung lähmte mich. Sie lag so falsch, was meine Ängste betraf; diese waren nicht tief da unten, in jenem düsteren Blau. Sie befanden sich auf meiner Haut, krochen ständig über mich und brannten wie elektrische Funken.

Die Ärztin erzählte mir etwas über Traumata. Sie erzählte von Ereignissen, besonderen Augenblicken, die die Identität zerbrechen und das Selbst fragmentieren, sodass es eine klare Unterscheidung gibt zwischen der Person, die man vorher war, und der, die man heute ist. Eine Vergangenheit und eine Gegenwart und (vielleicht?) eine mögliche Zukunft. Sie sprach davon, das traumatische Ereignis zu identifizieren, darüber zu sprechen und es in die Gegenwart zu integrieren, dass man sich auf diese Weise nach vorn bewegen und eine neue Art des Seins finden konnte. Ein eindeutiges Davor und Danach, getrennt durch eine unerschütterliche Linie, die man als das »traumatische Ereignis« bezeichnen kann. Wie sehr die Leute ihre Dichotomien lieben. Solche hübschen kleinen

Schwarzweiß-Welten, genau wie Khalid gesagt hatte. Sie sind so gewöhnt an Kategorien und Handlungsabläufe, die Sinn ergeben. Als bestünde die Welt nicht aus Chaos und Leere.

Und wenn es kein Davor oder Danach gibt? Wenn man sein Leben *innerhalb* der langen Pause des Traumas lebt, fortwährend rittlings auf jener Linie sitzend? Wenn das Trauma ein Ort ist, an den die Zeit nicht vordringen kann?

Dr. Thompson sprach von *einer* Vergewaltigung, *einem* Überfall oder Angriff, *einer* Phase des Kriegs. Alles singuläre Augenblicke, einmalige Ereignisse, zeitlich begrenzt. Was ist mit Besatzungen, die schon ein halbes Jahrhundert andauern? Was ist mit Inhaftierung? Was ist mit Überwachungsapparaten und institutionalisierter Unterdrückung und unbefristeten Ausnahmezuständen? Könnte Dr. Thompson die Form nachzeichnen, die die Identität in solchen Fällen annimmt? Könnte sie die trüben, schweren und spitzen Bruchstücke zu irgendeiner Art von Ganzem formen? Es war offensichtlich, dass Dr. Thompson und auch alle anderen hier außerhalb jener Art von Realität lebten, von der ich würde sprechen müssen. Um diese für sie sichtbar zu machen, müsste ich neue Wörter erfinden, neue Definitionen, mit denen ich sie konfrontieren konnte.

Unmöglich. Ich kannte diese Wörter nicht.

Um etwas benennen zu können, muss man von außen darauf blicken, zumindest für eine Weile.

Damals zeigte ich der Ärztin, was Schweigen ist. Das Schweigen war so extrem, dass es zeitweise schien, als wäre ich der letzte übrig gebliebene Mensch auf der ganzen Welt, so vollständig war meine Loslösung von allem um mich herum. In Allendes *Das Geisterhaus* verstummt Clara und fühlt sich erfüllt vom Schweigen der gesamten Welt. Auch ich fühlte mich komplett von Schweigen erfüllt, aber es war nicht das Schweigen der Welt. Man kann vieles behaupten, aber nicht, dass die Welt schweigt. Sie besteht aus Lärm und Chaos. Einem unerbittlichen Angriff auf die Sinne. Sie besteht aus Bomben und Geschützfeuer und in Bäumen weinenden Babys und klagenden Müttern und schreienden Vätern und rauschenden Flüssen und heulenden Winden und knirschenden Reifen und, und, und. Von Stille ist sie so weit entfernt wie nur eben möglich. Und mir schien es, dieser Kakophonie könne man nur entgegenwirken, indem man selbst verstummte, gar nichts zum Ausdruck brachte. Die einzige vernünftige Reaktion war, mich selbst mit Schweigen zu erfüllen.

Und so machte ich es. Eines Nachts in jenem sterilen Zimmer auf jenem schmalen, harten Bett. Es war düster, und eiskaltes Wasser tropfte in dunklen Schlieren die weißen Wände hinunter. Immer heftiger, bis es zu Rinnsalen und Bächen wurde, die über die Wand auf den Boden unter mir flossen. Wasser, eisig und laut, es stieg immer höher. Es erreichte das Bett, durchtränkte die Matratze, sickerte in mich hinein, meine Haut saugte es auf, und auch ich gefror, das Blut in meinen Venen wurde hart und scharfkantig wie Glasscherben. Noch höher, bis ich das Wasser um meinen Kopf spürte, eine eisige Taubheit, und zum ersten Mal seit langer Zeit fand ich Frieden. Ich presste den Kopf fester in das Kissen, forderte das Wasser auf, mehr und mehr von mir zu nehmen, bis es in meine Augen strömte, meine Nase hinauf und meine Kehle hinunter. Bis es mich komplett ausfüllte.

Vielleicht hätte ich mich doch von dem Floß werfen sollen.

Vielleicht bekomme ich einen Rückfall. Ich weiß es nicht. Anstelle von Schweigen bin ich nun erfüllt von einer schreienden Wut, die in meinen Nerven brennt wie ein Lauffeuer und zu explodieren droht.

Heute Abend riecht es im Flur vor der Wohnung des Entsafters nach nichts. Durch die Tür dringen keine Geräusche, kein Hack-Hack-Hacken von Gemüse oder atemlose Grunzer, mit denen er seine Trainingseinheiten zählt, aber ich weiß, dass er zu Hause ist. Ich habe Licht bei ihm gesehen und ihn in seinen schwarzen Shorts mit nacktem Oberkörper durch die Wohnung laufen sehen.

Ich bin nicht zum Essen hier.

26 Das Auge

Heute ist das Zimmer dunkler. Draußen ist die Welt flach und wütend und sandfarben. Schwarze Papiervögel taumeln durch den Himmel, aufgeregt und verwirrt, herumgeschleudert von irgendeinem launenhaften Gott. Man sieht keine Sonne, nur einen dumpfen Dunst, wie getrockneter Schlamm. In den Gebäuden gegenüber ist es still, dort rührt sich kein Mensch. Alle Fenster sind mit schwarz gesprenkeltem Dreck überzogen. Keine Wolke am Himmel, nur ein Wirbeln von Staub und Elend.

Wir sind Marionetten, die sich in dieser Zelle hin und her bewegen, als wäre unser Tun von Bedeutung.

Ein genoppter Stoff als Haut, seltsam große Köpfe auf unterernährten Körpern, übertriebene, karikaturhafte Gesichtszüge. Marionetten, die auf und ab wippen in diesem Zimmer, das eine Bühne ist: die Edelstahlschreibtische sind Streichholzschachteln, deren Ränder abgerissen sind; das Zimmer ist ein Pappkarton, in den Rechtecke als »Fenster« geschnitten sind an einer Seite; der rote Plastikbecher ist ein roter Papierfetzen, und wenn wir laufen, treten wir nicht gegen ihn, sondern schieben ihn mehr über den Fußboden.

Oben in einer Zimmerecke, wo der Deckel des Kartons uns einschließt, befindet sich ein Augapfel. Womöglich ein Golf- oder ein Tischtennisball. Groß und weiß mit roten Adern und einer aufgemalten leuchtenden Iris. Sein Blick wandert vor und zurück, vor und zurück, von einer Wand zur anderen, vom Fenster bis zur Tür, und ihm entgeht nichts.

Wenn wir uns bewegen, schlackern unsere Glieder wie wild, als wären sie nicht mit uns verbunden. Unsere Augen sind große schwarze Knöpfe und unsere Münder flache Ovale, die permanent erschrocken aussehen. Am Tisch sitzt Amer allein über den Stoff gebeugt, einen dicken Filzstift in seiner fingerlosen Faust. Die pinkfarbene Filzzunge klemmt zwischen der Naht seiner Lippen, während er konzentriert den schwarzen Stift über das weiße Banner bewegt. Über die gesamte Länge und Breite des Stoffes erscheinen immer wieder die Worte: *Wo ist Ossama?* Amer schreibt sie auf Arabisch, auf Englisch, auf Französisch, in Sprachen, die niemand von uns kennt. Er schreibt in einer uneleganten, unzusammenhängenden Blockschrift, und bei jedem Buchstaben stöhnt er vor Anstrengung. *Wo ist Ossama? Wo ist Ossama? Wo ist Ossama?*

Jede Bewegung ist ein unkoordiniertes Zucken, meine Hand fährt über das Fenster, auch wenn es keine Scheibe zu wischen gibt, und das Stück Stoff, das an meiner Hand klebt, flattert nutzlos herum. Khalid lehnt an der Wand, ein breiter, kräftiger Umriss mit einem großen Daumen von einem Kopf, als hätte die Person, die ihn erschaffen hat, ihn noch nie gesehen, wüsste nichts von seinem drahtigen Körper, von den Schatten, die in den Sehnen seiner Muskeln spielen. Eine plumpe *Kufiya* ist um seinen Kopf geschlungen, und sein Gesicht ist ausdruckslos.

Draußen erklingen Gelächter und Geplauder. Ich werfe einen Blick aus dem Fenster, das kein Fenster ist, und sehe eine große Menschenmenge, die sich unten versammelt hat. Dort gibt es keine Straße – keinen Asphalt, keine verkohlten Überreste von Autos oder verbogene Straßenlaternen. Stattdessen erblicke ich reihenweise rote Samtsitze. Die Menschen sind Menschen, keine Marionetten wie wir, und sie sitzen dort, plaudern und verteilen Popcorn und Schokoriegel und Dosen mit Softdrinks unter sich, während sie warten.

»Es ist fertig«, sagt Amer und schwankt ein paar Mal vor und zurück, wobei ihm sein Filzstift aus der Hand fliegt und durch das Fenster segelt. Die Menge brüllt vor Lachen und applaudiert, ein harsches, rhythmisches Klatschen, wie ein ägyptischer *kaff*, wie ein Protest, der gleich losgeht. Ich drehe mich zum Tisch um, meine Bewegungen sind schwerfällig und steif, als würde ich durch Schlamm waten. Meine Hände funktionieren nicht gut, die Finger sind zusammengenäht, und nur ein unbeholfener Daumen hängt zur Seite weg, aber gemeinsam schaffen Amer und ich es, den Stoff aufzurollen und zum Fenster zu tragen.

Wir enthüllen das Banner, und es entrollt sich in klumpigen Bahnen an der Außenseite des Kartons. Sogleich fließen die schwarzen Wörter den weißen Stoff hinunter, als hätte Amer anstelle von Filzstiften Farbe aufgetragen. Buchstaben und Wörter werden unleserlich, das *noon* hängt unten durch, das *meem* verzerrt sich immer mehr, bis es aussieht, als gäbe es gar niemanden namens Ossama.

Die Menge lässt es stumm auf sich wirken, neigt den Kopf in die eine und in die andere Richtung, die Blicke hin und her schnellend zwischen dem Stoff des Banners und dem Stoff unserer Gesichter, während wir uns aus dem Fenster lehnen. Selbst die Papiervögel halten im Flug inne und spähen auf die Worte, als könnten sie sie lesen. Kurz steht die Welt still, jedenfalls die Welt, auf die es ankommt. Dann folgen Entrüstung und wütende Rufe, und Popcorn fliegt auf das Banner, während Getränkedosen und Sandalen auf unsere Köpfe zielen.

Amer und ich ziehen uns zurück und wenden uns an Khalid, aber er und das Auge blicken in eine vergessene Ecke des Zimmers. Dort hängt Ossama. An einem dicken schwarzen Seil schwingt er vor und zurück. Die weißen Augen weit aufgerissen, der Mund offen, die pinkfarbene Filzzunge in einem komischen Winkel herausgestreckt. Seine Arme sind verbunden, und aus seiner Haut sickert etwas Rotes, wie Tinte aus dem Stift eines missbilligenden Lehrers.

Draußen beginnt die Menge erneut zu applaudieren.

27 Dies ist meine Wahrheit

Am Morgen klopft es erneut an der Tür, erneut wischt ein aufblitzendes Licht über die Bodendielen. Ich höre und sehe es kaum, da draußen ein Sommergewitter tobt. Der Himmel ist nahezu schwarz, obwohl es früh am Morgen ist, Blitze durchzucken ihn, und krachender Donner zerrt an meinen Nerven. Ich bin benommen und müde und wund und wieder von Schweigen erfüllt.

Adam drängt sich aufgeregt und zappelig an mir vorbei in die Wohnung und verspritzt dabei Regentropfen in alle Richtungen. Seine Pupillen sind so stark vergrößert, dass seine Augen schwärzer als sonst wirken, wie zwei schwarze Löcher, wie schwarze Steine, wie Kohle oder Onyx oder ...

»Hast du gehört, was bei der Moschee passiert ist?«

Ich nicke und lehne mich an die Wand.

»Ich bin gestern vorbeigelaufen, und der Imam war draußen und immer noch dabei, die ganze Farbe abzuwaschen.« Adam läuft in meinem Wohnzimmer auf und ab, fährt sich mit der Hand durchs Haar, die Worte sprudeln nur so aus seinem Mund, als wäre jemand hinter ihm her. »Er hat mir erzählt, was passiert ist, und ich habe ihm geholfen, bis die anderen Männer und Frauen das Saubermachen übernahmen. Jetzt sieht es wieder aus, als wäre nichts geschehen. Aber später bin ich dann runter zum

Revier gegangen, um einem Freund zu helfen. Die Polizei hat ihn wegen irgendeiner bescheuerten Drogensache mitgenommen, dachte, er würde dealen, obwohl das gar nicht stimmt. Wie auch immer, ich war also unten beim Revier. Und da seh ich im Wartebereich diesen großen Mann, mit einem Bullen an jeder Seite, das Gesicht so rot wie Ketchup, und er brüllt herum, er hätte nichts damit zu tun, und ich denk mir, der kommt mir doch bekannt vor. Weißt du noch, vor ein paar Wochen, diese Typen, die bei der Moschee Ärger gemacht haben, als dort das Fest gefeiert wurde?«

Ich nicke erneut, gehe langsam in die Küche und suche in den Schränken nach dem Honig.

»Das war er! Derselbe Typ. Die Polizei glaubt, er habe die Moschee angesprüht, wahrscheinlich zusammen mit seinen Kumpels. Alle wissen, dass er ein Rassist ist, also überrascht es mich nicht. So läuft das, weißt du? Dieser Scheiß eskaliert. Die geben sich nicht lange damit zufrieden, nur rumzubrüllen. Aus Gebrüll entsteht Vandalismus und schließlich direkte Gewalt. Das hab ich auch zu einem der Bullen auf dem Revier gesagt, hab ihn zur Seite genommen und ihm all das gesagt.«

Ich schnappe mir einen Notizblock, kritzele etwas darauf und drehe ihn dann zu Adam um.

Werden sie ihn festnehmen?

»Jaa, ich denke schon, wenn sie genügend Beweise haben.«

Sie können ihn nicht dafür festnehmen, ein Rassist zu sein.

Er schnaubt. »Ich wünschte, sie könnten es. Wahrscheinlich finden sie irgendetwas in seiner Wohnung, noch mehr Farbe oder Kassenbons, oder vielleicht verraten ihn seine Kumpel, keine Ahnung. Die Polizei wird ihm jedenfalls das Leben schwer machen, so viel steht fest. Die Stadt will nicht den Ruf bekommen, solche Sachen zu tolerieren.«

Als Adam aufbricht, beobachte ich ihn durch das Fenster. Ich zähle, wie lange er braucht, um aus meinem Gebäude aufzutauchen – drei Minuten und vierundfünfzig Sekunden. Dann zähle ich die hundertsiebenundachtzig Schritte, die er macht, den Kopf gesenkt und den Kragen vor dem trommelnden Regen aufgestellt, um zurück zum East Tower zu kommen.

Ich werfe einen finsteren Blick in den Himmel und verabscheue den unverhohlenen Symbolismus dieses tobenden Sturms. Wäre das hier eine Geschichte, würde jede Lektorin, die ihren Namen verdient, ihn verwerfen. Sie würde ihn rot unterstreichen oder einen großen Kringel um den Absatz machen und dazu am Rand kommentieren: *Das ist zu platt und offensichtlich.* Die Gegenüberstellung eines wunderschönen Tages wäre unendlichmal vorzuziehen. Josie hat es so gemacht bei einer der Erinnerungen, die ich ihr geschickt habe. Sie fragte, ob ich die Beschreibungen des Wetters etwas herunterschrauben könnte, da dieses zu perfekt zu den emotionalen Untertönen der Erinnerung passe, die Leserinnen und Leser diesen Symbolismus des Wetters jedoch nicht brauchten. Dabei hatte ich geglaubt, ich hätte lediglich ein Bild gezeichnet. Europa im tiefsten Winter ist kein Zuckerschlecken, Josie, das solltest du wissen. Sie wollte, dass ich die Erinnerung verändere, um einen Kontrast zu zeigen, etwas Symbolismus anstelle der Realität. Vielleicht ein Tag mit strahlendem Sonnenschein nach einer Nacht des Versteckens im Wald, etwas, das Optimismus und Hoffnung durchscheinen ließe, als wäre es keine Realität gewesen, dass ich jeden Tag Angst hatte, das Wegrennen und Verstecken und Geschleustwerden würde nun den Rest meines Lebens ausmachen.

Es ist, wie ich gesagt habe: Die Leute interessieren sich nicht so sehr für die Wahrheit wie für die Geschichte.

Hier ist eine weitere Geschichte, denke ich und lasse den Blick hinüber zu South Tower A, zweiter Stock, Wohnung drei schweifen.

Ich sehe Helen, auf dem Sofa. Wie es aussieht, sind sie und Chloe doch nicht weggefahren. Außer ihr ist niemand in der Wohnung. Das weiß ich, weil Helen offen weint. So frei ist sie nie, wenn ihre Familie anwesend ist. Vor ihren Kindern ist sie ruhig und stoisch, vor ihrem Ehemann schwach und gebeugt. In Gegenwart der anderen ist Helen nicht sie selbst, sie ist die Person, die sie aus ihr gemacht haben. Eine Frau, die so viel zu tragen hat, dass es wie ein Wunder erscheint, dass sie noch aufrecht gehen kann. Eine Frau, die geschlagen und gebeutelt und überbeansprucht und allein ist in einer Wohnung mit drei anderen Menschen.

Wie war sie vorher? Kann sie sich überhaupt noch an eine Zeit erinnern, ehe sie mit einem Brutalo verheiratet war, durch die Kinder an ihn gefesselt? Welche Träume hatte sie, welche Pläne? War sie damals größer?

Ich frage mich, wer sie war, ehe der Dad sie fand.

Was würde mit Matt passieren, würde ich der Polizei erzählen, was ich durch das Fenster gesehen habe? Immerhin ist er nur ein Kind – wobei man bei mir zu Hause keine Gnade zeigen würde, nicht einmal bei einem Kind.

Hier sollte es allerdings anders ablaufen. Ein zivilisiertes Land wie Großbritannien würde ihn doch sicherlich in Therapie oder in ein Antiaggressionstraining stecken oder ihm eine Sozialarbeiterin zuteilen. Könnte er für diese Tat ins Gefängnis kommen? Helen würde weinen, bis sie keine Tränen mehr hat, und dann einen Weg finden, noch mehr zu weinen, der Dad würde gegen sie und die Welt wüten, Chloe würde weiter und weiter abdriften, womöglich zu Drogen, zu Alkohol, oder gar zu Männern wie ihrem Vater. Dieses Zuhause würde im Nu in eine Million Splitter zerfallen.

Helen springt erschrocken auf und dreht sich zum Fenster, während sie sich mit dem Pulloverärmel das Gesicht abwischt. Ihr Mund bewegt sich, formt Worte, die ich nicht erkennen kann, und sie setzt ihr falsches Lächeln auf, ehe sie sich der Person zuwendet, die die Wohnung betreten hat. Noch mehr Worte und halbherzige Gesten, und dann erscheint ihr Sohn. Er umarmt sie nicht, klopft ihr nicht auf den Rücken oder legt ihr einen Arm um die Schultern, aber sein Gesichtsausdruck verwandelt sich in etwas wie Sorge oder vielleicht Hilflosigkeit. Sie schüttelt den Kopf, streicht sich das Haar nach vorn, um ihr Gesicht zu verstecken, und er schnaubt, ehe er aus meinem Blickfeld verschwindet. Ein paar Minuten später kehrt er mit einer gefüllten Tasse zurück, die er vor sie auf den niedrigen Tisch stellt – Tee oder Kaffee, oder vielleicht eine heiße Schokolade. Helen sieht aus, als könnte sie ein wenig Schokolade vertragen. Er verschwindet erneut und kommt dann zurück, hält ihr zwei geschlossene Fäuste hin. Sie lächelt. Es ist bloß ein leichtes Zucken ihrer Lippen, aber sie lächelt. Sie zeigt auf seine rechte Faust, er öffnet sie und präsentiert ihr einen Butterkeks. Seine Mum nimmt ihn und weist auf die andere Hand. Darin befindet sich ein Stück Schokolade, und Matt grinst, ehe er es sich in den Mund wirft.

Mister-Big-Man ist ein böser Mann. Voller schlechter Gedanken und böser Absichten. Er hat die Gemeinheiten nicht an die Moschee gesprayt, hat nicht den Atem angehalten, während er mit den Schweineinnereien hantierte, aber ich würde alles darauf wetten, dass er es beklatscht und sich vielleicht gewünscht hat, er wäre selbst darauf gekommen.

Ich zeichne unsichtbare Buchstaben auf die Scheibe, schreibe dort Geschichten auf, die niemand jemals lesen wird.

Vielleicht kann man jemanden tatsächlich dafür festnehmen, dass er ein Rassist ist.

Der Sturm ist vorüber. Abgesehen von den großen Pfützen auf der Straße erinnert nichts mehr an ihn. Die Sonne ist fleißig dabei, alles zu trocknen, und nasse Grashalme glitzern wie Diamanten, während ich den Park durchquere, weil ich mich einfach bewegen, bewegen, bewegen muss. Tröpfchen schütteln sich von den Bäumen über mir, aber ich habe meine Kapuze aufgesetzt und spüre nichts. Die Luft ist frisch und süß und ruhig. Hier hast du deine Gegenüberstellung, deine *juxtaposition*, Josie. Ich kichere in mich hinein – so sollte ich sie in meiner nächsten E-Mail nennen. *Liebe Juxtaposition-Josie.* Schöne Alliterationen mochte ich schon immer.

Nun, da es aufgeklart hat, sind Menschen im Park unterwegs. Sie werfen schmuddelige Tennisbälle für ihre Hunde und rufen einander über den Rasen hinweg. Trotz der Brise laufen Frauen in Leggings und Tanktops ihre Runden. Eine Gruppe Studierende spielt Frisbee, und sie stürzen sich lachend auf diese leere schlammige Erde, wann immer sie die Scheibe nicht erwischen. Junge Mütter mit stabilen Buggys joggen ihre Babys durch den Park, und Kinder zischen nasse Rutschen hinunter und schwingen auf schimmernden Schaukeln und kreischen, weil Kinder nicht in der Lage sind, ihre Lautstärke zu regulieren. Matt ist mit seinen Jungs da, die in einem feindseligen Haufen zusammenstehen, aus Dosen trinken und ihren Spaß hinausbrüllen, ohne mich oder irgendjemand anderen im Park wahrzunehmen. Adam steht in der gegenüberliegenden Ecke und verteilt gemeinsam mit seinen Freundinnen und Freunden Flyer. Unsere Blicke treffen sich im Vorübergehen, aber er versucht nicht, mich aufzuhalten.

Bei meiner dritten Runde schere ich aus, schlängele mich durch die Gassen und Nebenstraßen, vorbei an der Buchhandlung des Roten Riesen, die Angebote ignorierend, die er nun, nachdem der Regen aufgehört hat, in Kisten und auf Tischen hinausstellt. Er blickt auf und nickt, als ich an ihm vorübergehe. Ich halte mich dicht an den Ladenfronten, um den Wasserwänden auszuweichen, die Autos und Busse im Vorbeifahren aufspritzen. Da ist der schicke Bioladen, in den niemand von uns je geht und der seine Bauernmarkterzeugnisse in hübschen Stapeln auf dem Gehweg arrangiert hat. Drinnen ist alles voller Bambusdeko und Grün und Hanfsäcken und Naturprodukten. Auf einer Seite befindet sich ein kleiner Thekenbereich, wo frische Säfte und Bio-Kaffeespezialitäten verkauft werden. Eine junge Frau betreibt ihn, die aussieht, als sollte sie Yoga unterrichten, lang und gelenkig in einem Trägerhemd, einer Strickjacke und einer lockeren Hose, mit blonden Wellen, die ihr auf die Schultern fallen, und ohne Make-up in ihrem hübschen Gesicht.

Vor der Theke steht der Entsafter mit einem Korb voller Grünzeug, Obst, Zitronen und Kokoswasser. Er schafft es, mit Yoga-Lady zu flirten, während er seine testosterongeladenen Pheromone gleichzeitig an das Mädchen neben ihm aussendet.

Es ist Anime-Mädchen. Sie blickt Yoga-Lady finster an und bittet sie in ihrem mit starkem Akzent versehenen Englisch abfällig um einen Smoothie. Sie trägt eins ihrer Schuluniform-Outfits: ein schwarzer Rock, der ihr kaum bis auf die Oberschenkel reicht, ein Hemd, dass sie nicht bis oben zugeknöpft bekommen hat, Spangenschuhe und weiße Söckchen. Sie sieht aus wie zwölf. Kleine Lolita. Dem Entsafter gefällt es, er lächelt und bietet an, ihr Getränk zu bezahlen, wobei er gerade weit genug entfernt von ihr steht, damit es nicht so aussieht, als hätte er irgendetwas anderes im Sinn, als ihr einen Gefallen zu tun. Sie bricht in ein glockenhelles Gekicher aus, als wäre er das Lustigste, was ihr je begegnet ist.

Ich gehe weiter und denke, sie ist so klein, dass er sie entzweireißen wird, wenn er sie fickt.

28 Die Zeremonie der Unschuld wurde ertränkt

Mein Geist faltet sich zusammen, wie Origami, und Khalid kommt zu mir. Khalid mit seinem weißen Helm, der ihm so viel Entschlossenheit verlieh, sein Gesicht blass und seine Haare wie schneebedeckt vom Schutt. Er kommt zu mir als ein fiebriger Dichter, ein Wahrsager im heiligen Priestergewand, ein gekrönter König, ein gackernder Gott. Rezitationen aus ferner Vergangenheit, in einer Sprache, die mit mir sterben mag. Er füllt das Schweigen mit Schweigen – oder mit so vielen Synonymen, wie er dafür finden kann. Er singt zu mir von den Stillen, den Stummen, den tausend Häusern und all den toten Begriffen, die in ihren wortlosen Wänden wohnen. Von der Ruhe, der Eloquenz unseres Schweigens, und wie wir es dennoch eines Tages mit Schreien durchbrechen müssen.

In dunklen Gassen, unter den gelben Lichtern der Zitadelle, hinter dem großen Park, zu nah an der Moschee, bat ich ihn aufzuhören, weil ich wollte, dass er in Sicherheit war, und er schnaubte und zupfte eine Haarsträhne unter meinem Schleier hervor und sagte: *Sicherheit, hm?*, und ich wich vor seiner Berührung zurück (wieso weicht man zurück, wenn man nicht weiß, welche Berührung die letzte sein mag?), weil er mich nicht ernst nahm.

An der Universität, in der Hauptstadt, gibt es alle möglichen Anderen. Menschen aus allen Ecken der bekannten Welt, die jeweils ihre spezielle Fremdheit in sich tragen, ihre Vorurteile und Laster und Tugenden. Menschen aus der Heimat, die trotzdem so anders sind. Auf der Suche nach Bildung, auf der Suche nach Arbeit, auf der Suche nach einem Leben. Diese ganzen einfachen Bedürfnisse, die sie alle teilen. Menschen, für die Geschichte nicht Vergangenheit, sondern Vorahnung ist. Menschen wie Khalid, mit einem Impuls zum Handeln im Blut, mit einem wilden Optimismus, mit einer Erhabenheit der Gedanken, die ganz und gar anders ist.

Menschen, für die Worte Macht bedeuten und die einen mit jeder Äußerung verführen.

Er lernte von allen – von der Grünen Revolution im Iran, die den von Gandhi propagierten friedlichen Widerstand durch Che Guevaras bewaffneten Kampf ersetzt hat (*Guevara maat*, sang Khalid laut und klagend), von Bouazizis Selbstverbrennung (ich zitterte und sprach tagelang nicht, als er davon erzählte), von Ägypten (oh, Ägypten), von Sana'as Tag des Zorns und vom Platz der Märtyrer in Tripolis. Er drehte das Rad weiter zurück: in das Jahr '67 und zu der Erkenntnis, dass wir alle vollkommen allein gelassen waren; zur politischen Literatur (die Literatur, die Mama so sehr in Angst versetzte); zu Kanafani und Mahfouz, und wie al-Himsi die moderne Literaturkritik begründete, und zu den literarischen Salons von Maryana Marrash im späten neunzehnten Jahrhundert.

In geflüsterten Telefonaten, in ruhigen Treppenhäusern, auf der Rückbank von geliehenen Autos auf dunklen, leeren Parkplätzen zitierte er sie alle, klar und verständlich, all die Propheten und Prophezeiungen der Revolution, die Geschichte, die sich immer weiter dreht, nirgendwo hinführt und nichts ändert. Er tadelte mich dafür, die Werke meiner Leute nicht zu kennen, seine Zitate von Negm mit Yeats zu beantworten: *Als hätte der jemals irgendeinen Grund gehabt zu protestieren.*

So viel Stolz auf etwas, das er sich nicht ausgesucht hatte.

Erzähle ich Josie von diesem Stolz? Beziehe ich Khalid ein in das, was ich mit ihr und der Welt teile? Muss ich ihnen alles geben? Meine Stimme bricht, meine Geschichte wankt auf ihrem Weg. Ich habe so viel Zeit damit verbracht, mich in ein Wesen zu verwandeln, das hier funktionieren kann, und nun müssen meine Erinnerungen ebenfalls zu etwas leicht Verdaulichem umgeformt werden? Ich weiß nicht einmal, wie so eine Geschichte aussehen würde, welche Gestalt sie annähme. Die Struktur der Erzählung ist in sich zusammengefallen, ist in meinem Kopf unpräzise, besteht aus zerklüfteten Einzelteilen, die sich nur mit Mühe zusammenfügen lassen. Was könnte eine solche Geschichte erreichen? Gehe ich das Risiko ein, uns – mich, Khalid, Amer und Ossama, Mama und Baba und die anderen und die Kleinen – in Figuren zu verwandeln, denen man folgt und mit denen man fühlt, die aber am Ende durch neuere, frischere Versionen ersetzt werden? Was bewirken diese Geschichten?

Ich frage mich, ob Khalid sich das hier wünschen würde oder ob es für ihn nur eine weitere Form des Verrats wäre.

Überleben ist nicht genug, sagte er. *Für niemanden ist es genug, nur zu überleben, sich durch die Welt zu bewegen wie ein dummes Tier.* Eine Hand auf meinem Kopf, so sanft, unter meinem Haar, Lippen unter meinem Ohr, eine

Stimme, die alle Erfahrungen des Menschseins kennt. *Stell dir vor, im Westen gibt es Menschen, die keinen Käse essen und keine Milch trinken, weil sie an die Tiere denken. So viel Würde verleihen sie ihnen. Und uns?* Ein gehauchtes Kichern, warme Lippen auf die Haut gepresst. *Wir sind schon zu lange so*, sagte ich und drückte mich an ihn, gab mein Bestes, um uns miteinander verschmelzen zu lassen. *Niemand ist wirklich sprachlos*, flüsterte er, *entweder wird man zum Schweigen gebracht, oder man bringt sich selbst zum Schweigen.*

Weiße Tauben flattern von den Dächern. Leere Gebäude.

29 Als wären wir niemand

… Wir sind hier, und gleichzeitig nicht. Eine Zahl, unsichtbar, dennoch eine Last.

Ich lese Berichte von Inhaftierten und Asylsuchenden und Geflüchteten wie mir. Sie erzählen ihre Geschichten Autorinnen und Autoren, die keine Vorstellung von der Realität haben, mit der sie konfrontiert werden, und die dann die Aufgabe haben, aus dieser rohen Geschichte eine Erzählung für die Öffentlichkeit zu machen. Diese wohlmeinenden Autorinnen und Autoren wenden sich stets nach innen, wo sie die am unteren Ende der Pyramide angesiedelten Bedürfnisse nach Schutz und einer stabilen Nahrungsquelle, nach warmer Kleidung und Straßen, die außerhalb der Flugbahn von Bomben liegen, in einen Monolog darüber verwandeln, wie es letztendlich die Zeit ist, die einen umbringt, oder über die Scheinheiligkeit westlicher Ideale von Gerechtigkeit und Demokratie, oder darüber, wie der Schwebezustand der Asylsuchenden schlimmer ist als das, was sie hinter sich gelassen haben.

Fassbomben töten. Diese Bombardierungen aus der Hölle, die dein Haus zerstören, den Laden an der Ecke, die Schule, und Tausende Menschen in hunderttausend winzige Teile im Wind verstreuen. Scharfschützen auf dem Dach der Arbeitsstelle der Mutter oder des Vaters. Gefängniswärter, die dir mit Eisenstangen Unterwerfung in die nasse Haut schlagen. Schleuser und Menschenhändler und verzweifelte Männer. All dies tötet.

Wenn man Bürgerin eines Landes ist, das einen wertschätzt, wenn auch nur ein wenig, und in dem man keine Angst haben muss, dass es sich wie ein Raubtier auf einen stürzt, hat man die Freiheit, in seinen Texten große, existenzielle Themen zu behandeln. Dann kann ein verwundetes Tier eine Metapher für eine verwundete Psyche darstellen, und biblische Gleichnisse können wie Balsam wirken, der einen mit irgendeiner heiligen Geschichte verbindet, die uns lehrt, wie wir miteinander umgehen sollen.

Aber wenn man zu einem Feind seines Landes wird, dann wird die Kunst der Fiktion auf den Kopf gestellt. Und so findet man in der Literatur der Niederlage eine Umkehrung, in der die verwundete Psyche selbst zu einer Metapher für reale tödliche Wunden wird, die den Menschen eines Landes zugefügt werden. Literatur, die von Zugvögeln und von krachenden Wellen und von Frauen erzählt, die ein Wassertropfen in einer Wolke sind, weil die Wahrheit nicht enthüllt werden kann, oder weil sie so schrecklich ist, dass wir sie in den Leerstellen zwischen unseren Worten verstecken müssen.

Diesen Autorinnen und Autoren möchte ich sagen, sie sollen das lesen, was zwischen den Zeilen der ihnen übergebenen Geschichten steht, auf die Lücken achtgeben, auf die Zwischenräume, auf das Schweigen, darauf, was nicht gesagt wird. Könnten sie auf die Fragen achten, die niemand stellt, und auf die Antworten, die im Innern eines Menschen vergraben oder auf seine Zunge gestickt bleiben?

Dort liegt die Geschichte.
Die Sprachlose, *The New Press*, 5. Juli 2017

Zuerst wollte Josie Erinnerungen. Alle Erinnerungen, wochenlang hat sie um nichts anderes gebeten, aber nun meint sie, die Erinnerungen seien zu heftig, um glaubwürdig zu sein, und ich frage mich, ob sie ein Spiel mit mir spielt. Sie hat die anderen Artikel gelesen, die ich ihr geschickt habe, in denen ich über den heißen und überfüllten Bus durch die Türkei schrieb, über die Lager in Griechenland und den kleinen Zeh, der sich so stark entzündete, dass ich glaubte, er würde abfallen wie ein verfaultes Stück Obst. Ich schrieb über Gewehre, die vor offenen Ladeklappen eiskalter Lastwagen an meinen Kopf gehalten wurden, und über den Nachmittag, an dem wir an der mazedonischen Grenze Tränengas schluckten und Gummigeschossen auswichen.

Ich habe, kann und will ihr noch nicht von Syrien erzählen. Die Bomben haben unser Zuhause pulverisiert, und die Tür ist eingestürzt, vielleicht für immer.

Es ist bloß ein bisschen überwältigend, sagt sie. *Ich fand, der erste Artikel sei genug, mit den Details über deine Reise aus deiner Heimat bis hierher.* Das waren keine Details, Josie. Das war noch nicht einmal der Beginn einer »detaillierten Schilderung«. *Es wird den Leuten schwerfallen zu glauben, all das sei dir zugestoßen.* Hat sie den Kommentar von dieser Frau gelesen? Becca mit ihrem argwöhnischen Geist? Die Leute denken, ich wäre irgendeine Elster, die durch Europa flattert, die Geschichten anderer Menschen sammelt und sie als meine eigenen ausgibt. *Ich glaube dir, aber andere werden misstrauisch sein.*

Als ob es für sie wichtig wäre, wessen Geschichte es ist. Es zählt nur, dass es geschehen ist, dass es in diesem Moment geschieht, so vielen Menschen an so vielen Orten. Meine Erinnerungen sind zerbrochen, und ich glaube den einzelnen Teilen nicht ganz. Worte und Zahlen bedeuten nicht viel. Bilder noch weniger. Was mache ich mit all dem, was ich gesehen habe – den Streitigkeiten, dem Blut, den Leichen, jener besonderen Art von Schweigen, die folgt, wenn geliebte Menschen gehen? Wie viel davon gehört mir? Wie viel ihnen? Unser Kummer hinterlässt verbrannte Erde in Europa.

Nicht zufrieden mit den sterilen Fakten, möchte Josie eine Geschichte, einen Handlungsbogen und vielleicht ein wenig Figurenentwicklung. Sie wünscht sich eine Schnulze, gefühlsbetont und pathetisch, etwas, das den Motor der Empathie im Leerlauf hochdreht. Aber man hat uns nicht beigebracht, so über das zu sprechen, was wir durchgemacht haben. An den Grenzen und in den Zentren und Kliniken wollten sie immer nur die Informationen – Daten, Namen, Orte, Häufigkeit. Nicht zu emotional werden. Sie müssen einem glauben. Journalistinnen und Autoren und Dichterinnen verfügen über eine tiefe Quelle der Glaubwürdigkeit und können sich den Luxus leisten, diese Fakten in etwas Bewegendes zu verwandeln.

Ein Teil von mir fürchtet, eine Geschichte könnte die Wirklichkeit schmälern, könnte die Erfahrung auf unerträgliche Weise abwerten.

Ich möchte diese Texte ja veröffentlichen. Versteh mich nicht falsch. Aber vielleicht können wir sie ein wenig aufhellen oder uns nur auf eine Episode konzentrieren und diese für die Leserinnen und Leser aufbereiten.

Ich klappe den Laptop mit einem lauten Knall zu, kehre in mein ungemachtes Bett zurück und vergrabe mich unter der dicken Decke. Vielleicht habe ich genug von Josie. Vielleicht habe ich genug von ihnen allen. Vielleicht ist es erneut Zeit für Schweigen.

Im Frühling wird Mama schwächer. Ahmed taucht aus dem Fluss auf, mit Jasminblüten als Augen, und wird in die Erde gesteckt, die voller Kummer und Gräueltaten ist. Wenn Mama könnte, würde sie mit ihm hineinkriechen. Mein Vater sucht nun panisch nach einem Weg hinaus. Riskieren wir die Fahrt nach Damaskus, wo der Flughafen noch offen ist? Oder wäre es sicherer, nach Latakia aufzubrechen und von dort aus zu fliegen? Oder, im schlimmsten Fall (ha!), auf einem Boot nach Alexandria? Wie lange würde es dauern? Was würde es kosten? Nada ist bereits mit ihrem Mann und ihren Kindern dort und wartet auf uns. Aber Baba muss an viele Menschen denken, so viele sind von ihm abhängig: eine Mutter und eine Ehefrau, ein kleines Mädchen. Ganz zu schweigen von Brüdern und Cousins und Cousinen, von denen einige bereits gegangen, andere jedoch geblieben sind und ebenfalls berücksichtigt werden müssen. Niemand von uns wird zurate gezogen; er richtet seine Fragen an die Decke oder an die Gebetsperlen aus Bernstein, die er den ganzen Tag lang reibt, oder an das Geld, das er vor Langem von der Bank abgehoben hat, um es zusammengerollt in Kisten unter dem Bett aufzubewahren, und das er wie besessen zählt, als wären die Scheine irgendeine Garantie für Sicherheit.

Malak almawt schwebt nicht länger draußen, um sich mit den Dschinns zu unterhalten, die von den Straßenlaternen baumeln und nach den Fußgängern schlagen. Sie wohnen nun bei uns im Haus. Kauern in den Ecken, wo sie ihre Zähne schärfen, oder rollen sich auf unserer Brust zusammen, wenn wir nachts nicht schlafen können. Hungrig. Böse. Sie zischen und lecken an unseren Herzen. Sie zupfen an den Saiten. Wir zucken zurück, gehen auf und ab und knien nieder. Und der Tod, jene grausame Erlösung, hockt auf Mamas Schultern, beugt sie tief und flüstert ihr all die Dinge ins Ohr, die sie niemals ungesehen, ungehört, ungewusst machen kann.

Es gibt hier keine Luft, die Lungen können sich nicht ausdehnen, es gibt keine Ruhe, keine Zuflucht für die Gedanken. Und unsere Seelen flattern ziellos wie Vögel in einem Käfig.

Als ich zwei Stunden vor dem morgendlichen Gebetsruf die Hand nach der Haustür ausstrecke, höre ich sie hinter mir. Das Schlurfen des zerknitterten Kaftans und ihrer rastlosen Füße. Ihr Seufzen. Das feuchte *tz* ihrer Zunge. *Mama.* Ihre Augen sind ausgetrocknete, leere Brunnen. Ihr Gesicht ist leer, weil es nichts mehr zu fühlen gibt.

Sie drückt mir eine Stofftasche in die Hand – eine Tasche, in der ich später getrocknete Datteln und lose Kürbiskerne finde, übrig gebliebene Münzen aus vergangenen Sommerurlauben, mit Gummiband umwickelte Banknoten und die Kette und Armreifen aus reinem Gold, die Mama trug, als sie Baba vor all den Jahren heiratete. Aber hier und heute, in der Dunkelheit vor einer weiteren Morgendämmerung, mit den in der Ecke flüsternden Dschinns, höre ich das leise Klimpern von Metall auf Metall und schüttele den Kopf. *Khuthee!* Ein harsches Flüstern, ein Befehl, diese letzten Dinge zu nehmen, die sie zu geben hat. Ist es das letzte Wort, das ich von ihr höre? Sie sagt nichts weiter, und ihre Augen sprechen seit Wochen nicht mehr. Versteht sie meinen Drang zu gehen? Ist die Tasche ein Zeichen der Zustimmung oder eine schwere weiße Flagge der Kapitulation?

Mama ist eine Blume, die nach und nach ihre Blütenblätter verliert.

30 Die Menschen in den Fenstern

Der alte Mann und Matt verhalten sich heute synchron. South Tower A, vierter Stock, Wohnung drei und South Tower A, zweiter Stock, Wohnung drei sind Parallelwelten, die einer perfekten Choreografie und einem unsichtbaren kosmischen Dirigenten folgen.

Der alte Mann und Matt stehen zur gleichen Zeit von ihren Sofas auf, und auch wenn Matt schneller in der Küche ankommt, trödelt er so lange, dass der alte Mann ihn einholt, und ein paar Minuten später füllen sie beide in ihren jeweiligen Wohnungen die Wasserkocher. Sie machen dabei auch die gleichen Bewegungen, halten den Kocher unter das laufende Wasser, während die andere Hand über dem Wasserhahn schwebt, bereit, ihn zu schließen, sobald genügend Wasser hineingeströmt ist. Sie schalten die Wasserkocher ein und lehnen sich für einen Moment gegen die Küchentheke, als würden sie sich ausruhen oder ihre Gedanken sammeln, ehe sie sich daran machen, Tassen und Teebeutel und alles, was sie sonst noch brauchen, zusammenzutragen. Hier gehen sie auseinander: Matt greift nach einem schweren Becher, während der alte Mann seine Schachtel Twinings hervorzieht, dann holt Matt den Tee aus dem Schrank, während der alte Mann seine weiße Teetasse samt Untertasse aus der Spüle nimmt. Der eine schüttet Milch in den fertigen Tee, während der andere sich für Honig und Zitrone entscheidet. Der eine verschwindet mit seinem Becher in der Wohnung, während der andere sich auf den Sessel setzt und darauf wartet, dass der Lieferdienst seinen Eintopf bringt.

Matt wirkt entspannt, überhaupt nicht aus der Ruhe gebracht und ist sich vielleicht noch nicht einmal bewusst, was seine Taten ausgelöst haben. Weiß er, was mit Mister-Big-Man passiert ist? Haben ihm die nutzlosen Flachzangen, die er seine Freunde nennt und die den Knast definitiv schon von innen gesehen haben, davon erzählt? Bereiten ihm seine Taten irgendwelche Gewissensbisse?

Oder findet er sie vollkommen gerechtfertigt und versteht sie als Rache für unsere Invasion in seinem Heimatland?

Lügen, Verzerrung, Gewalt, Rache, Lügen ...

Eine Bewegung fällt mir ins Auge. Anime-Mädchen tanzt wieder. Schwarzer Spitzen-BH über Brüsten, die sie eigentlich gar nicht hat, knallpinkfarbenes Höschen, auf dessen Rückseite das Wort CHERRY prangt. Heute wirkt ihr Tanz manisch, nicht das hypnotische Wiegen und Wenden von neulich. Heute springt sie mit schwingenden Armen im Zimmer herum, wobei die langen Haarsträhnen um ihren Kopf peitschen. Ich habe das seltsame Gefühl, dass gar keine Musik in ihrem Zimmer spielt, dass sie zu Klängen in ihrem Kopf tanzt. Im Wohnzimmer sitzen ihre Eltern unnatürlich still auf dem beigefarbenen Sofa und schauen fern. Er hält einen Softdrink in der Hand, sie nippt an einem Heißgetränk. Auf dem Tisch vor ihnen steht eine halb leere Schüssel Chips, und gelegentlich dreht sich jemand vom Fernseher weg und sagt etwas.

Der Vater wechselt das Programm, und beide grinsen übers ganze Gesicht. Anime-Mädchen wirbelt in ihrem Zimmer umher, immer schneller, bis sie nur noch ein verschwommener schwarz-weiß-pinkfarbener Fleck ist. Ihre Bewegungen werden noch schneller, bis ich ihre Glieder, ihr Gesicht, ihre Vorder- und Rückseite nicht mehr auseinanderhalten kann. Sie dreht sich so lange und so schnell, dass ich beginne, mir Sorgen zu machen, sie könnte gegen irgendetwas stürzen oder sich selbst bewusstlos schlagen.

Ich umfasse fest mein Balkongeländer.

Anime-Mädchen wirft sich auf das Bett, mit angezogenen Knien und weit ausgebreiteten Armen, ihre Brust hebt und senkt sich. Schweiß glitzert an ihrem Haaransatz und in der Mulde ihres Schlüsselbeins. Ihre Augen bleiben lange geschlossen.

Süßer Tau

Mahmoud hatte wegen des Lastwagens Bedenken. Alles andere wäre dumm gewesen, und zweieinhalb Jahre auf sich allein gestellt hatten ihm jegliche Dummheit ausgetrieben. Die Luft war kalt und feucht und dunkel, und der Wind in seinem Gesicht war rau und stechend. Sie waren zu acht – ein Ehepaar mit einer Großmutter und einem etwa vierjährigen Kind, das ganz tief und bedächtig atmete und alles mit weit aufgerissenen Augen anstarrte, ohne auch nur zu blinzeln; zwei Männer, die Brüder oder Cousins oder auch nur Freunde sein mochten; eine junge Frau, die sich in mehrere Schichten Kleidung gewickelt hatte, als könnte sie das vor irgendetwas schützen; und Mahmoud.

»Alle einsteigen«, sagte der Schleuser, blickte sich auf dem dunklen, leeren Parkplatz um und öffnete die Ladeklappe des Lastwagens.

Drinnen war es ebenfalls dunkel, wie in einer Höhle oder einem Loch, tief unten in der Erde. Ein lang gezogener, pechschwarzer Raum, in dem Obst in Boxen lagerte. Melonen, dachte Mahmoud, als der Duft seine Nase erreichte und ihm das Wasser im Mund zusammenlief. Wie lange war es her, seit er das letzte Mal seine Zähne in einer reifen Melone versenkt hatte, sodass der süße Saft sein Gesicht hinunterrann und er ihn mit klebrigen Händen abwischen musste? Melonen beträufelt mit Honig oder mit Zitronensaft, mit anderen Früchten zusammen klein gewürfelt und in eine Schüssel Joghurt gerührt, oder in Scheiben geschnitten, um allein gegessen zu werden. *Ya Allah*, der süße Tau von Melonen.

Obst bedeutete, der Lastwagen war gekühlt, was bedeutete, dass es innen sogar noch kälter sein würde. Mahmoud konnte nicht genügend Platz für sie alle ausmachen und wandte sich an den Schleuser – man gab ihnen besser keine Namen, nicht einmal in den eigenen Gedanken –, gerade als der Vater des kleinen Mädchens begann, ihn zu demselben Thema zu befragen. Die Boxen waren dicht an dicht gestapelt, es gab kaum Platz dazwischen und gar keinen an den Seiten des Lastwagens.

»Ihr legt euch hin«, erwiderte der Schleuser sachlich, »auf das Obst in den Boxen. Am besten auf den Rücken.«

Die Großmutter war gefügig, raffte bereits ihre Röcke und schickte sich an, in den Lastwagen zu klettern. Die Mutter des kleinen Mädchens zog sie zurück an ihre Seite, die Handfläche auf der Brust des Mädchens, mit weit aufgerissenen Augen, weiß und glänzend vor Entsetzen.

»Auf keinen Fall«, sagte der Mann, schüttelte den Kopf und zog das kleine Mädchen zu sich, als wäre sie dadurch sicherer. Sie stand da und starrte zu ihnen allen hinauf mit riesigen, untertassengroßen Augen, Dreck im Gesicht und in ihrem Haar, einen

Daumen im Mund. In den drei Stunden, die es gedauert hatte, zu diesem Parkplatz zu laufen, hatte sie kein Geräusch von sich gegeben. »Wir bekommen darin keine Luft.«

Der Schleuser zuckte mit den Achseln, als wollte er sagen, das sei nicht sein Problem, was es natürlich auch nicht war.

Der Mann hatte recht. Sie konnten nicht atmen. Niemand von ihnen. Sie legten sich wie angewiesen auf die Boxen mit den Früchten, und die harten Kurven der Melonen gruben sich in ihre Rücken und Hälse und Köpfe und Beine. Auf dem Rücken war nicht die beste, sondern die einzige Option. Mahmoud kletterte als einer der Letzten hinein, zwängte sich zwischen zwei untere Reihen Früchte in der Nähe der Tür. Weiter oben bei seinem Kopf war einer der beiden Männer, der andere lag in der Reihe über ihm. Direkt über Mahmoud waren die Großmutter, das Ehepaar und das kleine Mädchen. Neben Mahmoud lag die junge Frau, die ununterbrochen zitterte, ob vor Kälte oder Angst oder Erschöpfung oder einer Kombination aus allem, konnte er nicht sagen.

Wenn Mahmoud atmete, prallte die Luft von dem Holz über ihm ab, Holz, das er mit der Nase berühren konnte, wenn er nur den Kopf ein wenig streckte. Sein Atem war wahrscheinlich beißend wie nie zuvor, aber sie alle hatten längst die Fähigkeit verloren, solche Feinheiten zu bemerken. Er konnte sich nicht bewegen oder die Position ändern oder nach irgendetwas in seinen Hosentaschen greifen. Er konnte nur daliegen und hoffen, dass ihm nicht die Luft ausging, während die Kälte ihn umschloss wie eine Schraubzwinge.

Die junge Frau neben ihm – als seine Augen sich an die Dunkelheit gewöhnten, konnte er gerade so ihre Umrisse erkennen – hatte es fertiggebracht, sich die Hände auf die Brust zu legen. Sie waren über ihrem Herzen gefaltet, als wollte sie es darin festhalten, als würde sie gleich in ein Leichentuch gewickelt und begraben werden. Sie zitterte heftig, atmete zu schnell und schwer, verbrauchte den Sauerstoff. Mit ausgestreckten Händen drückte sie gegen das Holz über ihr, und ihr Schuh kratzte gegen das Metall der Ladeklappe, als würde ihr das Trost spenden.

»Es ist der einzige Weg«, murmelte Mahmoud.

Sie nickte und blies einen Strom kalte Luft aus den Lippen.

»Hör auf, so viel zu atmen«, blaffte der Mann bei Mahmouds Kopf sie an.

Der Motor erwachte röhrend zum Leben, die Reifen bewegten sie voran, knirschend über Kies und Staub.

In den ersten ein, zwei Stunden murmelten die Menschen im Lastwagen sich alles Mögliche zu. In gedämpftem Tonfall teilten sie Nachrichten aus der Heimat, berichteten von Schrecken, die ihnen auf dem Weg begegnet waren, und tauschten Geschichten aus der alten Zeit aus – als wären sie Stammesangehörige und keine Fremden, die in der Dunkelheit flüstern. Es schien, als würden sie sich unterhalten, um zumindest etwas Wärme zu erzeugen und damit die Kälte um sie herum zu durchschneiden. Der Mann über Mahmouds Kopf sprach von seiner Tischlerei in Daraa, und dass er ein Meister sei, und wenn er nur an irgendeinen sicheren Ort gelangte, dann würde er eine Verwendung für seine Fähigkeiten finden.

»Ich kann einen Tisch herstellen, ganz einfach, in zwei oder höchstens drei Stunden«, sagte er und zuckte vor Überzeugung mit seinem Fuß, sodass sein Stiefel Mahmouds Scheitel streifte. »Sag's ihnen, Miran.«

»Ausgezeichnete Fähigkeiten«, pflichtete Miran von der Reihe darüber bei. »Aber nichts gegen mich beim Fußball. Ich will in einer Liga in Deutschland spielen. Ich könnte sogar bei der Weltmeisterschaft spielen.«

Der erste Mann spottete: »In deinen Träumen vielleicht.«

»Ich muss pinkeln«, murmelte die Großmutter. Der Ehemann zischte, er habe ihr gesagt, sie solle gehen, bevor sie den Lastwagen erreichten, und warum könne sie sich nicht wie eine Erwachsene verhalten?

Wenn Mahmoud die Augen schloss, konnte er sich beinahe vorstellen, er wäre zu Hause, wo ihm niemals kalt war, in seinem hellen Zimmer auf seinem gemütlichen Bett mit seiner dicken, flauschigen Decke. Er hörte die gedämpften Klänge von Fairuz aus Mamas Radio und wie sie leise dazu summte, während sie Tee kochte. Er sah seine Freunde, die im Schneidersitz auf dem Fußboden um die Wasserpfeife herumsaßen und abwechselnd einen Zug nahmen, und Adnan, der lachend die Karten austeilte. Aber dann rumpelte der Lastwagen über eine Bodenschwelle oder in ein Schlagloch, und Mahmoud wurde zurück in die Realität gezerrt.

Die dritte und vierte Stunde, als seine Zähne klapperten und die Kälte wie eine Million Ameisen unter seiner Haut kribbelte, verbrachte er damit, sich eine freie Fläche vorzustellen. Er dachte an die weiten grünen Felder Mazedoniens und Serbiens und an den großen blauen Himmel über ihnen. Er dachte an das Wüstenland, das die Türkei und Syrien überspannte, wo der Horizont endlos schien und kein Fluchtpunkt für ihn sichtbar war. Er dachte an frische Luft und wie er sich unter den Sternen ausstreckte und an die Nächte in seiner Kindheit, in denen seine Familie in Wadi Rum zeltete. Jedes Jahr brachte Baba sie dorthin, sie fuhren hinunter, spielten Dabke-Musik und tanzten so heftig, dass das Auto wackelte und Mama sie anschrie, sie sollten sich beruhigen. Er und seine Geschwister lachten und spielten alberne Spiele und stritten sich und aßen Obstspieße oder in Joghurt getauchte Kartoffelchips, den ganzen Weg durch Jordanien hindurch. Wenn sie das Tal erreichten, war es bereits Nacht, und sie kletterten aus dem Wagen und bereiteten alles vor – die Zelte, die Teppiche, die neben der von Baba gegrabenen Feuerstelle ausgerollt wurden, das Essen, die Schlafmatten. Sein älterer Bruder und seine ältere Schwester stritten darum, wer das Feuer anzünden durfte, und dann grillten sie Spieße mit Fleisch, frisch aus der Kühlbox, wärmten Brot auf, bestrichen alles mit kühler Tahinsauce und spülten es mit Tamarinde-Süßholz-Saft hinunter, bis sie satt und glücklich und schläfrig waren. Seine Mutter und sein Vater nahmen das Zelt, aber Mahmoud und seine Geschwister rollten ihre Matten einfach am Feuer aus und schliefen unter dem Sternenhimmel.

In manchen Nächten kam es ihnen so vor, als würden sie von der Erde abheben und in den leeren Raum hinein schweben.

Er dachte an die schmalen Felsstrände von Latakia und an Sommerferien, in denen sie im blauen Wasser plantschten. Mahmoud war nie ein guter Schwimmer gewesen, hatte die feste Erde unter seinen Füßen dem Nichts des Meeres vorgezogen. Wäre es möglich gewesen, hätte er den ganzen Weg nach Griechenland zu Fuß zurückgelegt, statt sich den unruhigen Wassern zu stellen.

»Ich würde für Wasser morden«, sagte der Vater des kleinen Mädchens, was Mahmoud zusammenzucken und sich fragen ließ, ob er seine Erinnerungen laut ausgesprochen hatte. Die Menschen im Lastwagen murmelten Zustimmung, ihre trockenen Gaumen schmatzten in der Dunkelheit.

Mahmoud hatte auf dem Kai gestanden, der seinen Namen kaum verdient hatte, gemeinsam mit vierzehn anderen, die ihre 800 Pfund an einen Gauner gezahlt hatten. Dort hatten sie gestanden und auf das Floß mit den etwa dreißig Menschen darauf gestarrt. Etwa dreißig Männer und Frauen und Kinder, alle genauso verzweifelt wie er, die in der Ägäis auf und ab wippten. Sie hielten sich aneinander fest, die Männer außen, Frauen und Kinder in der Mitte. Das Floß sackte bereits nach unten.

»Auf keinen Fall«, sagte der junge Mann neben ihm. Ebenfalls Syrer, aber aus dem Südosten von Damaskus. Er schüttelte den Kopf und umklammerte seine wasserfeste Dokumententasche. »Auf keinen Fall kann das uns alle tragen.« Er wandte sich an seine Freunde und wies mit erhobener Handfläche auf den Schleuser, als wollte er sagen: »Ist der Typ zu fassen?«

»Dafür habt ihr bezahlt«, erwiderte der Mann und zuckte mit den Achseln, wie um zu sagen, dass es ihm scheißegal war. Er war, wie alle Schleuser, boshaft und wahnsinnig.

»Nein«, sagte der junge Mann, schüttelte den Kopf und streckte dem Mann seinen Finger ins Gesicht. Rund um Mahmoud waren die anderen bereits dabei, sich auf das Floß zu begeben, während er verzweifelt versuchte, nicht in einem knochenlosen Haufen merkwürdiger Konsistenz auf den Boden zu sinken. »Nein, Sie sagten, maximal zwanzig Personen. Das hier sind mehr!«

»Passt es dir nicht?«, fragte der Schleuser, zog eine Pistole aus seinem Hosenbund und richtete sie auf den Kopf des jungen Mannes. Die Frauen und Kinder schrien so synchron auf, dass es einstudiert wirkte, als würden sie alle in irgendeinem schrecklichen Film mitspielen. Die Männer riefen dem Schleuser zu, er solle Gnade walten lassen, er solle Allah fürchten, aber es war ein sinnloses Flehen, und der junge Mann schien ohnehin keine Angst zu haben.

Was muss ein junger Mann gesehen haben, um sich nicht vor einer Pistole an seiner Stirn zu fürchten?

Er hatte keine Angst. Wenn überhaupt, brannte er vor Zorn und Würde und heftigem, unbeugsamem Stolz. Er machte einen Schritt fort vom Lauf der Pistole, hängte sich die Dokumententasche um den Hals, steckte sie tief unter sein Hemd, drehte sich um und sprang ins Wasser.

Er und seine Freunde schwammen nach Griechenland. *Majaneen.* Mahmoud traf ihn in einem Lager in Elefsina wieder, wo er ihm erzählte, sie seien den ganzen Weg bis dorthin geschwommen, und obwohl August war, sei das Wasser verdammt kalt gewesen.

War er mutiger als Mahmoud? Weil er schwamm, statt sich auf dem offenen Meer an ein Floß zu klammern? Hätte jemand eine Waffe auf Mahmouds Kopf gerichtet, hätte er es dann auch riskiert? Baba hatte stets gesagt, man habe im Leben nur zwei Möglichkeiten: zu sterben oder zu kämpfen.

Würde der Tag kommen, an dem Mahmoud aufhören konnte zu kämpfen?

Der Schleuser hatte drei Grenzübergänge erwähnt: *Bringt alle drei hinter euch, und simsalabim!, seid ihr in Deutschland.* Als der Lastwagen zum ersten Mal anhielt, die Räder zum Stillstand kamen, stoppten auch alle geflüsterten Gespräche, und Mahmouds Herz – von dem er geglaubt hatte, es hätte die Fähigkeit verloren, vor Angst zu pochen – schlug einen Trommelwirbel, der unerträglich laut klang. Er hatte Angst, die Polizisten oder Grenzbeamten oder wer auch immer draußen sein mochte, könnten es hören.

»*Ya Allah, ihfithna min al'shar. Innaka raheemun 'atheem*«, begann die Großmutter zu beten, ehe der Ehemann sie mit einem Zischen zum Schweigen brachte.

Draußen wurde ein leises Gespräch geführt, in einer Sprache, die sie nicht erkennen konnten, es wurde kurz gelacht, aber die Ladeklappe des Lastwagens wurde nicht geöffnet, und als die Räder sich zu drehen begannen, seufzten sie alle erleichtert auf.

Glieder wurden taub und brannten dann vor Schmerz wie von tausend Nadeln gestochen, das Atmen fiel immer schwerer, und Zeit war kein sinnvoller Begriff mehr. Es gab nur das Hier und Jetzt. Dieses Gefangensein zwischen Holzkisten voller Melonen in einem eiskalten Lastwagen. Eine Kälte, die für Sprache nicht erreichbar war. Seit einer Weile hatte niemand mehr gesprochen. Es gab nichts zu sagen.

»*Yil'an abook*«, fluchte der Mann bei Mahmouds Kopf, als Miran auf der Kiste über ihm seine Blase nicht mehr halten konnte.

Entweder würden sie es nach Deutschland schaffen, oder sie würden erwischt und geschlagen und eingesperrt und über die Grenze zurückgeschickt werden, um wieder von vorn zu beginnen.

Direkt vor dem zweiten Halt des Lastwagens, als sie alle so wenig wie möglich atmeten und noch immer kein Wort sprachen, stieß die Ehefrau einen Schrei des Entsetzens aus.

»Sie atmet nicht, sie atmet nicht, Alaa«, schrie sie

und zischte, als ihr Ehemann ihr gebot zu schweigen. »Haltet den Wagen an!«

Mahmoud hörte einen Schlag in der Dunkelheit, dann die Ehefrau leise weinen. Ein weiterer Schlag, ein paar Tritte, mehr verzweifelte Schluchzer von Ehefrau und Großmutter, unerhörte Laute, Flehen an einen Gott, von dem Mahmoud sich nicht mehr sicher war, ob er zuhörte, noch mehr schwache Schläge und Tritte, und dann keuchte das kleine Mädchen und schrie ebenfalls, und nun weinten alle drei – die Ehefrau, das Kind und die Großmutter –, während der Ehemann in einem groben, verängstigten Flüstern versuchte, sie zum Schweigen zu bringen.

Neben Mahmoud begann die junge Frau erneut zu zittern.

Irgendwann nach dem zweiten, ebenso ereignislosen Halt, verlor sie die Kontrolle über ihre Blase. Sie stieß ein leises Geräusch aus – das erste, das er von ihr gehört hatte –, und er spürte die Wärme und die Feuchtigkeit an seinen Fingern.

»Schon okay«, flüsterte er und erleichterte seufzend seine eigene Blase.

Er war erblindet. So dunkel war es hinten im Lastwagen, dass Mahmoud allmählich glaubte, er würde nie wieder Licht sehen. *Sterben oder kämpfen*, hatte Baba gesagt, aber es schien, als würde Mahmoud bald beides gelingen. Sein Kopf rollte von einer Seite zur anderen, Bilder blitzten vor seinem inneren Auge auf, Synapsen explodierten wie Feuerwerke, wie Schüsse auf dem Markt, den er täglich besucht hatte, noch bevor er laufen konnte. Sami, der mit seinem neuen Telefon Mädchen im Park filmte, an einem Tag mit einem hellblauen und gesegnet leeren Himmel, der mit blendend weißen Zähnen gackernd davonrannte, wenn sie ihn anschrien, er solle aufhören. In den Bädern mit seinem Vater und seinen Brüdern und Onkeln und Cousins, weil irgendjemand heiratete. Mamas freitägliche Hühnerkebaps, und der Reis, der so scharf war, dass seine Zunge taub wurde und er literweise eiskalte Buttermilch trinken musste, um die Flammen zu löschen.

»Hör auf, die *liban* an dich zu reißen, Zain«, murmelte Mahmoud und fuhr mit der trockenen Zunge über aufgesprungene und ausgedörrte Lippen. »*Ya kelb!* Gib mir die Buttermilch, hab ich gesagt!«

»Schschsch«, machte die junge Frau neben ihm.

»Wir werden sterben.« Er warf seinen Kopf hin und her. Sein Gehirn brannte, seine Brust drohte aufzuplatzen. Er konnte es sehen, wie das Blut aus seinem Hals sprudelte wie ein Geysir, wie bei Amer auf der Straße vor der Universität.

»*Iskut ya haiwan!*« Der Mann an seinem Kopf zischte ihm zu, die Klappe zu halten, und trat mit dem Absatz seines Schuhs nach ihm.

Die Gedärme quollen hervor wie bei dem Mann vor der Moschee, der von Granatsplittern getroffen worden war und dort gelegen hatte, die Hand auf seine inneren Organe gepresst, als könnte irgendjemand irgendetwas tun, um ihm zu helfen. »Wir werden sterben!«

»Allah möge dir vergeben, bitte sei still«, flüsterte der Ehemann über ihm.

»Schsch«, machte die junge Frau erneut, und dann spürte er, wie ihre Finger seine berührten. Kleiner Finger, Ring- und Mittelfinger schlossen sich um seine. Sie waren Eissplitter, nass und vergänglich.

Mahmoud schloss fest die Augen und gab sein Bestes, seine Panik herunterzuschlucken.

Stirb oder kämpf, Baba.

Der Lastwagen kam ein letztes Mal zum Stehen. Die Ladeklappe ging auf. Ein Fahrer, der auf Spanisch oder in irgendeinem Dialekt, dem Mahmoud auf seiner Reise noch nicht begegnet war, fluchte. Er sprach das Wort »Deutschland« in ein Mobiltelefon. Und dann ging die Ladeklappe wieder zu. Mahmoud konnte nicht atmen. Sein Kopf schwirrte, und er hörte Stimmen, die er seit Monaten nicht mehr gehört hatte. Mama, die ihm sagte, er solle seinen Kopf über einen Topf mit kochendem Wasser und Minzblättern halten, um seine Lungen zu öffnen, wenn er erkältet war, Baba, der seinen Bruder anbrüllte, er würde das Schwulsein aus ihm herausprügeln, seine Großmutter, die ihn an ihrem Tee nippen ließ, als er noch ein Kleinkind war, und gackerte, wenn ihm dieser zu stark war.

Oberhalb seines Kopfes schnappte ein Feuerzeug, und der Mann, der dort lag, brachte es fertig, es an den Zigarillo zu halten, der zwischen seinen Zähnen klemmte.

»*Kess emak!* Bist du verrückt?!«, schallten Rufe von der Kiste über ihnen. Der Ehemann oder vielleicht der Bruder-Freund-Cousin Miran.

»Was denn? Darf ich nicht feiern? Wir sind in Deutschland, Leute!«, erwiderte der Mann. Über seinem Kopf riefen sie Mahmoud zu, er solle etwas unternehmen, dem Mann in die Beine kneifen, aber Mahmoud war zu nichts mehr fähig.

»Kannst du nicht warten, *ya kelb*?«, jammerte die Großmutter.

Mahmoud hörte, wie der Mann rauchte, das Einsaugen der kostbaren Luft, die eigentlich gar nicht mehr existierte, und dann das Ausatmen des Rauchs, der nach Erde und Nelken stank, und dachte: *Ja, das ist es, so werde ich sterben.* Unter Melonen und Fremden, auf deutschem Boden, würde er sterben.

Die Ladeklappe sprang erneut auf. Polizisten bellten etwas in ihrer harschen Sprache, einer Sprache, die sich immer wütend anhört. Ein Paar Hände griff nach Mahmouds Knöcheln und zog ihn heraus, seine Knochen schlugen und holperten über die Melonen. In seinem Kopf klingelte es, wie das Xylophon in den Zeichentrickfilmen, die er als Kind gesehen hatte. Der Mann stellte ihn auf die Beine, sagte ihm, er solle sich nicht bewegen, aber nichts funktionierte mehr, und auf einmal war da viel zu viel Luft. Das Letzte, was Mahmoud sah, ehe ihm schwarz vor Augen wurde, war die junge Frau, die vor dem Griff des Polizisten zurückwich, als er sie hinauszerrte.

Sterben oder kämpfen.

Liebe Sprachlose,

das ist großartig. Es ist eine Sache, seine Meinung über die Themen des Tages und ihre Auswirkungen zu schreiben, aber noch einmal eine ganz andere, eine Erzählung zu konstruieren, die so dicht und bewegend ist wie »Süßer Tau«. Ich habe das Gefühl, Literatur ist ein befreiendes Medium für dich. Du kannst sagen, was du willst, und ausschmücken, wie es dir beliebt, ohne dich vor Repressalien fürchten zu müssen.

Die Zeitschrift vergibt einen Preis, den Short Fiction Award. In ungefähr einem Monat nehmen wir Einreichungen dafür entgegen, und ich denke, du solltest die Geschichte einsenden. Es könnte sein, dass du als regelmäßig Beitragende zur Zeitschrift von der Teilnahme ausgeschlossen bist, aber das kläre ich mit dem Team hier ab und gebe dir dann Bescheid. Sofern du teilnehmen darfst, solltest du es auf jeden Fall versuchen. Falls du bei unserem Wettbewerb nicht mitmachen darfst, rate ich dir dringend, die Geschichte woanders einzureichen. Ich werde eine Liste mit bekannten und angesehenen Literaturpreisen zusammenstellen und sie dir zusenden.

Du solltest allerdings darüber nachdenken, deinen echten Namen zu verwenden. Ich denke, es wird Zeit, den Menschen mitzuteilen, wer du bist. Du brauchst vor nichts Angst zu haben. Du bist jetzt in Sicherheit. Und mehr noch, glaubst du nicht, dein Leben wurde aus einem bestimmten Grund verschont? Ich meine, ich weiß, dass das wie ein Klischee klingt, aber vielleicht ist es deine Aufgabe, etwas damit anzufangen, das Bewusstsein dafür zu schärfen, was Menschen wie du durchmachen, und zwar auf unterschiedliche Weise, nicht nur durch Zeitungsartikel?

Beste Grüße
Josie

Ja, Josie, Literatur ist ausgesprochen befreiend.

32 Träumer und Sonnenschein

Am nächsten Morgen ertönt Geschrei im Hof, eine Stimme schlägt mir entgegen, als ich das Gebäude verlasse und hinaus in das Sonnenlicht trete. Da steht Ruth, in ihre spülwasserfarbene Strickjacke gewickelt, das Haar straff zurückgebunden, die Gesichtszüge vor Wut verzerrt. So rot habe ich ihr Gesicht noch nie gesehen, noch nicht einmal, als sie die Polizei rief, weil der Dad versuchte, Helen umzubringen.

Vor ihr steht Urlauberin-Mum, die sich in ihrer lavendelfarbenen Windjacke duckt und dabei immer wieder nach oben blickt, als würde sie hoffen, dass ihr Ehemann irgendwann einmal auf die Idee kommt, aus dem Fenster zu schauen, um dann zu ihrer Rettung zu eilen.

»Passen Sie auf Ihre Tochter auf! Sie ist furchtbar! Furchtbar, das sage ich Ihnen!«

Urlauberin-Mum murmelt etwas und nickt, wie eine dieser kleinen Wackelfiguren, die man in Andenkenläden findet.

»Sie tanzt in diesem Fenster. Direkt dahinter! Dass jeder es sehen kann«, brüllt Ruth und zeigt auf die Wohnung mit dem an die Scheibe gelehnten leuchtend orangefarbenen Koffer. »In Unterwäsche, wie ein kleines Flittchen, tanzt und wiegt sie sich. Für wen tanzt sie? Finden Sie das in Ordnung?«

Noch mehr Gemurmel, einsichtiges Nicken und gleichzeitiges Kopfschütteln, nein, ihre Tochter sollte sich nicht so benehmen.

Inzwischen hat sich eine Menschenmenge gebildet: Chloe und Helen lehnen sich aus ihren Fenstern, Chloe aus ihrem Zimmer, ihre Mutter aus dem Wohnzimmer; der alleinstehende Vater aus meinem Gebäude bleibt im Hof stehen, bepackt mit Taschen voller Junkfood, das er immer vor den Besuchen seiner Kinder einkauft; Adam kommt aus seinem Gebäude und hält lächelnd inne, um das Spektakel zu beobachten; der alte Mann steht an seinem Fenster, hält sich mit zitternden Händen am Rahmen fest und kneift die kleinen Augen zusammen; Tom schlurft aus unserem Gebäude, drängt sich mit einer knotigen Hand auf meinem Arm an mir vorbei, ob zur Unterstützung seiner Frau, oder um sie zu beschwören, es gut sein zu lassen, kann ich nicht sagen.

»Und sie ist draußen auf der Straße und im Park unterwegs. Ich sehe sie! Hüpft wie ein kleines Mädchen in diesem Nichts an Röckchen, und wenn die Männer ihr zuschauen, dann lächelt sie. Das ist nicht richtig! Sie legt es darauf an, und Sie sollten aufpassen, ehe sie sich ruiniert.«

Urlauberin-Mum fischt ein Mobiltelefon aus einer der vielen Taschen ihrer Jacke, hält einen Finger hoch und das Telefon ans Ohr. Ihr Gesicht ist erfüllt von einer verwirrten Beschämung, die aussagt: *Würde ich Sie nur verstehen, dann könnte ich mich verteidigen.*

Oben im East Tower steht der Entsafter an seinem Fenster. Er zwinkert mir zu und zieht dann den Vorhang zu.

Als ich in Richtung Park laufe, schließt Adam zu mir auf. »Die alte Ruthie auf einem weiteren Kreuzzug«, stellt er kichernd fest. Es ist ein schöner Tag für einen Spaziergang, die Sonne scheint hell unter einem baumwollblauen Himmel, die Luft ist still und süß. Auf dem Weg steht eine alte Telefonzelle, die zu einem winzigen Kaffeefenster umfunktioniert wurde. Wir bleiben davor stehen, und Adam spendiert mir eine Tasse, als wären wir befreundet oder so. Ich behalte ihn genau im Auge und bin mir bewusst, dass man mir mein Misstrauen ansieht, während er mit dem Verkäufer plaudert, seine Münzen überreicht, zu viel Zucker in sein ohnehin schon gezuckertes Getränk schüttet und ununterbrochen lacht.

Freundschaft gründet auf einer Art von Nachvollziehbarkeit, auf der Vorstellung, man selbst und die andere Person hätten gewisse Gemeinsamkeiten. Ob man nun dieselben Bücher oder Filme mag oder dieselbe Schule besucht oder in derselben Firma arbeitet oder in derselben Kleinstadt aufgewachsen ist oder vielleicht sogar dieselben Vorlieben oder Abneigungen hegt, es gibt irgendetwas, das einen mit dieser anderen Person verbindet. Adam und ich teilen nichts, bis auf den Umstand, dass wir in derselben Wohnsiedlung leben. Was bringt ihn dazu, mich wie eine Freundin zu behandeln? Welche Gemeinsamkeit findet er hier? Oder ist das einfach sein Wesen?

Freundschaften sind kompliziert, und ich bin vorsichtig geworden, was sie betrifft – wie in so vielen anderen Bereichen auch. Sie sind die Familie, die man sich aussucht, Leben, die man zu teilen beschließt, und in gewisser Hinsicht kann sie das wichtiger werden lassen als Blutsverwandte. Man ist nicht dazu verpflichtet, über ihre weniger bewundernswerten Eigenschaften hinwegzusehen – wie sie die eigenen Geschichten unterbrechen oder es versäumen, auf Nachrichten zu antworten, oder gelegentlich etwas abtun, das einem wichtig ist –, man *entscheidet* sich dafür.

Und wenn einem Freundinnen und Freunde entrissen werden, kann das niederschmetternd sein. Sogar noch mehr als das. Ich habe keine rechten Worte dafür.

Wir nehmen unsere Kaffees und laufen durch den Park, und Adam erzählt mir von der studentischen Gruppe, der er sich angeschlossen hat, auch wenn er gar kein Student mehr ist. Er erzählt mir von den Demonstrationen, und wie sie sich darüber streiten, an welchem Wochenende sie sie abhalten sollen. »Ich habe Neil immer wieder gesagt, dass es an diesem Wochenende vermutlich fast überall regnet, aber er meint, ich sei verrückt.« Er erzählt mir von den Kids von der Uni, die mitmachen, und dass er glaube, sie täten es gar nicht aus echtem Engagement für die Sache, sondern bloß, weil sie das Gefühl haben, sie müssten *irgendetwas tun*, oder vielleicht versuchen sie auch, Neil oder die junge Frau namens Andrea aufzureißen, der laut Adam mittlerweile alles komplett egal ist.

Ich ziehe einen Stift aus meiner Jackentasche und schreibe auf die Seite meines Kaffeebechers: *Worum geht es denn?*

»Um dasselbe wie immer, würde ich sagen«, erwidert er und zuckt mit seinen schmalen Schultern. »Gleichberechtigung. Menschlichkeit. Der Welt zeigen, dass wir nicht alle rassistische Arschlöcher sind.«

Ich nicke und trinke einen weiteren Schluck Kaffee. Wie einfach es für sie ist: etwas Bürokratie, um eine Genehmigung zu bekommen, ein paar Wochen Mühe, um alle zu organisieren und die Botschaft zu verbreiten, hin und her geschickte Nachrichten und dann eine Reihe von hübschen kleinen Demonstrationen. Demonstrationen, auf denen sie sagen können, was sie wollen, rufen, was ihnen in den Sinn kommt, beleidigen, wen sie möchten – den Premierminister, die Regierung, die Queen, jeden und jede von den vielen Mächtigen. Danach können sie nach Hause gehen, duschen, eine leckere Mahlzeit zu sich nehmen, ihre Freundin oder ihren Ehemann oder ihre Partnerin in den Arm nehmen und einschlafen, zufrieden in dem Wissen, dass sie an jenem Tag eine gute Tat vollbracht haben.

Dies sind nicht die Demonstrationen, die ich kenne.

Anfänglich nutzten wir keine sozialen Medien, um irgendetwas zu organisieren. Reine Mundpropaganda, geflüsterte Anrufe und von Tippfehlern übersäte Textnachrichten riefen Hunderte und Tausende auf die Straßen. Es war spontan, normal, eine menschliche Reaktion auf das Unmenschliche. Es gab keine Männer, die vereinbarte Sprechchöre in Megafone brüllten. Es war bloß eine Masse von Menschen, die sich vereinte, verdichtete, der viele Köpfe und viele Zungen wuchsen, die allesamt lernten, dieselben Worte zu sprechen: *Jetzt bist du an der Reihe! Wir wollen den Sturz! Freiheit! Würde!* Auf solche Demonstrierenden wartet kein einladendes Zuhause, in das sie zurückkehren können, kein stolzer Vater, der daheim seine Tochter empfängt, keine warme Frau, in die sich ein selbstzufriedener Mann vergraben kann.

Für uns gibt es Festnahmen. Militärkeller. Nackt von der Decke hängend, wie ein Lamm beim Schlachter. Blut.

Elektrische Kabel und Eisenstangen auf nasser Haut, weil es dann mehr wehtut. Alles, um revolutionäre Gedanken auszutreiben. Scheiße und Pisse. Löcher im Kopf. Was auch immer noch schlimmer ist als Monster. Fremde Stimmen, die um Hilfe schreien, um Gnade, die Allah anrufen. Verzweiflung. Finsternis. Was auch immer noch stärker ist als Schrecken.

Für uns ist eine Demonstration kein angemessener Ausdruck von Unzufriedenheit. Sie ist ein waghalsiger Sprung in eine Zukunft, deren Dimensionen wir nicht zu greifen bekommen.

»Ich habe das Buch gelesen, das du mir gegeben hast«, sagt Adam und wirft im Vorübergehen seinen leeren Kaffeebecher in einen Mülleimer. »Es ist wirklich interessant, und ich denke, es könnte für uns richtig nützlich sein, weißt du, damit die Leute begreifen, worum es eigentlich geht. Ich habe es Neil geliehen, er wird es an Andrea weitergeben, und vielleicht veranstalten wir dann einen Gesprächsabend darüber, für die jungen Leute, die sich uns angeschlossen haben. So etwas lernen die nicht an der Uni. Nichts davon. An der Uni lernen sie den nutzlosesten kolonialistischen Scheiß. Es lohnt sich nicht, überhaupt zu studieren, aber Neil meint, die Universität sei sein fruchtbarstes Jagdgebiet, und ich könne den Kids nicht solche Sachen sagen.«

»IS«, kommt ein boshaftes Zischen von rechts. Dort vor dem Stahlzaun, der den Kinderspielplatz vom Park trennt, stehen Matt und seine Freunde. Sie stehen herum in ihren Baggy-Jeans und Kapuzenpullis, die Hände in die Taschen geschoben, finstere Blicke auf ihren Gesichtern, als gäbe es irgendetwas auf der Welt, worüber sie sich aufregen müssten. Matt grinst mich höhnisch an und zischt erneut: »IS-Schlampe.«

»Hey«, ruft Adam und bleibt stehen. »Halt die Klappe.« Ich ziehe an seinem Ärmel, versuche ihn zum Weitergehen zu bewegen.

»Das ist sie doch«, erwidert Matt und reißt das Kinn hoch, genau wie der Dad es tut, wenn er mich durch das Fenster sieht. »Ich hab sie gesehen. Vor der Moschee und im Laden von dem Windelkopf. Sie ist eine von denen.«

»Und wenn schon? Was hat das mit dir zu tun?«, fragt Adam und baut sich nun vor Matt auf, breitbeinig und aufgerichtet, und ich zerre noch fester an seinem Hemd.

»Die gehören hier nicht hin. Kommen her und nehmen sich, was uns gehört.«

Adam kichert, in meinen Ohren klingt es laut und spöttisch. »Ach, hat dein Daddy dir das beigebracht? Wie wäre es, wenn du für dich selbst denkst, statt wie ein beschissener Papagei nachzuplappern, was ein paar hirnlose Schafe sagen?«

Matts Freunde stellen sich hinter ihn. Sie sind zu viert, und Adam ist allein, weil ich weniger als nutzlos sein werde, sollte das hier eskalieren. Matt plustert sich ebenfalls auf. »Ooch, dann ist sie also deine kleine Schlampe? Verteidigst du sie deshalb?«

Adam holt aus, und seine Faust trifft auf das vorgeschobene Kinn. Matts Gesicht schnappt mit einem Knall zurück, und Adam nutzt den Moment, wirft ihn zu Boden und schlägt noch zwei-, dreimal zu. Falls Matts Freunde überrascht sind, überwinden sie es schnell, stürzen sich alle auf Adam, zerren ihn von Matt herunter und schlagen ihn in Gesicht und Magen und Rippen.

So einfach entsteht Gewalt. Wieso ist es so einfach?

Ich blicke mich um, aber es ist kaum jemand im Park, und die wenigen Anwesenden scheinen nicht helfen zu wollen: eine Mutter mit ihrem Buggy wechselt die Richtung, als hätte sie nichts gesehen; ein Jogger rennt kopfschüttelnd vorbei und pustet Luft aus; ein Hund eilt herbei und beginnt, den Männerhaufen anzubellen, während seine Besitzerin ihn von der anderen Seite des Parks ruft.

Adam gibt schmerzhafte Grunzgeräusche von sich, will nicht um Hilfe rufen, um sich trotz allem vielleicht noch etwas Würde zu bewahren. Ich tänzele um die Jungs herum und versuche, einen Weg zu finden, Adam zu schnappen und wegzuziehen. Vor lauter boxenden Armen und zutretenden Beinen und wütenden Gesichtern kann ich ihn kaum noch sehen, also beginne ich einfach an jedem zu ziehen, den ich in die Finger bekomme. Ich zerre an Kapuzen und Gürteln und Haaren, ziehe und schiebe, um Platz für Adam zu schaffen, damit er sich befreien kann. Ich schütte meinen noch immer heißen Kaffee auf einen von Matts Freunden, der vor Schmerz aufheult, zurückweicht und sich Haar und Gesicht abwischt. Ich dränge mich durch die anderen und zerre an Adams Arm, bis er unter ihnen hervorkommt, und dann rennen, rennen, rennen wir, so schnell wir können. Mit klatschenden Turnschuhen jagen sie uns durch den halben Park, bis sie zurückfallen und uns den Rest des Weges stattdessen ihre *Scheißes* und *Fucks* hinterherschicken.

In Adams Wohnung begutachten wir den Schaden. Ein lila Fleck um sein rechtes Auge wird immer dunkler, seine Lippe ist aufgeplatzt, und er hält sich die linken Rippen. Er bewegt sich durch die Wohnung und lässt sich mit einem langen Seufzen, an dessen Ende sein Atem rasselt, auf das Sofa fallen. Seine Augen sind feucht, und er dreht das Gesicht zur Seite und blickt aus dem Fenster, damit ich es nicht sehen kann.

Ich suche in seinem Kühlschrank und Kühlfach, aber Männer sind in solchen Dingen im Allgemeinen nutzlos, und er hat nicht viel, das uns hier weiterhelfen könnte. Ich finde eine kalte Dose Cider und eile hinüber, um sie ihm ans Auge zu halten, aber er nimmt sie mir ab, macht sie stattdessen auf und nimmt einen langen Schluck. Ich kehre in die Küche zurück und finde eine weitere Dose sowie etwas gefrorenen Mais. Erstere halte ich an sein Auge, Letzteren gegen seine Rippen. Von der Kälte zuckt Adam zischend zusammen, aber er sagt nichts.

Ich nehme seine freie Hand und presse sie auf den Beutel Mais, lasse los und trete an seinen Plattenspieler. Als ich ihn öffne, sehe ich, dass bereits eine Platte aufgelegt ist, deren Hülle an der Wand lehnt. Dennis Wilsons *Pacific Ocean Blue*. Affenmensch auf dem Cover, traurige Augen, harter Mund, klimperndes Klavier im ersten Song. Ich kehre zu Adam zurück, setze mich neben ihn und halte die kalte Dose an sein Auge, während er mit dem anderen aus dem Fenster schaut.

Wie sagt man *tut mir leid* und *danke*, wenn man nicht sprechen kann? Ist das hier genug?

Er springt auf und tritt kurz näher an das Fenster heran, ehe er sich zur Tür wendet. Ich erhasche einen Blick auf den Dad, der gerade über den Hof schreitet. Ehe ich bei ihm bin, ist Adam schon halb aus der Tür. Ich halte ihn am Ärmel fest und schüttele den Kopf, versuche, mit meinen Augen zu sagen, was meine Zunge nicht zustande bekommt – dass es das nicht wert ist, dass Menschen eben so sind, wie sie sind.

Aber nichts davon dringt zu ihm durch, oder falls doch, ignoriert er es absichtlich, schüttelt mich ab und rennt aus der Tür, die er hinter sich zuknallen lässt.

Ich kann diese Auseinandersetzung nicht mitansehen, die Panik schäumt bereits an meiner Schädelbasis auf, und mein Geist sucht nach Ablenkung. Der Affenmensch singt von Träumern und Sonnenschein und Rock'n'Roll, aber das genügt nicht, um das Knallen und Zischen unter meiner Haut zu dämpfen. Ich drehe mich im Kreis und lasse meinen Blick durch die Wohnung schweifen. Mein Buch liegt aufgeklappt auf dem Sofatisch, Taschentuchfetzen markieren verschiedene Stellen darin. Platten und Zettel und Flyer liegen überall verstreut. An eine Wand ist eine große Karte des Vereinigten Königreichs gepinnt, auf der rote Sterne verschiedene Städte markieren, während auf einem großen Kalender Termine blau und rot umkreist und Informationen mit Bleistift dazugeschrieben sind.

Durch eine offene Tür sehe ich Adams Bett. Das schmale Doppelbett mit seiner klumpigen Decke und Kissen. Graue und weiße Laken. Und darunter, das weiß ich, befindet sich die Kiste.

Der Deckel quietscht, als ich sie öffne. Laut und unheimlich, wie Treppen in einem verlassenen Haus, die in einen dunklen Keller hinabführen. Ich zucke zusammen und schüttele mich, lausche nach der Tür, aber diese Gebäude sind gut geölt, außerdem bin ich nach wie vor allein.

Es ist eine alte Kiste aus zerknittertem Leder und rostigen Metallscharnieren, mit stabilen Wänden und einem offenen Vorhängeschloss. Es ist die Art von Kiste, die man auf einem Flohmarkt kaufen kann, wo versucht wird, Touristen weiszumachen, sie sei hundert Jahre alt oder so. Sie riecht allerdings nach nichts. Sie wirkt vollkommen gewöhnlich, und ich bekomme langsam das Gefühl, ihr Inhalt könnte enttäuschend sein.

Ganz oben liegen lose Papiere – ausgedruckte und aus Zeitungen ausgeschnittene Artikel, Seiten voll hastig hingekritzelter Notizen, in Plastikhüllen gesteckte weiche und zerschlissene, jahrzehntealt wirkende Handzettel über den Krieg. Darunter finde ich alte Zeitschriften, ein paar davon schmutzig, die meisten politisch, mit Bildern von toten Präsidenten und Schlagzeilen über den gerade aktuellen Krieg. Ich sehe militärische Erkennungsmarken mit ausgeschriebenen Namen und eingeprägten Ziffern. Ich lasse die glänzenden kleinen Kugelketten durch meine Finger gleiten, ziehe Verschlüsse auseinander und schiebe sie wieder zusammen, frage mich, wem sie gehören, und wie Adam an sie herangekommen ist.

Dann finde ich die Zeichnungen.

Ich schiebe alles andere zur Seite und ziehe mehr und mehr Zeichnungen hervor: kleine, die mit Kugelschreiber auf normale Notizblockseiten gekritzelt sind; mit Bleistiftzeichnungen versehene Servietten; große Kohlezeichnungen auf professionellem Zeichenpapier; Skizzen von Gebäuden und Bäumen und Blumen und Eichhörnchen und Schwänen und der nächtlichen Brücke mit dem fließenden, glitzernden und leeren Fluss darunter und Karikaturen von politischen Persönlichkeiten und Schauspielerinnen und Sängern.

Und dann sind da die Menschen in den Fenstern. Wir. Wie es scheint, bin ich nicht die einzige Beobachterin.

Es gibt eine Zeichnung von Ruth und Tom, die den Gehweg vor Hasan's hinunterschlurfen. Er trägt seinen Sonntagsanzug mit dem Schottenkaro-Jackett und dem frisch gebügelten karierten Hemd. Sie hat eine Hand an seinem Ellbogen, um ihn zu stützen. Da ist Helen mit einer Ladung Wäsche, die manisch aufblickt, die Lippen zu einer schmalen Linie zusammengepresst. Der Entsafter mit zu comichaften Proportionen übertriebenen Muskeln, die er im Park spielen lässt – was ich ihn nie habe tun sehen. Matt und seine Freunde in ihrem wütenden Haufen, nur dass Matt weniger wie Matt aussieht und mehr wie der Dad. Es gibt eine wunderschöne Darstellung der Moschee, nur klare Linien und würdevolle Kurven, der Imam eine winzige Figur im Türrahmen. Der Glaube ist größer als jeder einzelne Mensch, scheint sie zu sagen.

Und dann ist da eine Zeichnung von mir. Ich stehe an meinem Fenster, nicht auf dem Balkon, die Handflächen gegen die Scheibe gepresst, die Augen vor Schrecken aufgerissen, den Mund verdeckt mit einem breiten weißen Klebestreifen. Mit wild vom Kopf abstehenden Haaren, wie Medusa. Die Zeichnung ist umgeben von Dunkelheit, als wäre das Papier schwarz gewesen und das Gezeichnete wäre daraus ausradiert worden. Als hätte ein Blitz diesen einen Zeitfetzen erleuchtet, ehe er uns alle zurück in die Dunkelheit stürzte.

Darunter finde ich eine Zeichnung von Anime-Mädchen. Sie liegt auf einem Sofa, die angewinkelten Beine gegen die Rückenlehne gestützt. Einen Arm hat sie sich um den Kopf gelegt. Ihr Pony fällt dicht über die geschlossenen Augen, die andere Hand hält ein Glas mit einer dunklen Flüssigkeit auf Eis. Das Unterhemd ist unter ihren nicht vorhandenen Brüsten gerafft, und ein schmaler Tisch ist so platziert, dass man nicht erkennen kann, ob sie untenherum etwas anhat. Es wirkt wie eine Aufforderung, er spielt mit Licht und Schatten und einer nackten Hüfte und der Illusion, dass sie darunter nackt ist.

Sie hütet Geheimnisse. Viele Geheimnisse, denke ich.

Hat sie so in der Ferienwohnung gelegen? Lag sie eigentlich auf dem Bett, und Adam hat sie auf einem Sofa gezeichnet? Oder hat sie hier für ihn posiert, auf jenem Sofa im Wohnzimmer, wo ich gerade eine Dose Cider an sein Auge gehalten habe? Hat er sie gefickt, so wie es der Entsafter mit Sicherheit getan hat?

Ich werfe alles zurück in die Kiste, schließe den Deckel mit einem quietschenden Knall und verlasse die Wohnung.

33 Wir sind alle Narren

… Erzählt mir nichts von Blut und Boden, von angeborener Staatsbürgerschaft, von Familiengräbern und von einem Anspruch, der seit Generationen besteht. Dieses Land kann weder von euch noch von mir beansprucht werden. Das gilt für jedes Land. Wir sind Hüterinnen der Erde und der Ölfelder und der Berge und der Seen und der Äcker. Hüterinnen, und mehr nicht. Nichts davon gehört euch, ihr habt kein Recht, eure Fahne hineinzustechen oder ihm euren Stempel undurchlässigen und seltsam jüdisch-christlichen Französischseins oder Niederländischseins oder was auch immer aufzudrücken.

Was definiert eine Nation? Was sind ihre Grenzen? Unsichtbare Linien im Sand, die Wälder und Ebenen zerschneiden, Berge aufteilen und Dörfer entzweien. Als wäre der Mensch auf der anderen Seite der Grenze so großartig anders als man selbst.

Was bedeutet es, Amerikanerin zu sein? »A red-blooded American«, wie sie so gern sagen, und ich frage mich, in welcher Farbe sie sich vorstellen, dass der Rest der Welt blutet. Jedes Jahr feiern sie den brutalen Raub eines Landes, das nach jeder Definition von Blut und Boden nicht ihnen gehört, einen systematischen Austausch der einheimischen Bevölkerung.

Habt ihr deshalb so viel Angst vor Geflüchteten und Immigrantinnen? Weil ihr wisst, dass mit Entschlossenheit und nicht gerade wenig Gewalt eine vollkommene und absolute Herrschaft erreicht werden kann?

Erzählt mir also nichts von *Blut und Boden*, sondern von wirtschaftlicher Anspannung, vom Wegfall des Tourismus und von der Ghettoisierung eurer idyllischen Kopfsteinpflasterdörfer, von Rentnerinnen und Rentnern, die aus ihren Häusern vertrieben werden, um weitere Lager zu bauen. Diese Gespräche können wir führen. Aber kommt mir nicht mit Blut und Boden. Der Boden meines Heimatlands ist getränkt mit dem Blut seiner Menschen, die Flüsse sind davon rot gefärbt.

Und wir können auf nichts einen Anspruch erheben.

Die Sprachlose, *The New Press*, 12. Juli 2017

Meine Schulter schmerzt an der Stelle mit dem Tattoo, wo er seinen Daumen so tief hineingegraben hat, als wollte er es abreiben. Er war gröber als gewöhnlich, gröber, als ich es gebraucht hätte, aber ich kann nichts sagen, und zumindest hat es mir geholfen, meinen Kopf frei zu bekommen.

Es ist spät am Abend, aber die Sonne wird erst in einer Stunde untergehen. Der Wind bläst kräftig, ein Hinweis darauf, dass der Herbst sich früher als erwartet auf den Weg machen könnte. Im Hof ist es ruhig, als ich den East Tower verlasse. Ich sollte zu Hasan's gehen, die nötigsten Lebensmittel aufstocken, aber seit der Sache bei der Moschee habe ich die Straße gemieden, und ich bin gerade nicht in dem Zustand, mich ihr zu stellen.

Nicht so ruhig, wie ich gedacht hatte, als ich links von mir ein Schniefen höre. Zusammengekauert vor der Hecke sitzt Chloe. Zu ihren Füßen liegt eine Reisetasche. Sie hockt daneben, die Hände vor das Gesicht geschlagen, und weint. Ich halte inne und blicke zu ihrer Wohnung hinauf. Sie ist dunkel. Ich wende mich zu meinem Haus um, blicke hinauf zu meiner dunklen Wohnung und denke, ich sollte einfach weitergehen. Wann wurde ich so stark in das Leben dieser Menschen verstrickt? Warum? Vorher war es einfacher, als ich sie nur vom Fenster aus beobachtet habe, als ich nichts wusste und als niemand mich sah. *Einige von ihnen haben dich gesehen*, flüstert eine innere Stimme und denkt dabei an Adam und seine Skizzen und alles, was er gesehen haben muss.

Vorher war alles so viel einfacher.

Ich lege ihr die Hand auf den Kopf, und Chloe zuckt zusammen. Mein Blut kocht nun in dem Wissen, in der Gewissheit, dass der Dad auch sie schlägt. Als sie sieht, dass ich es bin, lässt sie sich erleichtert zurück auf ihre Fersen sinken und fährt sich mit einem dreckigen Pulloverärmel über das Gesicht. Ich kauere vor ihr nieder, tippe ihr auf den Arm, um ihre Aufmerksamkeit auf mich zu ziehen, und weise auf die Reisetasche. Sie schaut darauf, schüttelt den Kopf, seufzt, sieht aus, als würde sie gleich wieder losweinen, saugt dann jedoch die Luft ein und reißt sich zusammen.

Sie blickt mir in die Augen und sagt: »Ich hau ab.«

Den Drang kenne ich, also nicke ich ermutigend.

Sie schüttelt erneut den Kopf und richtet den Blick auf den Rand des Hofes, wo ihr Vater, falls er zurückkommt, auftauchen wird. »Er ist wütend nach Hause gekommen. Ist ausgerastet. Ich konnte nicht verstehen, worum es ging. Jetzt sind sie wieder ins Krankenhaus gefahren. Ich kann nicht. Ich kann nicht.« Sie beginnt zu weinen, wiegt sich auf ihren winzigen Füßen vor und zurück.

Ich gebe ihr einen Moment und sehe zu ihrer Wohnung hinauf, wünschte, ich könnte sie in Stücke schlagen, und denke, ganz gleich, wo man ist, die Gefahr findet einen. Wir sind nirgends sicher. Jedenfalls nicht total. Vom Augenblick der Geburt an, wenn sie einem auf den Po hauen und man Luft holt, beginnt die Wache. Gott haucht einem das Leben ein, und dann heißt es *Viel Glück* und *versuch, nicht zu sterben*. Ob fallende oder an eine wogende Brust gebundene Bomben, ob Kugeln von Gebäudedächern oder in Kinos, die Fäuste eines Vaters oder Stromkabel oder ein Mann, der sagt, man solle sich einfach entspannen und es würde nicht so schlimm werden, die Gefahr lauert überall. Gefahr für Männer. Gefahr für Frauen. Für Kinder und Kämpfende und Liebende. Gefahr überall, für alle.

»Ich kann sie nicht im Stich lassen. Ich kann sie nicht hier zurücklassen«, flüstert Chloe in ihre Arme, noch immer den Kopf schüttelnd.

Ich stupse sie erneut an, und als sie aufblickt, stelle ich mich wieder hin, hieve mir ihre Reisetasche auf meine schmerzende Schulter und bedeute ihr, mir zu folgen.

Ruth klappert mit ihren Töpfen, während die dröhnende Stimme eines Quizmasters mit ihrer gestellten guten Laune durch die Wand und in meinen Kopf schneidet. Die Sonne ist seit ein, zwei Stunden untergegangen.

Chloe schläft in meinem Zimmer, in meinem Bett. Ihre Reisetasche steht neben ihr auf dem Fußboden, für den Fall, dass sie doch noch beschließt zu fliehen. Ich kann mir nicht vorstellen, dass es die schlechteste Entscheidung wäre. Aber der Regen hat nun wieder eingesetzt, schlägt wütend gegen das Fenster, und ich glaube nicht, dass sie vor dem Morgen aufbrechen wird. Es liegt in der menschlichen Natur, solche Dinge – das Auseinanderreißen von

Familien, das Töten seiner selbst, dauerhafte Veränderungen – so lange wie möglich aufzuschieben.

Unter mir liegt eine Decke, neben mir ein Kissen, aber ich bezweifle, dass ich heute Nacht viel schlafe.

Mein Laptop steht mit leerem Akku auf dem wackeligen Tisch. Um mich herum liegen Notizen für Texte, an denen ich gerade schreibe, Entwürfe von »*Süßer Tau*«, Ausdrucke von Artikeln, die bereits veröffentlicht wurden, um sicherzugehen, dass ich mich nicht zu oft und ohne triftigen Grund wiederhole. Ich greife in den Papierhaufen, der mir am nächsten liegt, und lasse die Seiten in einer endlosen Schleife aus Wörtern und durchgestrichenen Zeilen kreisen. Stifte und Bleistifte liegen verstreut herum, neben Recherchematerial und dem offenen Schlund des schwarzen Koffers mit seinen Notizbüchern und Tagebüchern und ärztlichen Gutachten und Erinnerungen und schrecklichen Träumen.

Mein Kopf ist seltsam leer, aber ich frage mich unentwegt, was ich wegen Josie unternehmen soll. Höre ich auf, für die Zeitschrift zu schreiben? Konzentriere mich mehr auf die Literatur, wo man ihr zufolge so viel Drama einbringen kann, wie man möchte, ganz egal, wie unwahrscheinlich es ist? Hat mein Schreiben irgendeinen Sinn? Oder schreien wir alle nur ins Nichts?

Ich kann mich nicht mehr erinnern, wozu es gut sein sollte, weshalb ich Josie überhaupt jenen ersten Artikel geschickt habe. Wonach habe ich gesucht? Schon vor Monaten gab es in den Nachrichten keinen Mangel an Stimmen von Geflüchteten. Schon damals wurde genügend darüber berichtet. Wollte ich meine Geschichte auf meine Art erzählen, ohne die Vermittlung und Interpretation durch eine Journalistin? Ich hatte das Gefühl, etwas zu sagen zu haben, und auch das Recht, es zu sagen, aber ich kann mich beim besten Willen nicht mehr erinnern, was es ist. Ich versteckte mich hinter einem Pseudonym, behielt spezifische Erinnerungen für mich, damit verstreute Familienmitglieder (es ist erstaunlich, wo man überall ein W-Lan-Signal bekommt) mich nicht erkennen konnten. Und selbst wenn sie es konnten, falls Baba in Alexandria (sind sie wie geplant dort gelandet?) sich mit seiner großen Brille und den sorgfältig auf jeden Buchstaben hämmernden Zeigefingern einloggte, oder Cousin Mahmoud in Belfast oder Bruder Firas (falls er noch lebt), wo auch immer er ist, was dann? Josie veröffentlicht meine Artikel von ihrem kleinen Büro in irgendeinem Teil von London aus. Selbst wenn sie dort hingingen oder sie kontaktierten, würden sie mich niemals finden.

Vielleicht wollte ich letztendlich nur in der Lage sein, etwas zu sagen.

Es klopft an der Tür. Die Taschenlampe spart er sich. Bloß ein Klopfen, und dann noch eins.

Sein anderes Auge ist nun lila. Das rechte beinahe schwarz. Die Lippe ist noch immer aufgeplatzt, auf seinem weißen T-Shirt klebt getrocknetes Blut, an den Knien seiner Jeans Schlamm, und eine Hand liegt noch immer auf seiner verletzten Seite. Seine Fingerknöchel sind wund, und auf seinen blassen, dünnen Armen, seinem Gesicht und seinem Hals sind Kratzer.

»Ich habe so gut ausgeteilt, wie ich eingesteckt habe«, murmelt er, und auch wenn seine Augen dunkel sind, sehe ich ein Glitzern darin. Ich schüttele den Kopf, die Frage steht mir klar ins Gesicht geschrieben. »Sagen wir einfach, ich weiß jetzt, wo Matt seine schmutzigen Tricks gelernt hat.«

Es fühlt sich an wie ein Schneeball. Ein riesiger Schneeball, der den Hügel herunterrollt und zu einer Lawine wird. Bin ich diejenige, die ihn angestoßen hat? Weil ich der Polizei nichts von Matt und der Sprühdose erzählt habe? Die Lawine bahnt sich ihren Weg, und ich kann sie nicht aufhalten. Ich drehe mich hektisch um und schnappe mir einen Notizblock von der Küchentheke.

Krankenhaus?

Adam schüttelt den Kopf, er steht noch immer im Türrahmen. »Ich will die Sache nicht noch schlimmer machen.«

Für wen

»Dort wird man Fragen stellen«, antwortet er und lehnt den Kopf gegen den Türpfosten. »Man wird mich fragen, ob ich Anzeige erstatten möchte. Das braucht niemand.«

Mit *niemand* muss er wohl Helen und Chloe meinen, denn wie es scheint, bräuchten Matt und der Dad genau das. Ich drücke den Stift auf den Block, lasse einen schwarzen Fleck immer größer werden, möchte Adam von der Spraydose berichten, von allem, was ich weiß, aber ich lasse es. Vielleicht hat er recht, vielleicht war mein erster Instinkt richtig, und alles wird gut. Vielleicht sind wir alle Narren.

Ich lege Stift und Block nieder, hole eine Packung Eiswürfel aus dem Kühlfach und reiche sie ihm. Er presst sie auf die frische Verletzung, ohne mich aus den Augen zu lassen, und sagt: »Ich will nicht allein sein.«

Was könnte daraus werden? Wo wird es enden? Er hat nicht mit Anime-Mädchen geschlafen. Das kann ich mir nicht vorstellen. Weshalb würde es mich kümmern, wenn er es getan hätte? Er hat hundertmal mehr Substanz als der Entsafter. Er würde das nicht tun. Die Zeichnung ist sicher seiner Fantasie entsprungen, wie die des Entsafters in jener lächerlichen Pose im Park. Womöglich begehrt er sie. Sie ist ein junges Mädchen, das nackt in einem Fenster tanzt, eine Provokateurin. Es wäre ganz natürlich, wenn er sie begehren würde. Aber begehren ist nicht tun. Er würde es nicht TUN.

Ich lasse ihn herein, mache die Tür zu und schließe ab. Ich zeige auf die Decke und das Kissen auf dem Fußboden, und er sieht mich fragend an, aber ich schüttele bloß den Kopf. Sein Mund zuckt zu einem Lächeln, das sich verzerrt, als dabei der Riss in seiner Lippe auseinandergezogen wird. Er streift seine Stiefel ab und lässt sie an der Tür stehen, ehe er mir folgt und sich stöhnend auf den Fußboden sinken lässt.

Er ist schmutzig und blutverschmiert und verwundet und riecht nach Schweiß und Regen, aber als er eine Hand nach mir ausstreckt, gehe ich zu ihm. Er zieht mich an seine Brust, und seine Hand streichelt unentwegt dieselbe dreifingerbreite Stelle an meinem Rücken, bis ich einschlafe.

34 Nichts zu gewinnen

Am Morgen werde ich durch alles auf einmal geweckt: die helle Sonne, die durch die Fenster hereinströmt, vom Hartholzfußboden abprallt und auf meine Augenlider fällt; das Aufschließen, Öffnen und Schließen meiner Wohnungstür; Adam, der einen Bleistift vom Schreibtisch fallen lässt. Schlagartig wird mir bewusst, dass ich die Nacht durchgeschlafen habe, mit nicht einem, sondern gleich zwei Fremden in meiner Wohnung – dem einzigen Ort auf der Welt, an dem ich mich halbwegs sicher fühle.

Adam hält Papiere in der Hand und blättert sie durch – Notizen zu einem Artikel, den ich vorläufig »Eine Hiob-artige Hinnahme« genannt habe, und andere Schnipsel, die er vom Fußboden aufgehoben haben muss. Ich kann nicht genügend Energie aufbringen, um mich darüber zu ärgern. Immerhin ist es nur fair.

Ich drücke mich hoch in eine sitzende Position und reibe mir mit den Handflächen über die Augen. Er wünscht mir einen guten Morgen und sagt: »Chloe ist gegangen, ich soll danke sagen«, ehe er sich auf einen bestimmten Artikel konzentriert, den ich auch aus der Entfernung als einen von meinen erkennen kann. »*Blut und Boden*«, murmelt er zu sich selbst und überfliegt die Seite mit geschwollenen Augen.

Falls das überhaupt möglich ist, sieht er heute Morgen

noch schlimmer aus. Beide Augen sind nahezu verschlossen, so sehr, dass er sich das Blatt Papier praktisch vor die Nase halten muss, um es zu lesen. Seine Unterlippe ist zu doppelter Größe angeschwollen, und unter den Stoppeln an seinem Kiefer breitet sich ein lila-roter Fleck aus. Ich hoffe, dass der Dad genauso übel aussieht, gehe jedoch nicht davon aus. Auch er ist ein großer Mann, und ich nehme an, er hat Adam fertiggemacht.

»Du hast diese Artikel geschrieben«, sagt er und wendet sich mir zu. »Die Sprachlose. Natürlich bist du das. Neil hat mich vor Wochen darauf hingewiesen und meinte, er wolle unbedingt die Verfasserin kontaktieren, aber die Zeitschrift gebe keine Informationen heraus.«

Ich schüttele den Kopf, weil Josie nie etwas davon gesagt hat, dass jemand sie wegen mir angeschrieben habe, und weil ich nicht möchte, dass er diesem Neil meine Identität preisgibt.

»Du bist brillant.«

Ich erröte, senke den Blick und fingere an der Decke herum, die uns in der vergangenen Nacht umhüllt hat. Auf einmal kommt mir alles unwirklich vor, wie ein Traum, wie eine Realität, in der ich normal bin und ein normales Leben führe und einen normalen Partner habe und alles ... normal ist.

Er hockt sich vor mich hin, und seine Augen leuchten trotz der Schwellung. Er hat sich über Nacht erholt. »Du musst dich uns anschließen. Du musst dich den Märschen anschließen. Erkennst du denn nicht, wie wichtig das ist? Du könntest sogar etwas darüber schreiben. Wenn jemand einen Artikel darüber schreiben würde, mit unserer Stimme, nicht irgendein schwachköpfiger Journalist, sondern jemand von uns, das wäre unglaublich. Das würde uns und der Sache so sehr helfen. Du musst mitmachen.«

Uns. Uns. Uns.

Ich schüttele den Kopf, wieder und wieder, die ganze Zeit, während er redet, bis er nicht mehr weiß, was er sagen soll, und nur noch verwirrt aussieht. Ich kann und werde mich keinem weiteren Protest mehr anschließen, nicht einmal ihrem höflichen Zuckerwatte-Protest. Was *ist* denn Adams Sache? Was wollen sie denn eigentlich?

»Warum nicht?«

Ich schüttele erneut den Kopf und schnappe mir einen Bleistift und ein Notizbuch.

Du behauptest, ich sei »eine von uns«, aber wer sind »wir«? Weißt du das überhaupt? Wofür genau kämpfst du? Wie kannst du diese lächerlichen Aktionen überhaupt als Kampf bezeichnen? Du hast selbst gesagt, es handele sich hauptsächlich um einen Haufen idiotischer Uni-Trottel, die das Gefühl haben wollen, irgendetwas zu tun.

»Ich habe sie nicht als ›Trottel‹ bezeichnet«, unterbricht er mich, über das Papier gebeugt, um meiner Schrift zu folgen.

Eure Proteste bewirken nichts. Sie sind nutzlos. Ihr jagt einem Hochgefühl hinterher, das ihr nie erreichen werdet. Es ist aufregend, und ihr kommt euch wichtig vor und als würdet ihr es kapieren, aber am Ende werdet ihr nicht gewinnen. ES GIBT NICHTS ZU GEWINNEN. Ihr springt von einem Thema zum nächsten, von einer »Sache« zur anderen, bis es nicht mehr um Freiheit oder Gleichberechtigung oder Menschenwürde geht oder um irgendeine andere Schwachsinnsidee, die ihr euch eingeredet habt. Dann geht es nur noch um den Pro-

test und um Wahnvorstellungen von Anarchie und zivilem Un-
gehorsam. Es funktioniert nicht. Ihr werdet nicht gewinnen,
weil es nichts zu gewinnen gibt, kein Endspiel, kein Ziel. IHR
HABT NOCH NICHT EINMAL EIN ZIEL

Dann zerrreiße ich das Papier, ein Punkt entsteht, wo
der Bleistift das Blatt durchbohrt und einen wütenden
Schlitz hineinschneidet. Adam blickt von dem Zettel auf
und verzieht den Mund zu einer Grimasse. Seine Brust
bewegt sich schnell, seine Knöchel sind blass, so fest um-
greift er seine Knie. Wir starren einander für einen endlos
langen Augenblick an.

Schließlich bläst er die Luft aus und richtet sich auf,
um sich zum Gehen zu wenden. »Na ja, zumindest tue
ich etwas und verstecke mich nicht hinter dahingesagten
Worten im Internet.«

Es sind bloß Worte. Sie sollten sich nicht wie ein Schlag
anfühlen. Aber sie tun es.

Mittags brechen die Urlaubsgäste auf. Ich sitze auf dem
Balkon und beobachte Mum und Dad, wie sie mühsam
ihr Gepäck hinunter und aus der Tür tragen, Letzterer
mit einem großen marineblauen Koffer, Erstere mit zwei
Rucksäcken. Er unterhält sich mit dem Taxifahrer, während dieser die Sachen in den Kofferraum hebt. Die Eltern
halten die ganze Zeit über ihre Köpfe gesenkt, als könnten
Menschen mit Mistgabeln im Hof auftauchen.

Ich rede mir ein, ich würde nicht auf Adams Fenster
schauen, aber das ist eine Lüge, und mein Blick wandert
die meiste Zeit zu seiner Wohnung. Aber das Licht ist ausgeschaltet, die Vorhänge zugezogen, und ich kann nicht
hineinsehen.

Gegenüber in South Tower A, zweiter Stock, Wohnung drei ist alles ruhig. Helen schläft in Chloes Bett, Chloe hat sich neben sie gezwängt, ihre Kopfhörer aufgesetzt und schaut auf ihren Computerbildschirm. Helen sieht nicht schlimmer aus als gewöhnlich; sie trägt einen Verband um das Handgelenk und scheint eine Prellung an der Wange zu haben. Die Reisetasche steht am Fenster, hinter dem Vorhang versteckt. Matt und der Dad scheinen nicht in der Wohnung zu sein.

Endlich verlässt Anime-Mädchen das Haus. Sie wirkt gezüchtigt und niedergeschlagen. In einer lockeren Jogginghose und einem großen T-Shirt, ungeschminkt und das Haar zu einem nachlässigen Pferdeschwanz hochgebunden, sieht sie sich überhaupt nicht ähnlich. Oder vielleicht ist diese Version ihr reales Ich, und die Lolita, die sie spielt, ist die Show. Wer weiß? Was ist ein Mädchen mit vierzehn oder fünfzehn oder wie alt auch immer sie sein mag? Sie ist wie Ton, weich und formbar, verwandelt sich beständig in das, was sie glaubt, sein zu müssen, was andere Leute von ihr erwarten könnten.

»Sie reisen ab«, ruft Ruth und lehnt sich mit ans Ohr gepresstem Telefon über den Balkon. »Ich habe zu Tom gesagt, sie werden abreisen. Und wie es scheint, haben sie der Kleinen richtig die Hölle heißgemacht. Jetzt sieht sie ganz normal aus, trägt hübsche, lockere Kleidung. Weißt du, es erstaunt mich. Angeblich sind sie so höflich und freundlich. Was denkst du, wie sie zu so einer Tochter gekommen sind? Hmm? Ja, wahrscheinlich liegt es am Reisen. Ich bezweifle, dass sie zu Hause solche Sachen macht.«

Liebe Josie,

vielen Dank für deine freundlichen Worte und die Liste, die du mir geschickt hast. Ich bin dir dankbar für alles, was du für mich getan hast, und werde mir überlegen, die Geschichte wie von dir vorgeschlagen einzureichen.

Ich weiß, dass ich hier in Sicherheit bin, auch wenn die Bedeutung dieses Wortes die Angewohnheit hat, mir wie Wasser durch die Finger zu rinnen. Ich kann mir nicht einmal selbst mein Zögern erklären, das ständige Gefühl, mich in einem unbestimmten Warteraum zu befinden.

Es gibt eine Theorie, womöglich von Freud, der Kompartmentalisierung. Sie besagt, dass Erinnerungen in unterschiedlichen Bereichen des Geistes verborgen sein können, wo das wache Bewusstsein sie nicht erreichen kann. So lassen sich widersprüchliche Komponenten des Geistes unterbringen und, wenn man so will, kognitive Dissonanzen vermeiden. Ich stelle es mir wie eine Art große Wohnsiedlung vor, und in all den Wohnungen befinden sich Menschen, und diejenigen in Wohnung A wissen nicht, was in Wohnung B vor sich geht.

Natürlich hat diese Analogie offenkundige Schwachstellen.

Weißt du, wie falsch es ist, in den Räumen anderer Menschen herumzuschnüffeln? So in etwa fühlen sich meine Erinnerungen an. Dieses Gefühl habe ich gegenüber meiner Vergangenheit. Ich habe bereits mehr davon hervorgeholt, als ich gedacht hätte. Wenn ich noch mehr gebe, wenn ich meinen Namen und meine gesamte Geschichte verwende … wer weiß, was all das Herumwühlen zutage fördern wird?

35 Das Auge

Die Zelle ist in rotes Licht getaucht. Feiner metallischer Nebel hängt in der Luft, legt sich auf die Zunge und rutscht die zugeschnürte Kehle hinunter. Wie ein Blutstropfen steht die Sonne am Himmel. Ihre Strahlen brennen wie Säure, wie Reizgas, wie die Chemikalien, von denen er schwört, er würde sie nicht einsetzen. Sieh dich um, alles ist rot. Die Edelstahlschreibtische, der weiß gekachelte Fußboden, der gelbe Schaum, der aus den kaputten Ledersesseln quillt, alles ist in ein schweres bordeauxrotes Glühen getaucht. So fest ich auch schrubbe, die Fensterscheibe lässt nichts herein außer tiefroten Strahlen.

Diese Zelle ist mit Ochsenblut gestrichen, mit brennender Glut, wie eine schwelende Feuerstelle. Die Zelle – das Wort, der Begriff – spielt in unserer Vorstellungskraft eine große Rolle: Zimmer, Haus, Gefängnis, Land, sie alle sind Zellen. All diese Orte, an denen man beobachtet und belauscht und überwacht wird. Der einzige sichere Ort befindet sich zwischen den eigenen Ohren oder im Grab.

Ossama und Amer haben Blut im Gesicht und sitzen über einen dazu passenden Stoff gebeugt. Sie bewegen ihre Filzstifte schweigend über die Baumwolle, das einzige Geräusch ist das Kratzen, mit dem die Spitze über die Oberfläche fährt, die sie mit schwer behelmten Schlägern mit harten Mündern, von Blumen zerschmetterten Panzern und über Wasserräder aufsteigenden Vögeln bemalen. *Lieber Tod als Erniedrigung, Lieber Tod als Erniedrigung, Lieber Tod als Erniedrigung* wird hundert Millionen Male wiederholt, auf hundert Millionen Weisen.

Wir versuchen euch mitzuteilen, dass es Schlimmeres gibt als das Sterben.

Hoch oben in der Ecke beobachtet uns das Auge. Wie immer und überall, beobachtet es uns. Seine Adern treten heute deutlicher hervor, angeschwollene rote Adern, die in einem geräuschlosen Rhythmus pulsieren. Vor und zurück, vor und zurück, kein Gehirn dahinter, das versteht, was es sieht.

Diesmal gibt es keine Wand aus Rücken. Da sitzen nur Ossama und Amer, ich stehe an den Fenstern und Khalid an der Wand, während sein Blick zwischen dem Auge, dem Stoff, der gerade bemalt wird, und der toten Welt draußen hin und her wandert. Er trägt einen beigefarbenen Overall, ein weißer Helm baumelt an seinen Fingerspitzen, und er sieht müder aus, als sich mit Worten beschreiben lässt.

Weißt du, dass sie dich nun einen Lügner nennen, mein Geliebter? Einen Propagandisten? Gar einen Terroristen?

Terror. Terror ist nicht mehr die zweifache Explosion von Fassbomben oder das Knallen von Geschützfeuer oder das Klopfen an der Tür. Nein, wir haben ihn neu definiert. Terror ist die Stille zwischen den Explosionen, die Ruhe vor dem Klopfen an der Tür, bevor die Kugel ihr Ziel trifft und man wieder Luft holen kann, weil es einen diesmal verschont hat.

Wir atmen, weil die Bomben draußen nicht aufgehört haben zu fallen. Wir atmen die eine ein und die andere aus. Es ist wie Donner im Kopf, wie tausend Trommeln, die in der Brust schlagen, als ob alle schützenden Mauern gleichzeitig einstürzten. Ein Geräusch, das man nie zuvor gehört hat.

»Fertig«, sagt Amer, richtet sich auf und lässt seine Wirbelsäule knacken. Ossama pflichtet ihm mit einem Nicken bei und lässt seinen Nacken knacken: »Yella.« Wir wickeln den Stoff zu dritt auf, bis er eine dicke Rolle ist. Diese tragen wir zu den geöffneten Fenstern. Ich drehe mich zu Khalid um und will ihn zum Mitmachen auffordern, aber er steht nun unter dem Auge, inspiziert es, greift mit zögerlichen Händen, als könnte es beißen, hinauf, um es anzustupsen, und mir stockt der Atem.

»Yella«, wiederholt Ossama und schubst mich, damit ich mein Ende des Stoffes loslasse.

Wir lösen unseren Griff, und das Transparent entrollt sich an der Gebäudeseite.

Darauf folgt Schweigen, ein so totales Schweigen, als hätte es die Welt verschluckt. Das Banner flattert und klatscht gegen die Mauer, tropft rot und schwarz auf die leere Straße darunter. Der Wind verfängt sich darin, reißt uns den Stoff aus den Händen und weht ihn über die Gebäude. Die schweren Schläger und Panzer lösen sich ab. Tintenkleckse fallen geräuschlos auf den Asphalt. Die Blumen brechen in Farben aus, und die Wasserräder und Vögel kreisen kreischend in den Himmel.

Hinter uns kracht es. Khalid geht mit seinem Helm auf das Auge los. Mein Herz bleibt stehen, als er darauf einhämmert. Wütend. Verzweifelt. Es übertönt alle anderen Geräusche. Er schlägt und schlägt und stößt dabei kurze Grunzer und Schreie aus sowie etwas, das sich nach Wimmern anhört, bis das Auge aufplatzt und zerspringt und

von der Decke gerissen wird, um in einem Scherbenhau-
fen zu Khalids Füßen zu landen. Er ist verschwitzt, sein
Kiefer zu einer Grimasse verzerrt, und er schnauft wie ein
wildes Tier, wie der Wolf, in den sie ihn verwandelt haben.

Ist das der Sieg? Oder nur eine andere Form von Tod?

36 Fehlende Teile

Meine Träume sind dunkler und brutaler als gewöhnlich. Es sind eindeutig keine Einbildungen, sondern reale Ereignisse, die aus den Kisten gesickert sind, in die ich sie gesteckt hatte.

Ich träume von Nachbarinnen und Nachbarn, die mitten in der Nacht abgeholt werden, von spitzen Schreien und unerhörten Bitten. Sie kehren nie zurück. Ich träume von Freundinnen und Freunden, die auf dem Weg zur Arbeit – denn natürlich müssen sie arbeiten – erschossen werden, deren Leben in einer Blutlache auf einer Straße endet, über die sie ihr ganzes Leben gelaufen sind. Ich träume von kleinen Kindern, die in die Schule gehen, und Bomben, die vom Himmel fallen, und eigentlich hätten sie zu diesem Zeitpunkt gar nicht in die Schule gehen sollen. Ich träume von Trümmern und Menschen, die tagelang feststecken, und Krankenhäusern, die nicht mehr helfen können, und einer Welt, DER ES EGAL IST. Verzweifelte Stimmen in dunklen Kellern. Enge Räume. Ein Fluss, durch den mehr Blut fließt als Wasser. So dünn, dass der eigene Körper beginnt, sich selbst zu verzehren. Ahmed, die winzigen Hände verbunden, Augen und Mund zugeklebt, eine Kugel im Kopf. Ahmed im Quwaiq, Qaschusch im Orontes – jenem rebellischen Fluss –, sein mutiger und schrecklicher Gesang aus der Kehle gerissen, um endlich frei wie ein Vogel über Syrien zu fliegen. Kalt, hungrig, ständig durstig – wann hat die Dusche das letzte Mal funktioniert, Baba?

Zeitweise fühlt sich mein Geist selbst wie ein Geflüchteter an, zurückgelassen in rauen, feindseligen Landschaften, die er nun durchwandern muss.

Selbst wenn ich von angenehmen Erlebnissen träume, sind diese nicht länger angenehm. Die nachts erleuchtete Zitadelle auf dem Hügel, Männer, die im Schatten ihrer Pracht Wasserpfeife mit Melonengeschmack rauchen und Mate schlürfen. Die Moschee mit ihrem kühlen Marmorfußboden und den harmonischen Bögen. Die geschäftigen Gassen des *Souk* voller Stände mit lächelnden Männern, die Gewürze und Stoffe und Teppiche und funkelnde Gebetsperlen verscherbeln, wo Khalid und ich uns verabredeten. Wir konnten dort nicht offen reden, nicht wie in Damaskus, aber unsere Finger konnten sich wie zufällig berühren, während wir uns durch die Mengen schoben, er konnte eine Hand auf meinen unteren Rücken legen, und ich konnte meine Schulter gegen seine drücken. Ich träume von jenem Hamam, älter als die Welt, in dem Mama uns zwischen den Knien festhielt und abschrubbte. Dem Park, in dem sich die Familie freitags zum Mittagessen traf, sich auf der Wiese verteilte, Hühnchen-Kebap aß und lachte, während die Kinder einander jagten und schrien. Diese Bilder kommen mir in den Sinn, helle Augenblicke zwischen der Dunkelheit und der Gewalt, aber dann werden auch sie davon erfasst: Riesige Felsbrocken rollen den Hügel hinunter, zerdrücken die Männer und ihre Wasserpfeifen; die Moschee ist ein Haufen Trümmer, der tote Seelen verbirgt; der *Souk* ist eine verkohlte Geisterstadt, und Khalid kommt nicht, wenn ich ihn rufe. Sogar der Dampf in den Bädern ist ein blutiger Dunst.

Da ist keine Pracht, kein Zuhause, und mein Geist kann es nicht zurückholen. Nicht einmal in meinem eigenen Kopf kann ich es wieder ganz machen.

Es ist spät, und bei Hasan's ist nichts los. Die Straße ist dunkel und still. Die Nacht ist tiefschwarz, schwere Wolken, keine Sterne. Ich bin seit dem Vandalismus an der Moschee nicht mehr hier gewesen, habe meine Einkäufe stattdessen bei der großen Kette die Straße hinunter erledigt.

Als ich eintrete, hebt Hasan eine Hand zum Gruß, lässt meine Abwesenheit jedoch unkommentiert. Er ist der perfekte Ladenbesitzer, denke ich: vollkommen uninteressiert am Leben seiner Kundschaft. Er versucht nicht, sie kennenzulernen oder ihre Lebensgeschichte zu erfahren. Er fragt nicht nach Kindern oder kranken Eltern zu Hause. Er steht an der Kasse und scannt die Artikel ein, weiter reicht sein Interesse nicht.

Ich bewege mich zielstrebig durch den Laden, da ich nicht mehr Zeit als nötig hier verbringen möchte. Ist es richtig, dass ich dies alles ablehne? Die Moschee mit ihrem hippen Imam? Diesen Laden mit seinen Produkten aus der Heimat? Wie weit muss ich noch laufen, bis mich dieses Gefühl verlässt?

Ich schnappe mir eine Packung Käse, die größte, die es gibt, damit ich für gut zwei Wochen nicht mehr herkommen muss. Ich überfliege das Regal mit den zuckrigen Sprudelgetränken und nehme zwei Flaschen Orangenlimonade. Dann halte ich inne und starre auf den Saft, der neu im Angebot ist. Garantiert importiert. Braunrote Tamarinde und schwarzrotes Süßholz.

Finden Mama und Baba und die Kleinen in Alexandria Tamarinde-Süßholz-Saft? Eigentlich müssten sie, denke ich, wenn man das gemeinsame Erbe und die gemeinsame Kultur bedenkt, die Baba so sehr schätzt.

Als ich im Krankenhaus feststellte, dass meine hartnäckige Weigerung zur Interaktion mich nicht weiterbrachte, nahm ich eine Zeit lang eine neue Identität an. Ich erzählte, oder schrieb besser gesagt, es sei alles ein Fehler. Ich sei gar keine Geflüchtete, die Asyl suchte. Ich sei nie in Syrien gewesen und schon gar nicht dort aufgewachsen. Ich erzählte, mein Name sei Mary Lennox und ich stamme aus dem Norden von England – irgendein Ort mit grünen Hügellandschaften und Tälern und Schafen und einem geheimen Garten und Gottes eigenem Himmel – und sei versehentlich hierhergebracht worden. Ich dachte mir eine komplette Geschichte aus über einen geliebten Onkel, der auf mich warte, einen Cousin namens Colin und einen zahmen Vogel namens Craven. Ich erzählte, wir hätten einen Bauernhof, einen Käseladen, eine Molkerei für verschiedene Nutztiere. Ich erzählte, mein Traum sei es, eines Tages in der Stadt eine Buchhandlung zu führen, und ich hätte eine Jugendliebe namens Dickon, der auf mich warte.

Es war eine gute Geschichte, und eine Weile hatte ich das Gefühl, ich könnte sie glauben, ich *würde* sie glauben. Und als Dr. Thompson mir das Buch zeigte, weinte ich zum ersten Mal nach Monaten. Ich wollte Mary Lennox bleiben, ich tat niemandem weh damit, aber sie meinte, man könne sein Leben nicht in einer Illusion verbringen.

Es ist leicht, jemand anderes zu sein. Noch leichter, gar niemand zu sein.

Die Ladentür geht mit einem lauten Knall auf, der durch mich hindurchfährt, sodass ich zusammenzucke und die Flaschen und die Packung Käse in meinen Händen fester umgreife. Mister-Big-Man und zwei seiner Freunde betreten den Laden und werfen Hasan spöttische Blicke zu. Mein Herz beginnt zu rasen, mein Geist versinkt in einer altbekannten Panik. Hasans Finger krümmen sich um den Rand der Theke vor ihm, aber er wendet sich nicht ab, starrt Mister-Big-Man mit düsterem, ernstem Blick an, während die Männer an der Kasse vorbei und die vorderen Gänge entlanglaufen.

»Dann lasst uns doch mal sehen, was sie hier haben«, sagt einer von Mister-Big-Mans Freunden mit einem Schnauben und stößt ein paar Packungen Instant-Suppe von einem Regal. Auch er ist ein großer Mann mit breitem Gesicht und schweren Armen und Beinen, den kleinen Mund zu einem hässlichen Grinsen verzogen.

Ich entferne mich vom Getränkeregal und ziehe mich in den hinteren Teil des Ladens zurück, da mein Herz sich zur Flucht gezwungen fühlt. Es schlägt so schnell und so fest, dass mir schwindelig wird. Wenn Mister-Big-Man mich sieht, wird er Bescheid wissen. Irgendwie wird er erkennen, dass ich von Matt und seiner Tat wusste, dass ich diejenige bin, die ihm den Ärger mit den Bullen eingebracht hat, weil ich nichts gesagt habe. Er wird es wissen. Er wird es mir ansehen, so wie all die Menschen hier etwas in mir sehen, das ich ihnen nicht zeigen möchte. Er wird es sehen, und er und seine Freunde werden mich festhalten. Ich habe einen klebrigen, metallischen Geschmack im

Mund, mein Blick verschwimmt, und mein ganzer Körper tut weh.

»Gehen Sie jetzt bitte«, ruft Hasan, aber es klingt schwach. Seine Stimme zittert.

Die Männer bewegen sich durch die vorderen Gänge, laufen ein paar Schritte in einen hinein, dann wieder hinaus und weiter in den nächsten. Sie treten gegen Schränke, fegen Artikel aus Regalen und stoßen Beleidigungen aus. Hasan droht, die Polizei zu rufen, greift ein paar Mal nach seinem Mobiltelefon, und ich wünschte, er würde nicht damit drohen, sondern es einfach tun. Mein Inneres erkaltet, das Blut in meinen Adern verwandelt sich in scharfe Eissplitter.

»Nix als Scheiße«, sagt der andere von Mister-Big-Mans Freunden. Er ist kleiner, jedoch zäh und hat ein Gesicht wie ein Fuchs. Er wirft eine Flasche Olivenöl aus dem Regal, die mit einem heftigen Knall auf dem Boden zerschellt. Ich ducke mich neben den riesigen Säcken mit Reis und Mehl, presse die Packung Käse und die Flaschen kalten Tamarindensaft an meine Brust.

Mister-Big-Man kichert, und durch die Stapel und Gänge hindurch sehe ich, wie er sich hinunterbeugt und eine Glasscherbe aufhebt, von der eine blassgrüne Flüssigkeit tropft und an ihren gezackten Rändern glitzert. »Alles an denen ist scheiße. Beschissene Moslem-Arschlöcher.«

37 Gefahr, überall

Ich sollte hier sicher sein. Ich sollte hier sicher sein. Ich sollte hier sicher sein. Ich sollte hier sicher sein. Sicher sein. Ich sollte hier sicher sein. Ich sollte hier sicher sein. Ich sollte hier sicher sein. Ich sollte hier sicher sein. Ich sollte hier sicher sein. Ich sollte hier sicher sein. Ich sollte hier sicher sein. Ich sollte hier sicher sein. Ich sollte hier sicher sein. Ich sollte hier sicher sein. Ich sollte hier sicher sein. Sicher sein.

Ich spüre eine Hand auf meinem Kopf. Diese Leute fassen mich unentwegt an. Ich zucke zusammen, eine Rettungsdecke knistert. Glänzend. Regennass. Triefend. Wünschte, mein Herz würde einfach stehen bleiben, einfach aus mir herausplumpsen wie ein Stein. Lärm. Sirenen. Rufe. Männer brüllen. Glas zerspringt. Fassbomben fallen, hängen in flauschigen weißen Wolken in einem strahlend blauen Himmel. Sie kommen immer zu zweit – die erste verletzt, die zweite tötet. Eine Hand streicht über nasses Haar, drückt meine Schultern hinunter. Eine Stimme. Ich kann nicht hören. Ich kann nicht sprechen. Fülle mich mit Schweigen.

»Alles ist gut. Ich bin hier.« Adam. Sieht aus wie Ahmed. Klein-Ahmed wusste, dass er nicht einfach auf die andere Seite gehen durfte. Ich schlage die Hände vors Gesicht. Ich kann auch nicht sehen. Fülle mich mit Schweigen. Ein Arm um meine Schultern zieht mich an eine nasse Brust. Murmeln und Flüstern, sinnlose Worte, die nichts und niemandem helfen.

ES HAT ALLES KEINEN ZWECK.

Seine Hände ziehen an der Decke, an meinen Händen, brechen mich auf, nehmen mich auseinander, sodass seine dunklen Augen mich mustern können. Das rechte noch immer riesig und geschwollen. Große Hände, Künstlerhände halten mein Gesicht, lassen mich in seine Augen blicken. Er zwingt mich, meinen Verstand von der Wolke zurückzuholen, auf die er hinaufgeschwebt ist. Ich nehme es ihm übel, will mich ihm entziehen, aber er hält mich noch fester, streicht mit den Daumen über die Haut neben meinen Augen, als wäre ich ein wildes Tier, das er verwundet am Straßenrand gefunden hat.

Auf dem Asphalt, auf der Straße, neben den riesigen schwarzen Müllcontainern hinter Hasans Laden. Es regnet heftig, aber niemand scheint davon Notiz zu nehmen. In England ist der Regen Luft. Wir treffen dafür keine besonderen Vorkehrungen.

»Alles wird gut.«

Nein, wird es nicht. Es sollte hier sicher sein. Er hat noch immer den Arm um mich gelegt, und nun schaukeln wir durch die Wucht meiner Bewegung gemeinsam vor und zurück.

Die Polizistin geht vor uns in die Hocke, ihr Blick schätzt mich ab und schnellt dann zu Adam. »Sie muss uns erzählen, was sie gesehen hat.«

Ich schüttele den Kopf, schaukele noch heftiger, presse das Gesicht erneut in meine Knie. Ich kann hier nicht atmen. Ich kann nirgends atmen.

»Sie kann nicht sprechen.«

»Kann nicht sprechen?«

»Nein. Könnte sie es stattdessen aufschreiben?«

Ich schüttele den Kopf, aber es hat alles keinen Zweck.

»Sie müssen wissen, was passiert ist«, flüstert Adam mir ins Ohr, während er mit einer Hand meinen Rücken hinauf- und hinunterstreicht, sodass die Decke raschelt und knistert und ich wegrücken muss, damit es aufhört. Wieso kann Adam das hier nicht verstehen?

Ich stehe ruckartig auf, lasse die Decke fallen und will die Straße überqueren.

»Hey, warte«, sagt Adam und ergreift meinen Ellbogen. Ich schüttele ihn ab.

Vor dem Laden parken Streifenwagen, ihre blinkenden Lichter werden vom nassen Asphalt reflektiert. Sie blockieren die Straße, sodass keine anderen Autos hineinfahren können. Ein Krankenwagen steht mit offener Hintertür vor dem Eingang zum Laden. Alle Lichter brennen, überall. Imam Abdulrahman ist da, hält eine Hand vor den Mund, während er mit einem Polizisten spricht. Sein Bart ist klatschnass. Es regnet nun stärker, wie Gewehrkugeln oder Trümmer. Weltuntergang. Eine Menschenmenge versammelt sich. Ein Übertragungswagen. Aus dem Laden läuft eine Blutspur. Adam hält mich fest, hat die Arme um mich geschlungen, wie ein Liebhaber.

Die Polizistin ist zurück und schüttelt Adam gegenüber den Kopf. Sie wird sich nicht mehr die Mühe machen, mit mir zu sprechen. »Der Detective meint, sie solle zur Abklärung ins Krankenhaus gebracht werden.«

Ich schüttele den Kopf noch heftiger, winde mich in Adams Armen und blicke zu ihm auf. Meine Panik ist so überwältigend, dass sie mir aus den Augen quellen und aus den Poren sickern muss. Er nickt der Polizistin über meinen Kopf hinweg zu und sagt, er werde mich zu dem Wagen bringen. Mein Körper zittert. Ich kann nicht an diesen Ort zurückkehren. Zu den Tests und den Tabletten und Spritzen, die alles noch verschwommener machen, und den weißen Wänden und winzig kleinen Zimmern und all den Erinnerungen, die sie von mir wollen, die ich für sie zur Schau stellen soll. Ich kann nicht. Adam dreht mich wieder um. Die Polizistin bewegt sich auf die Menge vor dem Laden zu, hat uns den Rücken zugekehrt und spricht in ein Gerät an ihrer Schulter.

»Lauf«, sagt er und stößt dabei den Atem in mein Ohr.

Auf dem Heimweg rutsche ich aus, meine Füße verlieren auf dem nassen Gehweg den Halt. Ich falle einmal, zweimal, höre jemanden nach mir rufen, stehe aber einfach auf und renne weiter. *In der Station sprach die Asylbeamtin meinen Namen wie »Runner« aus, und dann lachte und lachte sie, ehe sie sagte: »Na ja, das sind Sie wohl.«* Ich renne und renne, rase über Straßen und Gras und Abfall. Umrunde parkende Autos und Müllcontainer und an Straßenecken kauernde Obdachlose. In Dünkirchen gab es große Metallbehälter, und die Männer ließen das Feuer darin niemals ausgehen, und wenn die Kinder Kaninchen fingen, grillten die Männer sie, und die Kinder heulten.

Im Hof zwischen den Häusern holt Adam mich ein. Er greift nach meinem Arm, zwingt mich, stehen zu bleiben, und dreht mich um. Ich stoße ihn weg, schubse ihn und schlage um mich. »Ruhig, ruhig. Alles ist gut. Niemand wird dich irgendwo hinbringen. Ich bin's bloß.«

Er schleppt mich schlagend und tretend zum East Tower, zerrt mich in den kleinen Vorraum und dann in den wartenden Aufzug. Ich presse mich mit dem Rücken gegen die Wand, die Arme vor dem Bauch verschränkt, in der Mitte gekrümmt, während sich zu meinen Füßen eine Wasserpfütze bildet. Zitternd und durchnässt. Es hat alles überhaupt keinen Zweck.

In seiner Wohnung schiebt er mich ins Badezimmer, zieht mir meinen nassen Pullover, meine Jeans und Schuhe und Socken mit beinahe klinischer Effizienz aus. In BH und Unterhose stellt er mich unter die Dusche und hält den Wasserstrahl auf mich, es verbrennt mich, auch wenn das Wasser wahrscheinlich höchstens lauwarm ist. Meine Beine wollen mich nicht tragen, und ich sinke auf die Knie, aber Adam hält einfach den Duschkopf tiefer.

Minuten verstreichen, ehe er das Wasser abdreht. Ich habe nicht aufgehört zu zittern (ich werde niemals aufhören zu zittern), aber er scheint dieses Ziel aufgegeben zu haben. Er holt mich aus der Dusche, wickelt ein riesiges Handtuch um mich und rubbelt fest und schnell, als würde er ein Kind abtrocknen. Ein weiteres legt er mir über den Kopf und frottiert meine Haare, wie Mama es tat, als wir Kinder waren und sie keine Geduld mehr mit uns hatte. Macht sie das immer noch mit den Kleinen, mit Nadas Kindern? Haben sie es alle geschafft? Wissen sie, dass ich an sie denke, auch wenn ich es nicht will? Denken sie an mich?

Adam steckt mich in einen trockenen Wollpulli, der auf meiner Haut kratzt, und eine Jogginghose, die eine Nummer zu klein ist. Er führt mich zum Sofa, drückt mir eine Tasse Tee in die Hände, aber auch sie funktionieren nicht, und der Tee schwappt über den Rand, also muss er mir die Tasse wieder abnehmen und sie für mich an meine Lippen führen.

Ich kann nicht. Ich kann nichts tun, außer hier sitzen, während mein Körper zittert und mein Herz versucht, aus meiner Kehle zu klettern und sich durch das Zimmer zu schleudern, aus dem Fenster, vom Balkon und hinauf in den Himmel. Ich will nicht mehr hier sein. Eine Glasscherbe, scharf und dick, schlitzt Haut auf, Blut spritzt wie ein angestochenes Wasserrohr. Ein weiß umhüllter Körper, ausgestreckt, hinten in einen Wagen geladen, für die Erde bestimmt. Zu Hause zog Khalid Babys aus den Trümmern. Der Tod ist der einzige Frieden. Er ist die einzige Sicherheit.

Adam hält ein Glas Whisky an meine Lippen. Drei Finger breit in einem schweren Glas. Er brennt auf dem Weg nach unten. Ich huste und pruste, aber Adam beruhigt mich und drängt mich, weiter zu trinken. Behauptet, es würde helfen. »Vertrau mir einfach«, sagt er, und ich lache, ein lautes Gackern, das ihn erschreckt, und das Weiße seiner Augen leuchtet in der dunklen Wohnung.

Ich krieche davon, vom Sofa, auf den Fußboden, auf Händen und Knien zur Balkontür. »Bitte. Hab keine Angst.« *Es gibt nur Angst, Adam. Es gibt nichts anderes im Leben.* Ich presse mein Gesicht gegen die kühle Scheibe, beobachte den plätschernden Regen dahinter und wende mich von dem Alkohol ab, den er mir einzuflößen versucht. *Es sollte hier sicher sein.* Meine Knie federn und wackeln, und ich drücke meine Hände in die Bodendielen und schüttele den Kopf, sodass meine Stirn wieder und wieder gegen das Fenster schlägt. Adam gibt auf, leert das Glas in einem Zug, tritt an den Plattenspieler und legt etwas Tiefes und Hartes auf, scheppernde Gitarren, knurrende Stimmen und ein schweres Schlagzeug. Er packt seine Tüte mit dem grünen Flaum aus, rollt einen Joint und zündet ihn an, nimmt mehrere lange Züge, um ihn zum Brennen zu bringen. Er bläst den Rauch in meine Richtung, als hoffte er, dieser könnte ausrichten, was dem Alkohol nicht gelungen ist.

Ich sollte hier sicher sein. Wie viel Blut habe ich gesehen? Wie viel Blut kann man sehen? Blut von einer Kugel im Kopf, von Beton und Staub und Steinen, die auf Gesichter und Oberkörper fallen, von scharfem, rostigem Metall, das in Hände schneidet, von einer Glasscherbe im Hals, von klaffenden Bäuchen, die von Geschützfeuer aufgerissen wurden, von an Füßen aufplatzenden Blasen, von zerfetzten Genitalien, von eingeschlagenen Nasen und aufgesprungenen Lippen, von aufgeschlitzten Handgelenken und Rasierklingen an Armen und Beinen. Wie viel Blut kann ein einzelner Mensch sehen?

Als die Platte zu Ende ist, legt Adam eine andere auf. Er setzt sich neben mich, bläst mir den Rauch ins Gesicht und lässt den Blick alle paar Minuten zu mir schnellen, als wollte er sich versichern, dass ich noch da bin.

Die Toten sind die Einzigen, die Frieden kennen.

Adam schläft neben mir auf dem Fußboden, zusammengerollt wie ein Baby, die Knie an die Brust gezogen, die Hände als Kissen unter dem Kopf. Die dritte oder vierte Platte ist längst abgespielt. Das Zimmer stinkt nach Gras, ein fauliger, pilzartiger Geruch, den ich im hinteren Bereich meines Gaumens schmecken kann. Die Wand in meinem Rücken hat nachgegeben, um mich zu umschließen, wie eine Höhle oder ein Grab oder ein großer Löffel oder der kleine, den Adam mit seinem Körper bildet.

Die gegenüberliegende Wand vibriert, nun schon seit unzähligen Stunden, ich stelle mir vor, dass ich es selbst verursacht habe. Dünne, dunkle Wasserschlieren laufen an ihr entlang. Schatten bewegen sich in synkopischen Wellen vom Fenster zur Tür, als versuchten sie zu entkommen. Ein summendes Geräusch entsteht in meiner Brust – Poes »Stille« und safrangelbes Wasser und Regen, wie Blut. Ich presse meine Hand darauf, meine Finger wandern hoch, umfassen meinen Hals, aber ich weiß nicht, wo das Summen herkommt. Überall sind Augen. Die Menschen in den Fenstern. Sie alle sehen mich. All diese Augen picken auf mich ein wie Aasgeier. Das ständige Summen in meiner Brust wird mich in den Wahnsinn treiben. Nach all der Zeit, nach allem, was passiert ist, wird dies mich umbringen. Dieses Summen in den Kammern meines Herzens.

Ich richte den Blick zur Decke, öffne den Mund, bewege Zunge und Lippen und Kehle, stoße die Luft aus; wenn ich fest genug stoße, kommt vielleicht mein Herz heraus.

In der Zimmerdecke befinden sich Leichname, Leichname unter Wasser. Weiße Gesichter, blaue Venen, weit aufgerissene Augen, verbundene Hände, um Klebestreifen herum geöffnete Münder. Schreie, die niemand hören kann. Jungen und Mädchen und Männer und Frauen und Großmütter. Eiswasser tröpfelt die Wand hinunter und in meinen Mund, in meine Wirbelsäule, sammelt sich um mich. Verbundene Hände, aber aus ihren Seiten kommen weitere Arme zum Vorschein, Arme, so dünn und drahtig wie Tentakel. Ahmeds kleine Arme, so dünn wie Zweige.

Khalid, der weiße Helm zersprungen, mit seinen langen Armen, die niemandem wehtun konnten. Eiszapfenfinger kratzen an meinem Kopf, wickeln die schwarzen Strähnen meines Haars auf, tauchen in meinen offenen Mund ein. Ich wehre mich nicht.

Vielleicht werden sie mein Herz herausziehen oder das Summen gefrieren lassen oder meine Zunge zu etwas verdrehen, das ein Geräusch produziert.

Das Licht im Badezimmer geht an, Adams Silhouette hebt sich vor der Dunkelheit ab, lediglich ein Umriss, bis ich meinen Blick fokussieren kann. »Herrje«, keucht er und reißt die Augen auf. Der Fußboden ist nass und blutverschmiert, und Adam tritt vorsichtig auf, bis er sich vor die Tür der Duschkabine hocken kann. Das Wasser strömt herab, heißes Wasser, um das Eis aus meinen Adern zu vertreiben. In den Händen halte ich Rasierklingen. An beiden Unterarmen habe ich tiefe Schnitte.

»Was hast du getan?«, murmelt er, seine Hände landen auf meinen Schultern, drücken gegen meinen Bizeps, schweben über den blutigen Spuren. Er dreht das Wasser ab und zieht an meiner Hand. »Komm schon. Es ist alles gut.« Als er erneut nach mir greift, weiche ich zurück. »Ich werde dir nicht wehtun.« Ich schubse ihn weg, mache mit der Hand eine Schreibbewegung in der Luft. Adam braucht einen Augenblick, um zu begreifen, aber als er so weit ist, nickt er und verlässt das Badezimmer.

Er kehrt zurück mit einem Block und einem Stift und versucht, mich aus der Dusche zu locken, ehe er mir beides überreicht. Ich folge ihm, schnappe mir Block und Stift und setze mich zum Schreiben auf die Toilette. Wasser und Blut hinterlassen Flecken und Schlieren auf dem Papier, und das Wasser strömt von meinem Körper auf die kalten Kacheln unter mir.

Vor ein paar Wochen habe ich Matt mit Sprühfarbe gesehen ich habe ihn durchs Fenster mit Sprühfarbe gesehen

Adam liest es. Wieder und wieder, und ich sehe die Gedanken in seinem Kopf. Ich sehe, wie er die letzten paar Wochen durchgeht, sich an alles erinnert. Das Grauen, als es ihm endlich dämmert, ist fürchterlich, sein Gesicht verzerrt sich und fällt in sich zusammen. Er weicht zurück, bis er gegen das Waschbecken stößt, starrt von dem Zettel auf mich und wieder auf den Zettel.

»Wie konntest du?«

Ich schüttele den Kopf, Wassertropfen fallen auf das Papier, durchnässen es immer mehr, bis es aufweicht und sich in meinen Händen aufzulösen droht. Über die roten und schwarzen Streifen und Flecken schreibe ich: *Ich konnte nicht.*

»Ein Mann ist deswegen gestorben.« Er liest nicht, was auf dem Block steht, schüttelt nur den Kopf, reibt sich über das Gesicht und bedeckt den Mund mit der hohlen Hand. »Wie konntest du nichts davon sagen? Wie konntest du es mir nicht erzählen? Ich dachte, wir wären Freunde.«

Freunde, denke ich und senke den Kopf gegen seine Worte, *du kennst ja noch nicht einmal meinen Namen.*

»Du hättest es mir erzählen können. Wenn du nichts mit der Polizei zu tun haben wolltest, wäre ich hingegangen! Ich wäre hingegangen! Wieso hast du es mir nicht erzählt? Wieso hast du nicht zur Abwechslung mal an andere Menschen gedacht, verdammt?«

Er hat recht. Ich weiß, dass er recht hat, und lasse den

Block und den Stift fallen, schlinge die Arme um meinen Oberkörper und schluchze. Meine Eingeweide verdrehen sich und wringen sich aus, verzerren mein Inneres. Ich zerspringe. Das Summen in meiner Brust wird zu einem Heulen. Einem Klagelaut. Einem Kreischen. Einer Sirene. Aller Lärm der Welt ist in mir. Jede Explosion, jedes *peng peng peng* des Geschützfeuers, jede weinende Mutter und jedes wimmernde Kind, jede krachende Welle, jeder grunzende und stöhnende Mann, jedes Schimpfwort, gebrüllt in allen Sprachen Europas, jedes asthmatische Kind, das in jedem schlecht belüfteten Lastwagen stirbt, dessen riesige Reifen über Kies und Staub knirschen. Sie sind alle in mir. Ich habe sie gemeinsam mit dem Schweigen verschluckt. Ich öffne den Mund, würge, drücke fester gegen meinen Bauch, aber es kommt nichts heraus, nicht einmal die Galle, die in meiner Kehle anschwillt.

»Scheiße.« Er schnappt sich ein Handtuch und geht vor mir in die Hocke. Er flucht weiter, während er meine Arme von meinem Körper wegzieht. Er sagt mir, wie falsch ich mich verhalten habe, und presst das Handtuch auf die langen Schnitte in meinen Armen. Er drückt fest zu, und der raue Stoff brennt, aber mir entweicht nicht einmal ein Zischlaut. Er sagt mir, wie enttäuscht er sei und dass er kaum glauben könne, *die Sprachlose* und ich seien dieselbe Person. »Auf Taten kommt es an. Nicht auf Worte. Nicht auf Überzeugungen. Wenn du von etwas überzeugt bist, musst du danach handeln, und zwar *laut*. Da draußen sind so viele Idioten, die demonstrieren und über White Power und den sich einschleichenden Islam herumbrüllen und bereit sind, dafür zu sterben! Wenn du *nicht* so denkst, wenn du das für Schwachsinn hältst, dann musst du ebenfalls auf die Straße gehen. Du musst auch demonstrieren und kämpfen und bereit sein, dafür zu sterben. Andernfalls gewinnen sie, einfach deshalb, weil sie am lautesten schreien. Andernfalls sterben Menschen.«

Als würde ich nicht sämtliche Arten kennen, auf die Menschen für ihre Überzeugungen sterben können.

Er feuchtet ein weiteres Handtuch an und wischt meine Arme sauber. Dann presst er das trockene erneut auf die Schnitte. Er reißt lange Streifen Klopapier ab und wickelt sie um meine Arme, klebt sie mit Pflastern zu, die er in Schubladen und ansonsten leeren Arzneischränken findet. Und währenddessen spricht er unaufhörlich über Demonstrationen, und wie wir Ignoranz notfalls mit nackter Gewalt bekämpfen müssten, und wie er nicht glauben könne, dass ich darüber schweigen würde, dass ich dies geschehen lassen würde. Er sagt, es sei meine Schuld. Er sagt, man müsse seine Überzeugungen leben, verkörpern, wozu man sich entschieden hat.

38 Die Menschen in den Fenstern

Ruth hält unten Hof. Die Sonne ist ihr Bühnenscheinwerfer. Sie spricht zu den Menschen in den Fenstern, die vollkommen entrückt einen schweigenden Kreis um sie herum bilden. Tom steht in seinem Sonntagsstaat neben ihr und zwirbelt sein Taschentuch in den Händen, während sie spricht. Ich kann sie nicht hören – ausnahmsweise schreit sie heute nicht. Der Vater, dessen Kinder zweimal im Monat zu Besuch kommen, steht mit seinen Einkäufen da, zu überwältigt, um sie abzusetzen. Dort ist die alleinerziehende Mutter mit ihrem vorpubertären Sohn, den Arm fest um seine Schultern gelegt. Ruth gestikuliert wild, ihre Arme fliegen in alle Richtungen. Aufgeregt und rotgesichtig zeigt sie auf Hasan's und dann auf meine Wohnung, aber ich lehne mit dem Rücken gegen das Fenster, und sie können mich nicht sehen.

Der Entsafter kehrt von einer Joggingrunde zurück. Er bleibt am Rand der Gruppe stehen, hört einen Moment lang zu, während seine schönen Gesichtszüge in der Sonne leuchten, und geht dann weiter in Richtung East Tower.

Den ganzen Tag über saugen die Bewohnerinnen und Bewohner der Siedlung diese neuen Informationen auf, die Nachricht vom Tod eines Mannes, und führen dann ihr Leben fort. Die Kinder des alleinstehenden Vaters kommen, und er jagt sie eine Weile über den Hof, bevor er sie auf ihre Fahrräder und Roller packt und mit ihnen vom Gelände fährt. Es ist ein sonniger Tag, der Regen ist vergessen. Gestern wurde fortgewaschen. Der Wind bringt noch etwas Kühle mit sich, aber heute ist ein Tag, der genutzt werden will. Der vorpubertäre Junge fährt im Hof Skateboard, bis seine Mum sich aus dem Fenster lehnt und ihm zuruft, er solle dafür in den Park gehen.

Sie fühlen sich sicher.

Neue Mieter ziehen in die Ferienwohnung in South Tower B, zweiter Stock, Wohnung eins. Dem Anschein nach ein frisch verheiratetes Ehepaar. Er ist groß, hat milchschokoladenfarbene Haut und dunkles Haar. Sie ist blass mit erdbeerroten Locken. Als Erstes stellt sie die Möbel in der Wohnung um. Sie überredet den Mann, ihr zu helfen, das Sofa vom Fenster weg und an die Westseite zu schieben und an seine Stelle den kleinen beigefarbenen Sessel zu platzieren. Sie dreht den Esszimmertisch um, sodass er parallel und nicht mehr senkrecht zum Fenster steht. Im Schlafzimmer ärgert sie sich über die Ausrichtung des Bettes, gestikuliert mit langen, dünnen Armen, während er wieder und wieder den Kopf schüttelt. Sie versucht, das Bett allein zu verschieben, aber es ist zu schwer, außerdem hängt der Fernseher an der Wand, an die sie es stellen möchte. Sie zieht ihn nach vorn, blickt dahinter und fordert den Mann erneut mit einer Geste zum Helfen auf, aber er lacht bloß, die große Hand auf den Bauch gelegt. Das macht sie wütend, sie schreit mit ausgestreckten Armen, aber er will oder kann nicht aufhören. Sie stößt gegen seine Brust, ohne ihn von der Stelle bewegen zu können, und setzt schließlich ein Lächeln auf, das sich in ein lautes Lachen verwandelt, das in meiner Vorstellung wie ein liebliches silbernes Glöckchen klingt. Er schlingt seine Arme um sie und zieht sie zum Bett, wo er sie hinlegt und auspackt wie ein Weihnachtsgeschenk.

In dieser Wohnung ist Hasan nicht gestorben.

Nebenan regt Ruth sich den ganzen Tag lang auf. Sie schreit irgendjemanden am Telefon an, und in ihrem aufgewühlten Zustand vergisst sie ihr Englisch und rutscht in jene Sprache, die ich nicht verstehe. Töpfe und Pfannen knallen gegeneinander, gegen Küchentheken und Herdplatten, gegen die Spüle aus rostfreiem Stahl, die sie anscheinend ebenfalls besitzt. Hin und wieder glaube ich, Tom auf eine ihrer Äußerungen antworten zu hören, aber ich kann keine Worte darin ausmachen. Es sind lediglich jene beruhigenden Laute von Ehepaaren, so wie Mama Baba liebevoll ins Ohr flüsterte, wenn er, statt etwas in Ordnung zu bringen, es nur noch schlimmer gemacht hatte. Irgendwann am späten Nachmittag geht der Fernseher an und verströmt eine flammende Predigt in höchstwahrscheinlich derselben Sprache, in der Ruth herumgeschrien hat. Sie klingt nach Zorn und Entrüstung. Vielleicht hören sich alle Sprachen wütend an, wenn man sie nicht versteht.

Adams Wohnung ist dunkel und still. Letzte Nacht hat er mich dort zurückgelassen. Als ich verbunden und sauber und in ein weiteres trockenes Handtuch gehüllt war, ging er fort. Ich frage mich, ob er nun wieder zu Hause ist, ob er weiß, dass ich nicht mehr da bin.

Gegenüber betritt der Entsafter seine Wohnung, in der Hand eine Plastiktüte, die er auf den Sofatisch fallen lässt.

Er zerrt an den Vorhängen, aber sie gehen nicht ganz zu, ein Spalt bleibt weiter offen, durch den ich sein hartes, wenig einladendes Sofa sehen kann. Er plumpst darauf und reißt das Plastik auseinander. Er zieht eine Schachtel heraus, öffnet sie und rupft große Stücke Brathähnchen ab, die er sich in den Mund stopft. Wieder und wieder tauchen seine dünnen, ölverschmierten Finger in die Schachtel und kommen mit leuchtend weißem Hühnerfleisch wieder heraus, das er sich zwischen seine fettigen Lippen schiebt. Er reißt das Bein ab und beißt hinein, während seine andere Hand damit beschäftigt ist, noch mehr weißes Fleisch von der Brust zu kratzen. Das wiederholt er, bis außer den Knochen zum Aussaugen nichts mehr übrig ist.

Diese Erklärung (bestehend aus einer von mir unterschriebenen Seite) ist nach meinem besten Wissen wahr, und ich gebe diese Erklärung in vollem Bewusstsein ab. Ich verstehe, dass ich, sollte sie als Beweismittel vorgelegt werden, strafrechtlich verfolgt werden kann, sofern ich willentlich etwas Falsches behauptet habe.

Verfasst am 23. Juli 2017

Unterschrift

_____

Am Mittwoch, den 19. Juli 2017 befand ich mich um 21:45 Uhr in dem Laden namens Maqbool in der Forest Road. Als ich ihn betrat, war dort niemand außer Hasan Siddiqui, der Besitzer des Geschäfts. Ich hielt mich auf der linken Seite des Ladens auf, bei den Getränken, als die drei Beschuldigten eintraten. Ich bestätige, dass ich ihre Namen nicht kannte, aber mindestens zwei von ihnen hatte ich bereits zuvor dabei gesehen, wie sie die muslimische Gemeinde belästigten, hauptsächlich bei der Moschee. Die drei Beschuldigten liefen durch den Laden, warfen Artikel auf den Fußboden und traten gegen Schränke. Sie machten laute, rassistische Bemerkungen über den Besitzer, nannten ihn einen »dreckigen Paki« und ein Mitglied des IS. Der Besitzer bat sie zu gehen, und dann drohte er, die Polizei zu rufen. Die Beschuldigten ignorierten dies und fuhren fort, die Waren auf den Regalen zu beschädigen. Ich versteckte mich hinter großen Säcken mit Mehl und Reis im hinteren Teil des Ladens.

Beschuldigter Nr. 2, den ich im angehängten Dokument beschrieben habe, warf eine große Flasche Olivenöl vom Regal, die auf dem Fußboden zersprang. Beschuldigter Nr. 1, den ich auf Polizeifotos identifiziert habe, hob daraufhin eine große Scherbe auf und näherte sich dem Besitzer, der hinter der Kasse hervorgekommen war.

Es folgte eine körperliche Auseinandersetzung, bei der die drei Beschuldigten den Besitzer zu Boden drückten und
wiederholt auf ihn einprügelten. Sie
schlugen ihn ins Gesicht und traten ihn
in den Bauch. Beschuldigter Nr. 1 verletzte ihn wiederholt mit der Scherbe.
Ich sah keinen anderen der Beschuldigten eine Waffe halten. Der Besitzer fleh-
te sie an aufzuhören.
Dann war es eine Weile still. Einer der
Beschuldigten beschimpfte den anderen,
dann gingen alle drei.
Als ich den Laden verließ, lag der Besitzer blutend und bewusstlos auf dem
Fußboden. Ich rannte zur Moschee und
hämmerte an die Tür, bis Imam Abdulrahman erschien.

Das Wetter wechselt andauernd, der Sommer kommt in
dieser Stadt nie richtig an. Morgens ist es hell und sonnig,
der Himmel klar und blau, keine Wolke oder auch nur eine
Andeutung von Grau. Die Kids des alleinstehenden Dads
nutzen das aus und toben ab sieben Uhr morgens mit
ihren Plastikschwertern und Fahrrädern im Hof herum.
Gegen zwei oder drei rollen große Wolken heran und tauchen die Hochhäuser in Schatten. Vogelschwärme kreisen
am Himmel wie Kleidung, die in einer Waschmaschine ge-
schleudert wird. Am späten Nachmittag wird der Himmel
schwer, und die Brise wird stärker. Bis zum Abend kommt
der Regen, und auf den Gehwegen sprießen die Regen-
schirme hervor wie Pilze.

Ich verlasse meine Wohnung nicht. Ich bewege mich durch die Zimmer wie ein Gespenst, wandere in die Küche, starre in meine Schränke, gehe ins Schlafzimmer, um unter der Bettdecke zu zittern, vor den Badezimmerspiegel, um nachzusehen, ob ich immer noch da bin, auf den Balkon, um den Himmel und die Menschen in den Fenstern zu betrachten.

Der alte Mann gegenüber sitzt auf seinem Sessel und löffelt Hühnerfleischbrocken aus einer Schüssel. Der Löffel in seiner Hand zittert so stark, dass der größte Teil der Brühe auf seinem Schoß landet und nur das weiße Fleisch seine Lippen erreicht. Wieder und wieder, so langsam, wie man sich es eben vorstellen kann. Er braucht lange, um nur einen Löffel hineinzubekommen, und dann kaut und kaut und kaut er, die schweren Wangen arbeiten, um jeden Bissen zu zerkleinern. Ich wundere mich, dass sich bei all dem Mahlen nicht ein paar Zähne lösen und in die Schüssel plumpsen oder in seine Kehle rutschen, um durch seinen dünnen Hals hinunter verschluckt zu werden.

Ich kann mir nicht verkneifen, sie zu beobachten. Ich sage mir, dass das Beobachten dieser Menschen mich erst in dieses Schlamassel gebracht habe, dass vorher alles gut gewesen sei, aber in Wahrheit kann ich mich an ein »Vorher« gar nicht mehr erinnern. Oder besser gesagt, es gibt zu viele »Vorhers« zu bedenken.

Zwei Stockwerke unter dem alten Mann sitzt Chloe auf dem Sofa, den Laptop vor sich, und tippt manisch. Ich frage mich, ob sie wieder eine Flucht plant, eine, die sie dann auch wirklich in die Tat umsetzt. Ich frage mich, was sie über das Geschehene denkt. Ob es ihr überhaupt etwas ausmacht. Menschen können sich nur mit einer begrenzten Menge an Informationen beschäftigen. Es kann einem nicht alles etwas ausmachen. Nicht alle Opfer können »echte Menschen« sein. In der Wohnung scheint sich außer ihr niemand aufzuhalten, allerdings könnte ihre Mum auch mit einem verbundenen Arm zusammengerollt in ihrem Zimmer liegen, oder so.

Ich fingere an dem Klebestreifen herum, der den Verband um meinen Arm zusammenhält. Wir verletzen einander, wir verletzen uns selbst. Der Schmerz ist der gleiche.

Das neue Paar in South Tower B, zweiter Stock, Wohnung eins arbeitet schnell. Sie sind erst gestern angekommen (oder war es der Tag davor?), haben aber bereits alles so umgestellt, wie die Frau es möchte, obwohl sie die meiste Zeit damit verbringen, jede Oberfläche der Wohnung einzuweihen. Die Frau scheint die Position des Bettes akzeptiert zu haben, auch wenn sie dem Fernseher im Schlafzimmer bei jedem Vorübergehen einen finsteren Blick zuwirft, als glaubte sie, die Regierung könnte sie durch den Bildschirm beobachten.

Adam sehe ich nicht bei meinen Wanderungen vom Wohnzimmer ins Schlafzimmer und auf den Balkon.

Der alte Mann verschluckt sich, und zuerst reagiere ich überhaupt nicht darauf. Es erscheint mir wie ein Film oder eine Fernsehsendung, die sich vor mir abspielt. Sie, die Menschen in den Fenstern, sind nicht real, sondern lediglich Diashows, die ich mir zum Zeitvertreib anschaue. Der alte Mann greift sich mit beiden Händen an den Hals, seine Augen quellen aus ihren Höhlen, weiß und blutunterlaufen, aber ich rege mich nicht. Ich sitze gegen das Fenster gelehnt und warte auf die nächste Szene. Der Mund ist nun geöffnet, der Kopf schüttelt von Seite zu

Seite. Schön und gut, aber so bekommt man kein Essen heraus. Er beginnt, sich mit schwacher Faust in den Bauch zu boxen, aber auch das ist nicht richtig. Es erinnert mich an ein Schaubild, das ich einst gesehen habe, auf dem beschrieben war, wie man einer Person hilft, die am Ersticken ist. Der alte Mann muss aufstehen und mit Schwung gegen die Kommode oder gegen die Theke laufen, die die Küche vom Wohnzimmer trennt.

Er wird ebenfalls sterben. Hier und jetzt. Wer auch immer ihn dort drüben sieht, wie er die ganze Zeit allein in jener Wohnung ist, weiß das. Einen anderen Ausgang kann diese Geschichte nicht nehmen. Ein alter Mann, der alleine lebt, natürlich wird er dort sterben. Wahrscheinlich wird er tagelang tot sein, ehe ihn jemand findet.

Der Gestank wird den Hinweis liefern. Dieser Geruch verlangt Aufmerksamkeit.

Ich keuche, greife mir an den Hals, meine Lungen blähen sich auf, als tauchte ich aus Wasser auf. Ich rappele mich hoch, renne aus der Wohnung und jage die Treppen hinunter. Ich nehme immer zwei Stufen auf einmal, springe auf jeden Absatz, mit hämmerndem Herzen und ein und aus rauschendem Atem.

Ich stürme aus meinem Gebäude und renne zu South Tower A. Ich ruckele an der Haustür, aber sie ist verschlossen, also beginne ich, wahllos auf die Klingeln aller Wohnungen zu drücken, aber es ist mitten am Tag, mitten an einem wunderschönen Tag, und niemand ist zu Hause. Ich trete einen Schritt zurück und blicke zum offenen Fenster im zweiten Stock, Wohnung drei hinauf.

Ich mache den Mund auf, und die Luft entweicht in einer Lautexplosion. »CHLOE!«

Ich umfasse meinen Bauch und lasse das Geräusch erneut heraus. »CHLOE!«

Der Klang meiner Stimme klingt fremd in meinen Ohren, fühlt sich ungewohnt auf meiner Zunge an.

Ihr Kopf taucht aus dem Fenster auf, ihre Augen verengen sich und gehen dann weit auf, als sie sieht, dass ich es bin. Ich gestikuliere hektisch in Richtung Tür. »Karte!«

Chloe wirft sie nicht für mich herunter, wie sie und Matt es für den Dad tun. Stattdessen verschwindet sie in der Wohnung, und mir bleibt nichts anderes übrig, als auf dem Asphalt Kreise zu drehen, auf der Suche nach irgendjemandem mit einem Mobiltelefon oder Zugang zum Gebäude, und ich denke, dass der alte Mann längst tot sein muss. Ich drücke erneut auf alle Klingeln neben der Tür und bete darum, dass irgendjemand mich über den Sommer hineinlässt, ohne es vorher besprechen zu wollen.

Chloe taucht auf und öffnet mir die Tür. Ich dränge mich an ihr vorbei, schubse sie gegen die Wand und haste die Treppen hinauf, keuchend und das Geländer benutzend, um mich die vier Stockwerke hinaufzuziehen, während Chloe mir folgt. Sie fragt, was los sei und was passiert sei und was ich tue, aber ich kann keine ihrer Fragen beantworten und gleichzeitig genügend Luft in meinen Lungen halten, um all diese Stufen zu schaffen.

Wir erreichen die Tür des alten Mannes, und sie ist nicht verschlossen, sondern öffnet sich weit, als ich am Türknauf drehe, sodass Chloe und ich in die Wohnung stürzen.

»Ach du Scheiße«, ruft sie und schlägt sich die Hand vor den Mund.

»RUF AN!«, schreie ich und laufe ins Zimmer hinein.

Der alte Mann liegt mit dem Gesicht nach unten auf dem Fußboden vor dem Fernseher. Er bewegt sich nicht, und als ich ihn auf den Rücken drehe, sehe ich, dass er nicht atmet. Sein Gesicht ist bläulich verfärbt, und er hat die Augen zusammengepresst, als wollte er nicht sehen, was ihm als Nächstes bevorsteht. Die Hände umfassen noch immer seinen Hals.

Ich weiß nicht, was ich tun soll. Ich weiß nicht, ob ich versuchen sollte, ihn aufzustützen und mich hinter ihn zu begeben, um die Maßnahme von jenem Schaubild durchzuführen, oder ob es dafür zu spät ist. Chloe ist am Telefon, brüllt die Adresse und die Nummer der Wohnung hinein und sagt ihnen, sie sollen sich beeilen, und ich muss irgendetwas anderes tun, als hier zu sitzen und darüber nachzudenken, was ich tun soll.

Ich lege eine Faust über die andere auf seine Brust und beginne mit einer Herzmassage, drücke seine Brust nach unten und lasse sie ansteigen, drücke sie nach unten und lasse sie ansteigen. Als einzigen Anhaltspunkt habe ich das, was ich im Fernsehen gesehen habe, und ich bin mir nicht sicher, ob ich mehr Schaden anrichte, als helfe.

»Solltest du nicht Mund-zu-Mund-Beatmung machen?«, fragt Chloe mit einem Blick in sein blauweißes Gesicht.

»Erstickt.«

Sie liest die Anweisungen auf ihrem Telefon und ruft sie mir zu: »Du solltest schauen, ob du das Essen in seinem Mund sehen kannst«, und: »Hier steht, man solle der Person auf den Rücken klopfen, sollen wir versuchen, ihn hochzuheben?« Aber ich verstärke bloß den Druck, presse fest auf seine schwammige Brust, denke, wenn ich nur das Blut am Pumpen halten kann, wenn meine Fäuste nur noch für einen kleinen Augenblick sein Herz sein können, dann werden die Fachleute kommen und es in Ordnung bringen. Ich spüre die Tränen in meinem Gesicht. Sie lassen meine Sicht verschwimmen, aber ich halte nicht inne, um sie fortzuwischen. Mein gesamter Körper steckt in jeder Bewegung, hinunterdrücken und loslassen, drücken und loslassen, drücken und loslassen.

Ein Mensch braucht gar nicht lange zum Sterben.

Als die Sanitäterinnen und Sanitäter ankommen (es fühlt sich an, als wären Stunden vergangen), hat sich nichts verändert. Ich habe nicht aufgehört, aber der alte Mann liegt unverändert da. Wenn überhaupt, sieht er noch blasser aus als zuvor. Ich werde von sanften Händen zur Seite geschoben und von Chloe auf einem Sessel platziert, während sie ihm eine Maske auf das Gesicht setzen und beginnen, Sauerstoff in ihn zu pumpen und alles Nötige zu tun, womit sie andere Menschen davon überzeugen, dass alles gut werden wird.

Die Eintopfschüssel liegt umgedreht auf dem Fußboden, der Teppich ist von Brühe durchtränkt.

Sie legen ihn auf eine Trage und rollen ihn davon.

39 Die aufsteigende Morgenröte

Der Himmel hat die Farbe von Asphalt, von dreckigem Wasser, von Ruths Strickjacke und Toms Augen. Eigentlich ist es überhaupt keine Farbe.

Ich habe noch einen weiteren Tag verloren. So viel ist sicher. Ich weiß nicht, wohin sie gehen. Wie die Zeit in Gaziantep, in der jeder Tag sich wie der letzte anfühlte. Nasse Zelte unter nassem Himmel in Wintern, die nach Verzweiflung rochen. Wie Abschiebelager – welches Verbrechen hatte ich begangen, das diese Tage und Nächte voller Kälte, Hunger und Durst rechtfertigte, die ich nie vergessen kann? Wie Dünkirchen und jener schmutzige Strand, und jemand behauptet, es seien sechsundzwanzig Nächte gewesen, aber ich kann mich nur an sechs oder sieben erinnern.

In die Wohnung des alten Mannes ist nun Bewegung gekommen. Menschen gehen dort ein und aus. Sie schauen die Post durch und packen Taschen und schnuppern an dem Käse und der Milch aus dem Kühlschrank, ehe sie beides in große schwarze Mülltüten werfen. Ein Mann und eine Frau. Ich denke, der Mann könnte dem alten Mann ähnlich sehen, aber ich bin mir nicht sicher. Die Frau streicht ihm oft über den Rücken. Einfache Gesten des Trosts.

Ich sitze auf dem Fußboden an der Wand und sehe zu, wie der Himmel seine Farbe verändert, oder ich sitze auf dem Balkon im Wind, der ein bisschen zu kalt wird, um darin zu sitzen, oder ich liege im Bett und wälze meine Poe-Sammlung, oder ich kritzele pechschwarze Zeilen auf weißes Papier. Und die Zeit vergeht. Wie immer.

Ruth entdeckt mich auf dem Balkon. Sie tritt auf ihren hinaus, seufzt tief, wendet sich hierhin und dorthin und entdeckt mich schließlich, zusammengekauert mit dem kalten Fenster im Rücken. Sie produziert ein Geräusch in der Kehle, aber ich kann es nicht einordnen, und ihre Vogelaugen lassen den Blick über die Häuser und die Fenster und die Menschen darin schweifen. Er verharrt auf South Tower A.

»Verflucht ist dieses Haus«, sagt sie und schüttelt den Kopf in seine Richtung, als wünschte sie, sie könnte ihre Missbilligung in die Luft schleudern, damit sie durch alle offenen Fenster schwebt. Sie kaut auf ihrer Unterlippe und schnalzt dann mit der oberen, ehe sie hinzufügt: »Sie brauchen nicht so zu tun. Das Mädchen hat mir gesagt, dass Sie hören können. Sprechen ebenfalls.«

Ich sage nichts. Nicht, um sie eines Besseren zu belehren, sondern einfach, weil ich nichts zu sagen habe.

Sie räuspert sich, ein verärgertes Geräusch, wie meine Großmutter es von sich zu geben pflegte, wenn wir auf dem Boden herumtollten, während sie Weinblätter füllte und zusammenrollte. »Nun ja, vielleicht interessiert es Sie zu erfahren, dass der alte Mann noch lebt.« Ich wende mich ihr zu, die Augen weit aufgerissen, um mehr Informationen bittend. »Neulich ist sein Sohn mit ein paar

Sachen aus dem Gebäude gekommen, da habe ich mit ihm gesprochen. Er dankt Ihnen.« Sie nimmt mich genau in Augenschein, voller Fragen oder Beurteilungen oder all dem, was ihr durch den Kopf geht. Ich senke den Blick in meinen Schoß. »Er liegt im Koma, und man muss abwarten.«

Koma. Ein Mann in seinem Alter. Der Tod wäre barmherziger gewesen. Ich knete meine Finger und wundere mich.

»In der Moschee findet nachher eine Zeremonie statt. Für Hasan. Sie sollten bei Ihren Leuten sein.« Ich blicke Ruth an, aber sie hat sich wieder dem Haus gegenüber zugewandt. Ich habe keine Leute. »Dieser gesamte Wohnblock ist verflucht.«

In dicke Pullover gehüllt, als würden sie mich vor irgendetwas beschützen oder mich vielleicht unsichtbar machen, laufe ich über den Hof. Es ist ruhig, die kleinen Büsche und Hecken beginnen abzusterben. Ein weiterer Marsch durch das Ende des Sommers und in den Herbst und voran in einen weiteren langen Winter. Vor dem East Tower bleibe ich stehen und sehe hinauf zum dritten Stock, Wohnung zwei. Mann-ohne-Licht hat Kein-Licht-An. Soweit ich sehen kann, ist die Wohnung düster und kalt. Ich frage mich, wo er ist, was er macht, was ich alles verloren habe.

Es erscheint mir nahezu unmöglich, dass ich noch immer etwas verlieren kann.

Ich gehe weiter, über den Hof und hinaus auf die Straße. Die Straße hinunter, fort vom Park, tragen meine Füße mich zu Hasan's. Während der Tage, die ich verloren habe, versuchte mein Geist immer wieder, mich davon zu überzeugen, dass es nicht real war, dass jene Nacht nicht geschehen ist. Es war alles ein schrecklicher Traum, den mein Geist mit seinen Sümpfen und dunklen Winkeln heraufbeschworen hat. Nichts davon ist geschehen. Stress und Verwirrung und Sorge haben ihn erschaffen, mehr nicht.

Der Laden ist geschlossen. Das Maqbool-Schild ist ausgeschaltet, die Tür verriegelt. Ich bleibe stehen und lese die Mitteilung, die von innen an die Scheibe geklebt ist.

Wir beklagen den Tod eines großen Mannes. Hasan Siddiqui war ein geschätztes Mitglied unserer Gemeinde. Er beteiligte sich rege an den Aktivitäten der Moschee und war stets hilfsbereit. Er behandelte uns wie seine Familie, und wir sind sehr traurig, ihn an diesen sinnlosen Akt der Gewalt verloren zu haben.

Am Mittwoch direkt nach dem Nachmittagsgebet (ca. 18 Uhr) werden wir in der Moschee eine von Imam Abdulrahman geleitete Zeremonie abhalten. Alle Freundinnen und Freunde der Gemeinde sind dazu eingeladen.

Nebenan hängen Lichterketten in den schwarzen Eisentoren – blinkende blaue, weiße und gelbe Lichter. Auf einem Banner steht »Willkommen«, aber es lehnt hinten an einer Wand, statt für alle sichtbar aufgehängt zu sein. Menschen laufen im Hof herum und warten auf das Ende der Gebete. Vor dem Tor stehend höre ich ihr Geflüster und ihre Gespräche.

»Ich kann immer noch nicht glauben, dass so etwas hier geschehen ist.«

»Er hat nie jemandem etwas getan.«

»Das ist nicht richtig.«

»Daran sind nur die Politiker schuld. Die bringen uns dazu, einander zu hassen.«

»Das ist nur der Anfang.«

»Ja, scheint so.«

Mitglieder der Gemeinde sind da – alte Mütter und Väter und Tantchen und Onkel und Großmütter und Großväter in ihren Trauerfarben. Kinder jagen einander über den Hof, kreischen vor Lachen, bis einer der Erwachsenen sie schnappt und ihnen die Ohren langzieht. Es sind auch Nicht-Mitglieder anwesend. Neugierige Studierende, Mums und Dads mit Babys im Arm, Inhaberinnen und Inhaber von Geschäften aus demselben Block und mit derselben Kundschaft. Ich sehe den Roten Riesen aus der Buchhandlung. Er steht mit vor der Brust verschränkten Armen da und wirkt unbehaglich und allein. Alle schieben sich kopfschüttelnd über den Hof und blicken nervös um sich, als stünde eine weitere Katastrophe kurz bevor.

Nirgends ist es sicher.

Nach dem Gebet tritt Imam Adulrahman hinaus auf die Stufen unter dem Torbogen und den riesengroßen Buchstaben, die الله verkünden, und lächelt breit. Er streckt die Arme aus und sagt: »Kommen Sie bitte alle herein. Sie sind willkommen.«

Bei seinen Worten fängt es an zu regnen, heftig und unangekündigt, und wir bewegen uns wie eine einzige Masse vorwärts. Einige Gemeindemitglieder murmeln mit einem Blick in den Himmel »*Allahu Akbar*«, während einige Nicht-Mitglieder davondrifteten. Aber die meisten von uns schlurfen nach drinnen, still und mit gesenktem Kopf, wenn wir die Schwelle überschreiten.

In der Moschee ist es warm und trocken, und auf einmal weitet sich meine Brust, als wollte sich etwas befreien. Tränen sammeln sich in meinen Augen. Ich kann nicht atmen, und zugleich bin ich übervoll. Der Fußboden ist mit blauen, weißen und grauen Teppichen bedeckt. An den Wänden stehen aufgerollte Gebetsteppiche und Koranständer mit aufgeklappten Koranen. Männer und Frauen knien im Anschluss an ihre Gebete mit erhobenen Händen, die Handflächen auf ihre Gesichter gerichtet. Die Wände sind ungeschmückt, aber die Scheiben der hohen Fenster bestehen aus Buntglas. Ein tiefes Königsblau, wie in der Moschee in Istanbul, in die Baba uns einmal mitnahm, als wir noch ganz klein waren. Blumen mit fünf oder sieben Blütenblättern, eine in jedem Fenster, säumen den Raum. In der Mitte sind sie dunkelblau, dann wird der Farbton immer heller, bis hin zu den weißen Spitzen.

Mehr und mehr Menschen strömen herein. Die weißen, die nicht-muslimischen Menschen, Menschen von der Straße, drängen sich durch die Tür und füllen den riesigen Raum. Er sieht größer aus, als er ist, als wäre sein Äußeres eine optische Täuschung. Es scheint, als könnte Imam Abdulrahman die ganze Welt hier aufnehmen. Ich bewege mich mit der Menge an der Reihe von Gebetsteppichen vorbei bis zur gegenüberliegenden Wand, wo ich mich auf den Boden sinken lasse. Der Imam steht auf seiner Kanzel, ein leichtes Lächeln auf den Lippen. Gelegentlich nickt er jemandem zu, den er kennt, oder lädt alle mit einer Handbewegung ein, sich zu setzen. Nacheinander lassen die Menschen sich auf dem Boden nieder, im Schneidersitz oder auf den Knien oder an die Wand oder aneinander gelehnt.

Man hört Murmeln und Husten und Schlurfen und

Klimpern von Kettenhenkeln und Schlüsselanhängern, bis schließlich alle sitzen und ihre Gesichter dem Imam zuwenden.

»Wir beginnen mit einer Rezitation«, sagt er und dreht sich zu dem Mann an seiner linken Seite um.

Ihn habe ich noch nie zuvor gesehen. Ein junger Mann in grauen Hosen und einem dunkelblauen Hemd, eine schwarz-weiß karierte *Kufiya* um die Schultern drapiert, sitzt vor einem Holzständer, auf dem ein massiver Koran liegt. Vor ihm ist ein Mikrofon aufgestellt, aber er braucht es nicht, und niemand schaltet es ein.

Seine Stimme erklingt rein und hell und ruhig. Er rezitiert *al-Fatiha*, und ein großer Teil der Gemeinde spricht leise mit. Meine eigene Rezitation findet in meiner Brust statt. Er fährt mit dreimal hintereinander *al-Ichlas* fort, ein Segen für Hasan. Schließlich rezitiert er *al-Falaq*. Diese letzte Sure zieht er in die Länge. Seine Aussprache ist perfekt. Es ist eine arabische Stimme, die arabische Worte in ihrer Muttersprache vorträgt. Er könnte aus Aleppo stammen, so exakt klingen die Silben und Akzente seiner Worte.

»Sag, ich suche Zuflucht beim Herrn der Morgenröte,
Vor dem Bösen, das Er erschaffen hat,
Und vor dem Bösen der sich ausbreitenden Dunkelheit,
Und vor dem Bösen jener, die in die Knoten blasen,
Und vor dem Bösen eines Neiders, wenn er neidet.«

Ich weine – und selbst dabei mache ich kein Geräusch – mit den Händen vor dem Gesicht, während Worte, die ich seit Jahren, seit Ewigkeiten nicht mehr gehört habe, über mich hinwegtosen.

Für gläubige Musliminnen und Muslime ist der Koran das Wort Gottes, unverwässert und unverfälscht. Er ist das Wunder, das jenen Menschen gesandt wurde, die Göttlichkeit in der Sprache fanden, die die Wirkung der Redekunst bewunderten, die Worte als Zeichen von Macht begriffen. Wie bei Moses mit seiner Magie und Jesus mit seiner heilenden Hand, braucht es oftmals ein Wunder, um die Menschen zum Glauben zu bringen. Diese Verse aus dem Mund eines kaum lesekundigen Händlers zu vernehmen musste erstaunlich gewesen sein, ein eindeutiger Hinweis auf eine Kommunikation mit dem Göttlichen. Und auch wenn etwa zehn Jahre verstrichen, ehe jemand sich die Mühe machte, sie aufzuschreiben, und trotz der menschlichen Fehlbarkeit, werden sie als unverfälschtes Wort Gottes verstanden.

Ich glaube nicht mehr an viel, aber die Verse sind wunderschön und beruhigend, und das Unbehagen in meiner Brust löst sich mit jedem Ansteigen und Abfallen seiner Intonation etwas mehr.

Als er fertig ist, herrscht in der Moschee Schweigen. Ich hebe den Kopf und nehme verschwommen die andächtigen Gesichter um mich wahr. Weiß, braun, schwarz, mit geraden und knolligen Nasen, lockigem und glattem Haar, bedeckt und enthüllt, verschwimmen sie alle zu einer Masse aus lebenden, atmenden Wesen. Der Imam wechselt leise ein Wort mit dem jungen Mann, legt ihm eine Hand auf die Schulter, dankt ihm und neigt wiederholt den Kopf. Nachdem die Zeremonie der Dankbarkeit beendet ist, tritt der junge Mann von dem erhöhten Bereich herunter und setzt sich zu uns.

Imam Abdulrahman benötigt ebenfalls kein Mikrofon.

»Herzlich willkommen, allerseits«, sagt er und katapultiert seine dröhnende Predigerstimme in seinem Englisch mit dem starken Akzent über uns alle hinweg. »Ich danke Ihnen, dass Sie gekommen sind, um an einen wundervollen Mann und Freund von uns allen zu erinnern. Viele späte Abende habe ich mit Hasan in seinem Laden verbracht, wenn er ihn noch ein klein wenig länger geöffnet halten wollte, für den Fall, dass irgendjemand Milch oder Brot oder Zucker oder Tee brauchte. Es ist ein schrecklicher Verlust für uns alle. Einige haben mich danach gefragt, und ich kann Ihnen sagen, dass Hasan mit seiner Familie auf dem Weg nach Hause ist. Seine Familie bittet mich, Ihnen mitzuteilen, wie dankbar sie für Ihre Gedanken und Gebete in dieser schweren Zeit ist. Wir alle sind über diese Tat schockiert. Wir befürworten keinerlei Gewalt, und wir haben diese Aggression nicht verdient. Dies sind schlechte Zeiten, Freundinnen und Freunde.« Die dunklen, glänzenden Augen des Imams nehmen uns alle nacheinander in den Blick. »Es gibt zu viel Hass, zu viel Wut, zu viel Ignoranz. Dies ist nicht der Weg Allahs. Es ist nicht der Weg Abrahams oder Moses' oder Jesus' oder des Buddhas oder irgendeines indischen Gottes. Glauben Sie, Jesus wäre mit der Ermordung eines unschuldigen Mannes einverstanden gewesen? Eines Mannes, dessen einziges Verbrechen darin besteht, uns zu viele ausgezeichnete Süßigkeiten zu verkaufen?«

Ein glucksendes Lachen geht durch die Menge, zögerlich und leise, wie eine Brise oder ein Wispern des Windes. Ich sehe mich nach all diesen Menschen um, alle saugen sie die Worte des Imams auf. Adam steht mit verschränkten Armen und gesenktem Blick an der Tür. Mein Herz klopft wild in meiner Brust. Ich kann sein Gesicht nicht deuten. Es ist ebenfalls still, wie die Menschen. Nicht glücklich. Nicht traurig. Bloß anwesend.

»Kein Gott, an den Sie glauben, wird damit einverstanden sein. Man muss andere so behandeln, wie man selbst behandelt werden möchte. Mehr nicht. So einfach ist es.« Er scheint uns alle nacheinander einzeln zu begutachten. »Nichts anderes zählt. Das lehren uns die großen Religionen der Welt. Der Koran sagt mehrmals: *Ihr habt diese Botschaft bereits empfangen!* Wieder und wieder sagt Allah, dies sei dieselbe Wahrheit, die allen Propheten vor Mohammed gegeben wurde, Friede sei mit ihm.« Ein Sprechchor aus »Friede sei mit ihm« bewegt sich durch die Gemeinde, und die Nicht-Mitglieder blicken sich um und murmeln einander zu, ehe sie sich wieder nach vorn wenden.

»Wir sind ein Wesen. Wir alle. Wir sind alle gleich. Und unsere Religionen sind nichts anderes als Sprachen. Sie sprechen Englisch, ich spreche Punjabi, er spricht Französisch, sie spricht Japanisch oder Chinesisch, aber wir alle sagen dasselbe. Diese Religionen sind Worte, sind bloß eine Sprache. Juden, Christen, Hindus, Buddhisten, wir alle sagen dasselbe. Ihre Menschlichkeit und meine Menschlichkeit sind dasselbe. Wir stammen von einem Wesen ab, sind gleichermaßen wertvoll. Alle Menschen sind gleich.«

Als der Imam fertig ist, herrscht Schweigen, dann bricht ein leichter Applaus aus, ein Sprechchor skandiert *Ameen*, und die Älteren stöhnen beim Aufstehen. Imam Abdulrahman neigt den Kopf, eine Hand auf der Brust, und lädt alle zu einem Buffet unter den Zelten und Baldachinen draußen im Hof ein. Adam dreht sich um und geht. Es würde ihm ähnlich sehen, mit den anderen im Hof zu stehen, mitzufühlen und zu trösten und allen von seinen Plänen zu berichten, durch das ganze Land zu marschieren, vielleicht auch durch die ganze Welt.

Ich kann ihm nicht in die Augen sehen, also bleibe ich, wo ich bin, an die Wand gelehnt, die Augen geschlossen, und warte darauf, wieder allein zu sein.

Ich denke darüber nach, was der Imam gesagt hat, über Religion und Sprache und darüber, dass wir alle gleich sind. Aber wenn alle Religionen gleich sind, weshalb sind sie dann überhaupt aufgekommen? Wieso ist nicht einfach eine entstanden, und das war es? Wozu die Reformer und Teilungen und Sekten und Schismen? Ich begreife den Sinn hinter all dem nicht. Als einziger Erklärungsansatz fällt mir ein, dass wir nicht nach Seinem Bild geschaffen wurden, sondern uns stattdessen selbst in den Himmel projiziert haben. Auf der Suche nach Sicherheit, nach Anreizen für Moral, nach einem Sinn, haben wir uns zu allen möglichen Verrenkungen des Glaubens verbogen. In unseren Versuchen, zu begreifen, was wir nicht begreifen können, haben wir uns all diese Sprachen ausgedacht, mit denen wir aufeinander einschlagen.

Neben meinem Kopf klopft es an die Wand. Und ich blicke in die freundlichen, traurigen Augen des Imams. Er ist wirklich in Trauer. Nicht die Trauer eines religiösen Anführers für einen aus seiner Gemeinde, sondern die Trauer eines Freundes. Die Falten in seinem Gesicht sind tiefer als sonst. Über seinen hageren Wangen zeigen sich dunkle Halbmonde, und seine Gesichtszüge drücken Sorge aus.

»*Salam*«, sagt er und neigt erneut den Kopf.

Ja, Sie kommen in Frieden, denke ich und nicke zurück.

»Sie haben sich erholt?«

Vor Schreck muss ich lachen. Kann man sich denn überhaupt erholen? Wenn das Leben nichts anderes ist als sich anhäufendes, wiederholtes Trauma – durstig, hungrig, kalt, arm, schwach, heiß, krank, geschlagen, verletzt, gebrochene Knochen, Blut, Blut, Blut –, kann man sich davon jemals erholen?

»Jener Abend war schwer für Sie«, stellt er fest. »Es tut mir leid, dass Sie das mit ansehen mussten, aber ich danke Ihnen, dass Sie es der Polizei erzählt haben. Nun werden diese Männer womöglich niemanden mehr verletzen.«

Ich schüttele den Kopf. Ich verdiene keinen Dank.

»Wir sollten sie bedauern. Wir sollten für ihre Seelen beten.« Er blickt auf seine kleine Kanzel, als würde er in Gedanken seine nächste Predigt vorbereiten. Dann wendet er sich wieder mir zu und blickt mich mit seinen Augen wie schwarze Steine an. »Sie haben Angst.«

Ich nicke und kaue auf meiner Unterlippe herum.

»Ich denke, Sie sind aus denselben Gründen wie ich in dieses Land gekommen. Auf der Suche nach Schutz, nach Sicherheit. Das war unser großer Fehler, wissen Sie?«, fährt er mit einem kleinen Lächeln fort, als würde er ein Geheimnis mit mir teilen. »Es gibt keine Sicherheit. Es hat keinen Zweck, hier oder dort oder irgendwo nach ihr zu suchen.« Seine Hände weisen auf die Moschee, die Stadt, das Land, die Welt. »Sicherheit werden Sie später bekommen. Viel später, so Allah will. Sie werden sie im Leben nach dem Tod finden.«

Ich wende meinen Blick ab, aber er spricht weiter, als hätte er vergessen, dass ich, soweit er weiß, taub bin, oder vielleicht macht es auch keinen Unterschied, und er befindet sich im Autopiloten, und wenn er einmal auf diese Weise angefangen hat, kann er nicht anders, als es bis zum Ende durchzuziehen. Ist wohl das Berufsrisiko eines religiösen Anführers.

»Im Paradies wird es Ihnen an nichts fehlen. Dort werden Sie Trost finden. All Ihre Lieben werden da sein, um Sie willkommen zu heißen. Es wird keinen Schmerz, keinen Schrecken, keinen Zweifel geben. Daher ist unsere Angst hier nutzlos, verstehen Sie? Sie haben vieles überlebt. Das sehe ich in Ihren Augen. Und Sie haben sich immer weiterbewegt. Dennoch könnten Sie morgen vom Blitz getroffen oder von einem Bus erfasst werden.« Er schüttelt den Kopf. »Von einer Glasscherbe. Sicherheit gibt es nur im Paradies.«

Ich blicke ihm erneut ins Gesicht, auf die blendende Gewissheit darin. Woher kommt diese Gewissheit? Hat man ihm die in der Imamausbildung beigebracht? Wie kann er so hoffnungsvoll sein?

»Der Untergrund dort ist fest«, sagt er. »Sehr fest.«

In South Tower A, zweiter Stock, Wohnung drei herrscht Bewegung. Helen läuft durch die Küche. Es ist nicht ihr übliches gedankenloses Huschen, heute ist sie voller Tatendrang. Neben ihr steht eine große geöffnete Kiste, in die sie Sachen packt: Konservendosen, Utensilien, Becher, die sie in Zeitungspapier wickelt. Im Wohnzimmer liegt ein aufgeklappter Koffer voller Kleidung und Schuhe und Bücher. In Chloes Zimmer liegt ein weiterer offener Koffer auf dem Bett, und Chloe wirft eilig noch mehr Kleider und Schuhe und Sachen hinein. Make-up-Paletten, Elektrogeräte, ein Lockenstab, kleine Perlenketten und Armbänder, alles wird wahllos in den Koffer geschmissen. An der Tür steht die vollgepackte Reisetasche mit geschlossenem Reißverschluss. Chloe dreht sich auf der Stelle um und sieht mich. Sie erstarrt in der Bewegung, tritt dann zwei Schritte nach vorn und hebt schließlich die Hand zu einem kleinen Winken, ein schüchternes Lächeln im Gesicht. Ich erhebe ebenfalls die Hand, auch wenn ich ein Lächeln nicht recht zustande bekomme. Sie formt mit dem Mund Worte, aber ich bin nicht so gut im Lippenlesen, wie die Leute anscheinend glauben, also schüttele ich achselzuckend den Kopf. Sie hält einen Finger hoch und dreht sich zu ihrem Schreibtisch um. Sie wühlt herum, kramt zwischen Stiften und Bleistiften und Mappen und Klebeband, räumt die Schubladen leer, bis sie findet, wonach sie gesucht hat. Mit einem großen Notizblock und einem schwarzen Filzstift kehrt sie zum Fenster zurück und schreibt mit gesenktem Kopf etwas darauf, wobei ihr die langen Strähnen ihres Haars vor das Gesicht fallen.

WIR GEHEN! MUM VERLÄSST IHN!

Sie presst das Papier gegen die Scheibe, wippt auf den Füßen, und ein breites Lächeln erscheint auf ihrem Gesicht. Ich recke den Daumen und schaffe es, die Geste mit einem knappen Grinsen zu begleiten. Sie sieht es allerdings nicht, weil sie bereits weiterschreibt.

SIE MEINT, ES SEI ZU GEFÄHRLICH, UND WIR MÜSSTEN JETZT GEHEN. SIE SAGT DAD NICHTS, HINTERLÄSST IHM NICHT EINMAL EINE NACHRICHT! MATT IST SCHON ZU MEINEN ONKELN IN

MANCHESTER GEFAHREN, ABER MUM UND ICH FAHREN HOCH NACH BERWICK. DA IST ES SUPER.

Ich nicke, um anzuzeigen, dass ich sie verstehe, und hebe erneut den Daumen. Sie wippt noch ein paar Mal, blickt auf den Block, als könnte sie noch mehr zu sagen haben, entscheidet sich aber dagegen. Ein weiteres Winken, dann eilt sie ins Nachbarzimmer, um ihrer Mum zu helfen.

Ich sehe zu, wie sie alles einpacken, und freue mich, dass Helen ihm nicht viel dalässt: Sie nimmt Handtücher und Bettlaken und Decken und Bücher und Toilettenartikel aus dem Badezimmer und Plastikblumen und Vasen aus dem Wohnzimmer und die Fotoalben – all die Kleinigkeiten, die ein Leben ausmachen. Chloe trägt die Sachen aus der Wohnung und müht sich ab, sie über den Hof bis zum Parkplatz zu schleppen. Der alleinstehende Dad und seine Kinder sind wieder da, und sie unterbrechen ihr Fangenspiel, um ihr zu helfen – die Jungen wollen Chloe zeigen, wie stark sie sind, und streiten sich darüber, wer die Reisetasche tragen darf, bis ihr Dad ihnen sagt, sie sollen aufhören, die Tasche selbst nimmt und davonträgt. Als Chloe mit einer großen Kiste kämpft, kommt Adam ihr zu Hilfe. Ich setze mich auf und beuge mich vor, um mein Gesicht gegen das kühle Eisen des Balkongeländers zu pressen. Er ist viel größer als sie und nimmt ihr die Kiste ab, dann bückt er sich, um zu hören, was sie ihm erzählt. Er nickt mehrmals, und dann bringt ein breites Lächeln sein Gesicht so zum Strahlen, dass man die geschundenen Wangen und Lippen oder die noch immer leicht geschwollenen Augen fast nicht mehr sehen kann. Er strahlt vor purer Freude, lacht über etwas, das Chloe sagt, hebt die Kiste noch ein wenig weiter an und läuft mit ihr zum Parkplatz. Chloe kehrt allein zurück und geht in die Wohnung hinauf, um noch mehr Sachen zu holen.

Als sie fertig sind, bleiben sie im Hof stehen und blicken hinauf. Helen hat einen Arm um ihre Tochter geschlungen, Chloe legt ihren Kopf an den ihrer Mutter. Was einst ihr Zuhause war, ist nun dunkel und still und ungefährlich. In ein paar Wochen oder womöglich Monaten werden neue Mieterinnen und Mieter einziehen – vielleicht eine Familie, die die Räume mit Glück erfüllen wird, vielleicht ein weiteres junges Ehepaar, das andauernd in jedem Zimmer Sex haben wird, vielleicht ein Junggeselle, der laute Partys mit vielen lauten Männern feiert. Sie werden die Wohnung mit ihren Erfahrungen füllen und nicht wissen, was zuvor darin geschah. Zimmer behalten das Grauen, das in ihnen geschehen ist, nicht. Das ist alberner Aberglaube. Es gibt dort keinen anhaltenden Schrecken, keine Überreste von Panik, keine Wolken voller Groll.

Diese Erinnerungen tragen wir in uns selbst, in unseren Herzen und Köpfen.

40 Où est la frontière?

Guten Tag,

*im Anhang finden Sie meine Kurzgeschichte mit dem Titel
»Süßer Tau«, die ich hiermit für den Short Fiction Award ein-
reiche. Sie umfasst knapp über 3000 Wörter.*

*Über mich: Ich bin eine sechsundzwanzigjährige syrische Ge-
flüchtete, die in England Asyl gewährt bekommen hat. Ich
habe dieses Land nach einer langen und beschwerlichen Reise
erreicht. »Süßer Tau« mag ein fiktionalisierter Bericht über
einen Teil dieser Tortur sein, aber er schildert die Realität, mit
der viele von uns, die auf dieser Reise waren oder sind, konfrontiert werden.*

*Ich studiere Politikwissenschaften. Meine Texte sind in der
Zeitschrift The New Press unter dem Pseudonym »Die Sprachlose« erschienen.*

Ich lese die E-Mail zwei, drei, vier, unzählige Male.

Ich lese sie laut, nur um sicherzugehen, dass der Tag
mit Chloe kein Glückstreffer war. Meine Stimme ist rau
und viel zu laut in meinem kleinen Wohnzimmer. Es ist
anstrengend, die einzelnen Silben und die Luft hinaus-
zupressen, aber ich versuche es. Ich versuche es immer
weiter, bis Wörter und dann ganze Sätze herauskommen.

Ich massiere meinen Hals und lese die E-Mail wieder und wieder. Zuerst ist es die Stimme meiner Großmutter, müde und eingerostet nach Jahren des Wasserpfeiferauchens. Dann ist es die Stimme meiner Mutter, kräftig und hoch, wie wenn sie uns als Kinder anschrie, wir sollten zusammenbleiben, immer zusammenbleiben. Auf meinem Schreibtisch liegen meine ausgedruckten Artikel, und ich lese auch sie, schmecke die vertrauten Worte auf einer Zunge, die es nicht gewohnt ist, sie zu produzieren. Ich lese »Stille«, brülle die Zeilen an die Decke und stelle mir vor, wie Poe mit einem Lächeln im Gesicht an meiner Wand lehnt.

An meinem Laptop lösche ich einzelne Wörter aus der E-Mail und ersetze sie durch andere, lese auch diese Wörter laut vor. Neben dem Dokument mit der Erzählung, die ich so oft gelesen und redigiert habe, bis ich sie nicht mehr sehen kann, hänge ich die Quittung an, die belegt, dass ich ihnen Geld dafür bezahlt habe, meine Geschichte zu lesen. Ich beende die E-Mail mit »Herzliche Grüße«, dann »Beste Grüße«, dann »Herzlich«, dann füge ich die »Grüße« wieder hinzu.

Ich verwende meinen Namen.

Und ich setze Josie ins CC.

Der Sommer ist vorbei, und es fühlt sich an, als wäre der Winter bereits eingetroffen. Es scheint keinen nennenswerten Herbst zu geben. Die Sonne hat sich seit Tagen nicht mehr blicken lassen. Nur Regen und Wind und dunkler Himmel, und Hasan's bleibt geschlossen. Ich hörte die Leute an jenem Tag im Hof der Moschee einen Laden wie unseren erwähnen, der zwanzig Minuten zu Fuß entfernt sei und von einem Cousin zweiten oder dritten Grades von Hasan geführt werde, also gehen nun einige von uns dorthin, um unser Brot, unsere Milch, unseren Orangendrink und unseren Käse zu kaufen.

Josie ist zufrieden mit mir. Sie hat mir eine lange E-Mail geschickt, in der sie schreibt, als würden wir uns gerade erst kennenlernen, als würden wir ganz von vorn beginnen. Sie sagt, sie wolle sich gern persönlich mit mir treffen. Sie lädt mich nach London ein oder bietet an, dort hinzukommen, wo auch immer ich sei. Ihr Tonfall ist aufgedreht und übersprudelnd, und sie bittet mich um weitere Texte und fragt, ob ich nicht darüber nachdächte, ein Buch zu schreiben, meint, ich solle es wirklich in Betracht ziehen, und sie kenne Leute im Verlagswesen, die an solch einer Geschichte interessiert wären.

Es ist überwältigend, und ich weiß nicht, wie ich mich fühlen soll.

Ich kann nicht ändern, was mit Hasan geschehen ist, wie ich ihn im Stich gelassen habe. Ich kann die Zeit nicht zurückdrehen und jemandem von Matt und der Sprühfarbe berichten. Ich weiß auch nicht, ob es irgendeinen Unterschied gemacht hätte. Mister-Big-Man und seine Freunde waren gewalttätig. Die Gefahr bestand seit jenem Tag, als sie das Tor der Moschee stürmten. Spricht mich das frei? Nein. Es ändert nichts. Hasan ist fort, und seine Familie trauert, und Matt ist mit seinem Nicht-ganz-so-Bagatelldelikt davongekommen, und das Leben zerbricht einfach, und man muss es immer wieder von Neuem zusammensetzen.

Genauso wenig kann ich ändern, was mir passiert ist, was es mich gekostet hat hierherzukommen. Und falls ich meine Familie je wiedersehe, weiß ich, ich werde Baba niemals davon überzeugen können, dass es die beste Entscheidung war, die ich *für mich* treffen konnte, dass sein Schutz unnötig war in einer Welt, die in keiner Weise sicher ist. Die alten Regeln gelten nicht mehr. Vielleicht haben sie nie gegolten. Nichts hat mehr Bestand, es gibt keine Wurzeln mehr, und nun flattern wir alle nur noch lose im Wind. Auf dem größeren Boot die griechische Küste hinauf saß ein Mann neben mir, das Gesicht in den Händen, er rieb mit den Fingern über den dunklen Gebetsfleck auf seiner Stirn und sagte: *Es ist besser, allein zu sein*, und ich wusste, was er meinte. Familienverbünde aus dreißig, vierzig, fünfzig Menschen – alle wichtig, alle zum Kern gehörend –, wie kann man hoffen, sie alle beisammenzuhalten? Wie kann man sie in Sicherheit bewahren? Allein musste ich mich zumindest nicht um andere sorgen, die durchgefüttert werden mussten, musste mich nicht um Mamas Blutdruck und Großvaters Anfälligkeit für Lungenentzündungen und Onkel Samis Diabetes sorgen – während wir alle mit nichts als unseren Gebeten durch Europa liefen.

Wenn sich mit meinen Bestrebungen Geld verdienen lässt, werde ich ihnen etwas davon schicken – über Cousins und Cousinen und Freundinnen und Freunde der Familie, die auf der ganzen Welt verstreut sind und deren Online-Präsenz ich mit anonymen Fake-Accounts folge. Wenn nicht, werde ich irgendwie, auf irgendeine Weise meinen Weg gehen.

Ich finde Adam bei den Bussen, drei große, die auf dem Parkplatz hinter dem Hauptcampus der Universität stehen. Er hatte in der gesamten Wohnsiedlung Flyer verteilt. Ich entdeckte sie in Aufzügen und an die Briefkastenreihen geklebt. Sie waren im Hof, an Laternenpfählen befestigt und auf den ungemütlichen Stühlen im Waschraum hinterlegt. Am Tag der Trauerfeier sah ich sogar ein paar von ihnen auf den Tischen vor der Moschee. Sie waren fett gedruckt in Schwarz-Weiß und riefen uns alle zum Handeln auf. Adam nannte es eine »Armee der Toleranz« – und selbst hier findet sich die Sprache der Eroberung –, die bereit und gewillt sei zu zeigen, wie pluralistisch dieses Land sei und dass Rassismus und Bigotterie nicht toleriert werden. Auf der Rückseite des Flyers ist die Landkarte von England, auf der große rote Sterne anzeigen, an welchen Orten die einzelnen Märsche stattfinden. Es gibt eine Liste mit Uhrzeiten und Terminen und Treffpunkten, und falls irgendwelche von jenen nationalistischen Irren die Veranstaltung stören wollen, müssen sie sich keine große Mühe geben.

Adam hat seine Kapuze als Windschutz aufgesetzt. Er versinkt in einem langen Military-Mantel und sieht dünner aus, als ich ihn in Erinnerung habe. Mit seinen großen schwarzen Stiefeln und dem grimmigen Blick wirkt er so unbeugsam wie ein Schilfrohr. Wer ist dieser Mann, der Menschen verteidigt, zu denen er keine persönliche Beziehung hat, einfach nur, weil es das Richtige ist?

Er gestikuliert wild, schickt Leute zu unterschiedlichen Bussen und hakt eine Liste ab, die er auf einem Klemmbrett befestigt hat. An den Seiten der Busse lehnen an Stöcke genagelte Schilder und aufgerollte Plakate. Auf einigen von ihnen sehe ich Zeichnungen in Adams präzisem und eindringlichem Stil, klare Linien und sorgfältige Striche. Ein paar Menschen nehmen sich Schilder, andere haben ihre eigenen mitgebracht. Adam hatte recht, es sind viele Studierende gekommen. Junge Leute in Pullovern mit aufgedruckten Emblemen oder mit Rucksäcken oder Kappen mit dem Wappen ihrer Universität rufen und lachen und schubsen einander. Ein Riesenspaß. All diese Menschen, so aufgeregt, etwas zu tun in einer Welt, von der man ihnen sagte, sie würden sie erben, die nun jedoch immer mehr außer Kontrolle zu geraten scheint.

Unsere Blicke treffen sich, und Adam hält mitten in der Unterweisung eines jüngeren Mannes an seiner Seite inne. Er mustert mich, aber ich weiß nie, was er zu sehen hofft, weiß nicht, wonach sie überhaupt alle suchen. Ich gehe auf ihn zu, und mein Herz pocht heftig gegen meine Rippen. Ich habe es seit Tagen nicht mehr gespürt, aber nun klopft es – als fiele ihm plötzlich seine Funktion wieder ein, oder als wollte es mich einfach nur daran erinnern, dass es da ist. Das unaufhörliche Schlagen unserer Herzen. Als ich vor Adam stehen bleibe, steckt er das Klemmbrett unter den Arm und nimmt meine Hände, hält sie mit einer Hand fest, während er mit der anderen die Ärmel meiner vier Lagen aus Shirts und Pullovern hochschiebt, zuerst auf der einen, dann auf der anderen Seite. Mit kalten Fingern fährt er über die Haut meiner Arme, befühlt den Schorf auf meinen heilenden Schnitten und sucht nach neuen. Als er keine findet, entfährt ihm ein kleines Seufzen, ehe er mir wieder in die Augen blickt.

Ich habe ihm so viel zu sagen. In meiner Wohnung habe ich unsere Gespräche geübt, habe überlegt, was meine ersten Worte sein sollten. *Danke. Es tut mir leid. Bitte vergib mir. Ich hoffe, wir können immer noch Freunde sein.*

Alles klang banal und unnötig, und ich konnte mich für nichts entscheiden.

Augenblicke verstreichen, ehe er schließlich mit einem weiteren Seufzen fragt: »Kommst du mit?«

Ich nicke, und auf einmal erfüllt mich der Gedanke mit Schrecken, dass ich womöglich nur in der Einsamkeit meiner eigenen Wohnung zu sprechen vermag, wo nichts und niemand mich hören kann. Vielleicht ist das Schweigen noch immer da. Vielleicht ist dies mein neuer Normalzustand, und lässt sich das irgendwie als eine Verbesserung verstehen? Ich versuche, irgendein Geräusch zu produzieren, aber Adam hat sich bereits abgewandt.

Er greift nach einem aufgerollten Plakat und reicht es mir. »Dann steig in den da«, sagt er und weist mit dem Kinn auf den Bus, der uns am nächsten steht. Ich nehme das Plakat und zwinge meine Lippen zu etwas, das einem Lächeln ähnelt.

Ich setze mich weit nach vorne ans Fenster, das Plakat zwischen den Knien aufgestellt. In meinem Kopf blitzen Bilder von anderen Bussen auf, von anderen Protesten, von Plakaten auf Arabisch, auf denen stand, nun sei er an der Reihe. Ich denke an die Menschen, die verloren sind, zu viele, um sie zu zählen, und ob unsere Taten überhaupt irgendeine Bedeutung hatten. Firas, der Jäger, der von zu Hause weglief, weil Baba das Schwulsein nicht aus ihm hinausprügeln konnte. Khalid, der Menschen aus den Trümmern zog, als die Fassbomben fielen. Cousin Tarek, der Demonstrationen organisierte und dafür inhaftiert wurde, auf unbestimmte Zeit. Es ist schlimmer, wenn man nicht weiß, ob sie tot sind oder nicht. Mama, die klagt, wenn die eigenen Kinder sich für Politik interessieren, sei das ein schrecklicheres Schicksal als der Tod. Massaker, Unterdrückung, Ächtung; wie viele Jahre oder Jahrzehnte werden noch verstreichen, ehe es vorbei ist? Unser Blut fließt überall, unten in den Straßen von Aleppo, Damaskus, Homs, Calais, Chios, Bicske. All diese Menschen. All diese Leben. Nicht Nummern und Zahlen und Tortendiagramme. Menschen.

Adam steigt in den Bus und spricht kurz mit dem Fahrer, nickt und klopft ihm auf die Schulter. Dann dreht er sich um und zählt uns durch, lächelt die aufgeregten Demonstrantinnen und Demonstranten an. »Spart euch eure Energie auf. Es ist ein langer Weg bis Manchester«, erwidert er auf ihr Johlen und Schreien.

Als der Bus rumpelnd zum Leben erweckt wird, die Reifen unter uns sich knirschend drehen, lässt Adam sich mit einem langen Seufzen auf den Sitz neben mir sinken. Er wirft einen Blick in meine Richtung, wendet ihn jedoch rasch ab, als wären wir Fremde oder ein Liebespaar, das eine unbeholfene erste Nacht miteinander verbracht hat, und schüttelt seinen Mantel ab. »Hast du vergessen, einen mitzubringen?«, fragt er und legt mir den dicken, dunklen Wollstoff auf den Schoß.

Ich beobachte seine Bewegungen, warte, bis er mir endlich in die Augen blickt.

»Mein Name ist Rana Halabi. Das bedeutet ›aus Aleppo‹. Ich glaube, nachher soll die Sonne hervorkommen.«

Danksagung

Ich habe vielen Menschen dafür zu danken, dieses Buch Realität werden zu lassen. Meiner Agentin Melissa Edwards, die sich vom ersten Tag an für meine Arbeit eingesetzt hat. Den Teams von Borough Press und Algonquin Books für all die Unterstützung, die sie mir gegeben haben. Ann Bissell, es war eine Freude, an diesem zweiten Buch mit dir zusammenzuarbeiten, und ich hoffe, es werden noch viele weitere folgen. Ein besonderer Dank an Amber Burlinson für ihr gründliches und einfühlsames Lektorat. Betsy Gleick, danke für deinen Glauben an diese Geschichte, für deine aufschlussreichen Anmerkungen und dafür, dass du meine Arbeit einem amerikanischen Publikum nahegebracht hast. Meine Dankbarkeit gilt auch Ben Fowler, Jen Harlow, Holly Macdonald, Christopher Moisan, Stephanie Mendoza und Travis Smith.

Wie immer danke ich meinen Freundinnen und Freunden und meiner Familie für ihren festen und dauerhaften Glauben an mich, speziell meiner Mutter, die mich von früh an die Liebe zu Büchern gelehrt, und meinem Vater, der meinen Wunsch, zu schreiben und Literatur zu studieren, unterstützt hat.

Nicht zuletzt muss ich einen besonderen Dank an Faraj Alnasser aussprechen, einen jungen Mann aus Aleppo, der an einem wunderschönen Sonntag in Hampstead Heath mit unerschrockener Tapferkeit und Ehrlichkeit seine Geschichte mit mir teilte. Die Freude, die Liebe und die Hoffnung, mit denen du der Welt begegnest, trotz allem, was du gesehen hast, sprechen wie kaum etwas anderes für die Widerstandskraft der menschlichen Seele.

Paula McGrath
Dann rennen wir

Aus dem Englischen von Karen Gerwig

2012. Eine Ärztin zögert, eine neue Stelle in London anzunehmen, obwohl die es ihr ermöglichen würde, der zunehmend angespannten Atmosphäre in dem Dubliner Krankenhaus zu entkommen, in dem sie praktiziert. Aber wer würde sich um ihre an Alzheimer erkrankte, pflegebedürftige Mutter kümmern?
1982. Die sechzehnjährige Jasmine läuft von zu Hause weg, um Boxerin zu werden. Ein Sport, der im Irland der 1980er Jahre für Mädchen verboten ist.
2012. In Maryland hat die junge Ali gerade ihre Mutter verloren. Ihre Großeltern, die sie nie zuvor gesehen hat, wollen sie adoptieren. Um ihnen zu entfliehen, schließt sie sich einer Biker-Gang an.
In Paula McGraths vielstimmigem Roman verbindet eine generations und ortsübergreifende Geschichte des Weglaufens drei Frauen, die sich danach sehnen, ihr eigenes Leben zu leben.

»Ein fesselnder, bewegender und sehr unterhaltsamer Roman. Ich bin begeistert.« *Roddy Doyle, Autor & Booker-Preisträger*

»Der Schreibstil ist flüssig und zugänglich, die Dialoge und das Setting authentisch, was Paula McGrath sowohl als vollendete Geschichtenerzählerin als auch als ausgezeichnete Beobachterin menschlicher Interaktionen ausweist.« *Sunday Independent*

Hardcover · ISBN 978-3-8337-4419-8
E-Book · ISBN 978-3-8337-4473-0

MP3-CD · ISBN 978-3-8337-4477-8